U0889965

一路风景

智广俊 著

YUANFANG 远方出版社

图书在版编目 (CIP) 数据

一路风景 / 智广俊著 . -- 呼和浩特 : 远方出版社，2020.10

ISBN 978-7-5555-1501-2

Ⅰ . ①一… Ⅱ . ①智… Ⅲ . ①散文集 - 中国 - 当代 Ⅳ . ① I267

中国版本图书馆 CIP 数据核字 (2020) 第 203886 号

一路风景

YILU FENGJING

作　　者	智广俊
责任编辑	奥丽雅
责任校对	安歌尔
装帧设计	韩　芳
出版发行	远方出版社
社　　址	呼和浩特市乌兰察布东路 666 号　邮编 010010
电　　话	（0471）2236473 总编室　2236460 发行部
经　　销	新华书店
印　　刷	内蒙古爱信达教育印务有限责任公司
开　　本	170mm × 240mm　1/16
字　　数	243 千
印　　张	14
版　　次	2020 年 10 月第 1 版
印　　次	2020 年 10 月第 1 次印刷
印　　数	1—1 000 册
标准书号	ISBN 978-7-5555-1501-2
定　　价	45.00 元

目录

人生感悟

赤子情怀

岁月如歌

旅途见闻

家乡赞歌

人物写真

文学杂谈

影视书评

人生感悟

人生的境界

每个人都是饿了要吃，渴了要喝，天亮了要起床，夜深了要睡觉，出生之后都会逐渐走向死亡。这是人的生命遵循的自然规律，无论高低贵贱，无一例外。

虽然每个人都具有相同的生命规律，遵循着同样的生存法则，但人生境遇却千差万别。在人世上，有的抬轿，有的坐轿；有的穷困潦倒，有的荣华富贵；有的一事无成，有的事业辉煌；有的遗臭万年，有的流芳百世。

有人把造成这种差别的原因归结为命运。诚然，人的生命虽然相同，但人生起点却不同。有的人一出生就带着把金钥匙，家族既富又贵，有着优越的物质生活条件，享受着良好的教育，成人后走向社会，有着家族构建的深厚人脉网，是公司、企业的继承人。有的人出生在穷困山区，是喝野菜糊糊长大的，勉勉强强读完初中，好不容易才在城市里找到一个干活养家的饭碗。穷小子和富家子弟如何比？人生起点天差地别，简直没法比，命运就是如此不公。但是有人就要比，而且还胜出了。比如，黄光裕，出身农村的穷小子，很小就辍学了，小小年纪闯进城里靠捣鼓小买卖起家，30来岁时一度成为中国首富。目不识丁的陶华碧，一个寡妇拉扯着两个儿子，50多岁才创业，一瓶老干妈辣酱行销全球。商界女强人董明珠，也不是靠什么贵人扶持，她是从最普通的销售员岗位一步步走过来的。还有张海迪，5岁高位截瘫，靠自我奋斗，既写书又翻译，还参加了全国残疾人运动会，最后当上了部级高官。华罗庚只有初中学历，却不妨碍他成为享誉全世界的数学大师。现代文学大师沈从文也只有小学学历。面对这些白手起家的典范，你好意思说自己的人生是命运安排的吗？有没有反思一下自己是否像张海迪、陶华碧等人那样努力奋斗过，与不公平的命运搏斗抗争过？我们要知道一个天理：人是万物之灵，是可以创造出人间奇迹的。自古英雄不问出处，一味抱怨命运不公，是一种自我逃避的表现。

有的人一生无所作为却自我安慰说，名利乃身外之物，生不带来死不带去，无论贫贱富贵，最后的归属全是黄土埋人，因而心安理得地混日子，醉生梦死，浑浑噩噩。我是唯物主义者，并不认为人死后会有进天堂下地狱之说，我知道人死如灯灭。但我认为，人比其他动物高贵的地方在于：人是有精神世界的。雁过留声，人过留名。一个人虽然死了，但依然会留下印记，留下一些东西，后人还会对你有所评说。作为一个人，在一生中对父母是否尽了孝道，干活养家付出了多少汗水，对子女的培养做出多大的努力，取得了什么样的效果，这是一个人的家庭责任。你对亲朋好友、对与你有过交集的人，提供过什么帮助，对社会有什么贡献，这是一个人的社会责任。如果你对家庭、社会的贡献小于家庭、社会对你的付出，你的一生就不能算作成功的人生。如果认为别人帮助你、社会照顾你是天经地义的事，而不懂感恩，只顾贪图享受，这样的人生毫无意义。“人固有一死，或重于泰山，或轻于鸿毛。”这就是人生的意义。

立德、立功、立言于一身而成为“三不朽”，这是古今圣贤的最高人格理想。众所周知，中国历史上达到“三不朽”境界的只有两个半人，一是孔丘，一是王阳明，半个是曾国藩。但依我看，毛泽东才最有资格成为“三不朽”。毛泽东从井冈山武装起义，点燃星星之火，横扫千军，创建了中华人民共和国。之后，毛泽东作为军队的最高统帅，在朝鲜把以美国为首的17国打得服了气，在越南战场上再次让美国认了输。北对苏联、南对印度都取得战争的胜利，这种功业前无古人。毛泽东思想更是立党立国的理论基础，而且影响着人类社会发展的历史进程。毛泽东成为国家主席，却依然过着俭朴的生活，与人民群众时刻心连心，这是何等高贵的人格。同时，毛泽东还是杰出的诗人和书法家。

有着立德、立功、立言的人生理想，但即使为之奋斗一辈子，也不可能实现“三不朽”，这是人生的常态，毕竟中国近三千年来，达到“三不朽”境界的只有两三个人而已。但如果把这三条当作理想人格来鞭策自己，作为人生的信条来要求自己，你的人生还是能有所收获的。有的人凭自己学有所长，在事业上有所建树，有所贡献，成为各行各业的杰出人才。有的人虽然学历不高，能力不强，但有一颗“把有限的生命投入到无限的为人民服务中”的心，照样能获得社会的尊崇。

建功立业需要一定的客观条件，立论著述更是需要相当的知识储备，需要经过艰辛的实践和执着的科学探索。常人难以做到这些是可以理解的，但是做一个有用的人，做一个好人，那是容易做到的。

做一个有用的人并不难，社会总会为每个人提供劳动和工作的岗位，只要你勤勤恳恳地劳动，认认真真地工作，就是一个对社会有用的人。如果你在劳动和工作中能够精益求精，掌握了专业技能，那就能成为社会需要的有用之才。

做一个好人也不难，只要你有一颗善良的心，有一份社会责任感，能够将心比心地对待别人，能够真诚热心地帮助别人，愿意为社会做贡献，就可以成为一个好人。

世上最讨厌的人，就是整天满腹牢骚、骂天咒地、指责他人、抱怨命运、无所事事、无事生非的人。这种人没有一点反思自省的意识。他给了别人一粒芝麻，会放大成一颗西瓜，常常挂在嘴边；别人即使给了他一头牛，他一转身就选择性地忘记了。这种不懂感恩、不知好歹的人，家人不爱，旁人不尊，往往成了不合群的人。

当然，最可恨的是那种极端自私自利的人，满脑子琢磨着捞取不义之财，满肚子装着损人利己的坏水，骨头里有着奴役、欺压别人的欲望，做人没有底线，干坏事不择手段，甚至不惜违法犯罪。这种人是没有一点人性的人渣。

人生如登山，登高才能望远。站在山脚不动，甚至湮没在山沟里而不自省，人生天地必然是狭窄的。攀登上一个新的高度，人生就会到达一个新的境界，才会有一种新的人生视野。无限风光在险峰，激励着人们不断往上攀登。攀登山峰的过程，既是人格升华的过程，也是体验做人的尊严、享受美好人生的过程。

人生的意义和情趣

人生是分层次和境界的，如何使自己的人生上档次，用世俗的话来说，就是要在事业上追求有意义，生活上讲究有意思、有趣味。

人生在世，事业为大，事业是一个人立身处世的根本。一个正常人成年以后，都会找事干，通过自己的劳动来挣钱养家糊口，这事叫职业，把职业做到极致就是事业。职业是分档次的，有着不同的门槛。进入科学院搞科研，要具有很高的学识水准和专业技能；进入公务员队伍要通过统考；进入律师、会计师、医师、教师等行业，都有专业资格证书的要求；而要当一名环卫工，职业门槛就比较低了。虽然各行业的门槛有高低的差别和难易之分，但行行出状元。你进入了科学院，却没有搞出成果，事业就算不上成功。张秉贵只是北京王府井百货大楼的一名普通售货员，但他为顾客提供热情、周到的服务，成为行业标兵，其塑像立在北京街头，供人瞻仰。一个人努力使自己成为一个对社会有用的人，工作中有所作为，有所贡献，个人创造的社会价值高于自己对社会资源的消费，能够为其他人提供关怀和帮助，受到周围人的赞许和社会的肯定，这就是人生的价值、意义所在。英雄模范人物之所以受到世人的尊崇，是因为他们为社会无私奉献，取得了杰出的成就。

工作是个人对社会的服务，生活是个人的享受。人的生活可分为物质和精神两个层面。物质生活通俗地讲，就是衣食住行、吃喝玩乐；精神生活是指政治、文学、艺术以及爱情、亲情、友情等情感。物质是生活的基础，精神能够提升生活的品质，同时也能影响物质生活的改善。古人说，仓廪实而知礼节，衣食足而知荣辱。这是很有道理的。但是，有钱并不等于有生活的品质、快乐和幸福。有的富人生活豪华铺张，但精神空虚、情趣低下、腐化堕落、穷奢极欲，世人视之为行尸走肉，这种人活得有啥意思？有的人活得蝇营狗苟、损人利己，与禽兽有啥两样？北京城里的大爷大妈存钱不多，却管不少事，街道上遇到不文明的人和事，他们都要插手管，伸张正义，扶危济困，热衷公益，小区里有不少贪官坏人都是他们检举的。他们生活得光明正大、坦坦荡荡，闪耀着人性的光辉，是多么自豪。一个人在生活中追求真善美，杜绝假丑恶，才会活出点意思来。

人是社会动物，关心政治，留心时事，是一个有思想政治觉悟的人所应有的素质。村里有不少庄稼老汉每天看新闻联播，天下大事常是他们拉闲话的一个内容。有不识时务的年轻人嘲笑老人说，你连省城都没有去过，关心美国伊拉克干什么，瞎操什么闲心？然而，人的高贵就体现在看得远，想得多，操心得事多，人人关心身边的事、国家大事、世界大事，世界才会变得越来越美好。

文学艺术陶冶人的心灵，丰富人的精神世界。一个人不看书，不读报，不爱体育锻炼，也欣赏不了美术、音乐等艺术，那他的精神世界就像一片荒漠，他的人生也是有缺憾的人生。但是，有文化并不一定意味着有品位，秦桧的文化造诣很高，他是书法宋体的创造者，但他是历史上的奸臣，其塑像至今跪在西湖边岳庙里遭人唾弃。有的家庭主妇虽然文化程度不高，也没有什么艺术特长，但治家有方，相夫教子，养花喂鱼，营造了一个温暖舒心的家庭小天地，闲暇时跳一跳广场舞，走到哪里就把欢乐带到哪里。我喜欢这种乐观阳光的人，因为他们能在平凡的生活中找到乐趣，为身边的人营造快乐的氛围，使生活变得有情趣。

为人不易，理当活得有意义，有意思，有情趣，让幸福相伴、快乐相随，不虚度人生，活出一个潇洒自在来。

精神世界的层次

人是有思想的动物，人除了与其他动物一样有物质世界之外，还有一个精神世界。人的生存发展需要物质财富的供应，物质的丰厚与匮缺在很大程度上决定了一个人的生活品质。有的人出门开豪车，有的人连辆自行车也买不起，两者的生活档次高下立见。但在精神世界里，财富的多寡即使能对精神生活产生重大影响，但并不能决定一个人的人生价值，也不能决定其生活是否幸福快乐。

亿万富豪有条件四海巡游，可以享尽荣华富贵，但如果为富不仁，活着的时候巧取豪夺、仗势欺人，就会被周围的人唾弃，死后依然骂声滚滚。这样的人只能说一辈子过得醉生梦死，其人生没有什么价值。

人在生活中没钱不行，但钱多了，也不意味着拥有了幸福和快乐。幸福更多的是一种精神体验。一个人有房有车，儿女有出息，生活无忧，世人常视之为幸福。但如果这个人把对金钱的占有视为幸福的最高目标，贪得无厌，那么即使有千万亿万财富他也不会满足，也不会有强烈的幸福感，因此，还要违法冒险追求更多的财富，多数贪官走的就是这条路。快乐是一种情感体验，美酒美色可以给人带来一时的快感，但纵欲过度伤身，更容易丧失人性。夫妻真诚相爱所带来的快乐是真正的快乐，愈久弥香。拥有众多情人的快乐，是建立在冰山上的快乐，金钱堆起的冰山一旦出问题，这种畸形的快乐就会消失得无影无踪，留下的只是痛苦。

我觉得人在精神领域里可分三层境界，即人活得有意义、有意思、有情趣。

人活得有意义，就是要活出人生价值。人生价值要用自己的劳动奉献来体现，用自己的智慧和能力来升华。在家里，你不应该是一个好吃懒做、依靠父母的人，而是要凭自己的劳动取得财富和荣誉，为家庭、家族大厦添砖加瓦、光宗耀祖。如果你是家里的顶梁柱，那就体现出你在家庭和家族中的价值。在社会上、在单位里，如果你是一个有用之才，在工作中付出了劳动和汗水，发挥了聪明才智，较好地完成了工作任务，这就体现了你的社会价值。如果你在工作中有所作为，在事业上有所成就，对社会有所贡献，那你的人生价值就升华了，青史留名那是人生最高的意义。人生意义更多地体现在工作事业上，而活得有点意思更多地是指日常生活中的态度。

一个人要活得有点意思，就要在生活中多做有意思的事，不做没意思的事。比如，在子女孙辈的教育上，要从点滴小事做起，对晚辈起到正面示范的效果。在社区里，尊老爱幼，积极参加社区活动，多做一些有关社会公益的事，不做吵架伤和气的事，不做打狗虐猫、传播谣言、拨弄是非的无聊事，从我做起，在身边营造一种文明和谐良好的生活氛围。你能帮助别人，给别人带来快乐，自己也享受了快乐，就活出了意思。你的所作所为赢得了亲人的爱戴，在社区赢得人们的尊重，在社会上有不少好朋友，这样就活得有点意思了。

趣味、情趣是一种自我的情感，是一种个人爱好。比如下棋，对棋迷来说，那是一种可以忘掉吃饭的乐趣；对不爱好棋艺的人来说，那是一种煎熬。人在生活中多一些情趣，就多一些乐趣，生活就会变得丰富多彩，人生也会变得丰满滋润。同样的食材，有的人只会做大锅饭，有的人则能做出一桌美味佳肴；同样拥有一支笔和一张纸，有的人可以画出美妙图画，有的人连一个物体的轮廓都画不出来；同样需要呼喊抒发情感，有的人只会粗喉大嗓地喊山，有的人却唱出悠扬悦耳的爬山调。人的高雅体现在情趣中，人生的多姿多彩体现在爱好、情趣中，人的修养品位体现在文学艺术水平上。一个人的爱好、情趣，往往是产生自我快乐的源泉。

在微信群里看到有一个人痛心疾首地说，小时候父母和师长教导他为人要“家事、国事、天下事，事事关心”，他说这句格言误导了他。我哑然失笑，若连这个起码的做人准则都要丢掉，要变成一个彻头彻尾自私自利的人，世人谁愿与这个极端自私的人相处共事呢？孤家寡人注定一事无成。人活在集体中，若离开别人的帮助，会成功吗？会快乐吗？会活得有价值、有意义吗？

人生一世草木一秋，人活着就要活出精彩，活得有意义、有意思、有情趣，死后也要给后人留一笔物质和精神财富，给后人留下念想，这才不虚度人生。

爱的位置

我发现大千世界里，父子生隙、夫妻反目、兄弟失和、朋友交恶等众多社会逆反现象，多是因爱的错位而产生的。当事人往往当初爱得越深，之后恨得越痛。

我家住在小城的山脚，房东头住着高老汉一家。高老汉是一位进城打工的老农民，已经80多岁了，如今做不动工了，就养鸡养兔来维持生活。他就像一只蚂蚁一样勤劳，整天不闲着。老人家几十年来拼死拼活地干活挣钱，就为了给儿子娶媳妇。可儿子娶了媳妇忘了爹娘，带着媳妇到包头打工走了。儿子有一手泥工好手艺，每天能挣二三百元，可从来没给过父母钱，对父母的生活也不管不问。有一次这家儿子回来办证住在父母家，我当面问他，你不管父母不对吧？小伙子倒是很坦率，他说做不了老婆的主，并解嘲地说，老婆是敌人，可不娶不行。他80岁的老父亲为儿子解围说，唉，农村十家有九家都是这样，靠谁都不如靠自己，活一天就得干一天。我经常下乡工作，知道农村老人就没有退休养老的概念，只要能动弹就得干活，很少能指望子女养老。他们一辈子辛勤劳作，省吃俭用，只想为儿孙多积攒点财产。农村老人的爱是最无私的，只是爱得有些苦涩心酸。

我有一个朋友的弟弟得了尿毒症，需要换肾治疗。他的父亲首先提出捐自己一个肾，但其他儿女和亲属不同意。我这个朋友与媳妇商量想捐自己的肾救弟弟，可他媳妇说，先离婚你再捐。我去病房看望朋友的弟弟，病人的求生愿望十分强烈。他对我说，报纸上曾经报道过父亲捐肾救儿、哥哥救弟的事例，我的父亲、哥哥不亲我。我听了心里很难过，儿子能不能要求父亲、弟弟能不能要求哥哥捐肾，爱有没有底线，耐人寻味。

2007年，报纸上热议过一件事：兰州女孩杨丽娟是明星刘德华的超级粉丝，她13年来放弃学业和工作，执迷追星，弄得家庭负债累累。而她的父亲爱女心切，为了促成爱女与刘德华单独见面的机会，竟然跳海身亡。这种父爱未免有点残酷、荒唐。

我认识一对金童玉女，男人相貌堂堂，烟酒不沾，不赌不混，性格和顺，工作认真，事业前景看好；女人上得厅堂下得厨房，事业家庭两不误。两人爱得如胶似漆。但是过了一段时间，女方开始抱怨说，自己对他一往情深，可他却冷淡得多，和他唠嗑，他却漫不经心，心思全在电脑上，电脑才是他的亲媳妇！家务事也多是她自己操劳，他就像没一点责任似的。碰巧过几天我见到那个小伙子，我祝贺他娶了一个好媳妇，新婚生活美满甜蜜。可他却说，这阵子过得真是爱的疲劳，甜蜜的烦恼，连网也不能自由上了。二人世界里，个人空间应该留有多大？一方付出了，是否应该要求对方也同样付出，才算家庭地位平等。两人不同的爱好如何相互包容？新婚家庭若能处理好这类问题，就是幸福家庭；处理不好就是问题家庭，甚至成为离婚的导火索。

我看过一个《新编东郭先生与狼》的故事，说的是东郭先生自从救了狼的一条命，就以狼的大恩人自居。他要求狼每天孝敬一只鸡作为报答，后来逐步加码，由鸡变成了羊，并且不时骂狼忘恩负义。狼不堪忍受东郭先生的压榨索取，就让东郭先生杀死自己好了。东郭先生大怒，于是编造了《东郭先生与狼的故事》，让狼在动物界臭名远扬。这个寓言故事，反映了现实社会中一部分人的亲情、友情观念。爱的付出一方，日后将恩情作为筹码向受惠方加倍索取；或者受惠一方，无原则地报恩。有些官员就是为了报答亲友曾给过的帮助而违法给他们办事导致落马的。摆不对爱的位置，爱也能造成伤害，爱也能造成人间悲剧。

爱是什么？韦唯唱得好，爱就是奉献。爱确实是付出，是奉献，是自己心甘情愿地给予别人物质上、精神上的帮助。然而施爱一方并非全是无私的，多是有所期待的。比如，长辈爱下一代，也渴望下一代以孝行来回报，即使不求物质回报，也在后代身上寄托着光宗耀祖的理想。老师爱学生，是期望他们能够成为国家的有用之才。为灾区人民捐款，虽然不知谁是受益人，是不图回报的大爱，但是捐款人也有爱心期待——受灾人早日脱离苦难，让社会更加和谐美好。捐款人同时也是美好社会的受益人，是一方有难、八方支援制度的潜在受益人。正确处理爱的奉献和爱的回报的关系，是摆对爱的位置的关键。

爱是人的一种高贵品质，仁是儒家学说的理论核心。孔子对仁的解释是：仁者爱人。爱的实际行为就是善行。人之初，性本善，人类有善的遗传基因。人这种动物，不像虎豹凶猛，不似大象强壮，不如骏马矫健，也没有老鼠适应环境的能力，可是只有人类进化成有高等智慧的物种。为什么呢？因为人天生就具有互助合作的能力，相互施爱，团结奋斗，共同劳动创造，依靠种群的力量和智慧，从动物界脱颖而出，成为地球的主宰。一个人对他人、对社会施出的爱越多，越会得到别人的赞美和感激，越会得到社会的尊重，越能体现人生的价值。

爱是一种责任。每个人在社会里都有自己的位置，扮演着不同的角色。作为儿女，有孝敬长辈、报答养育之恩的责任。作为父母，有抚育子女成长的义务。作为员工，有尽心尽力做好工作的责任，对得起单位发给自己的那份工资。作为公民，有国家兴亡、匹夫有责的担当，履行公民的义务。一个人尽到做人的各种责任，就是付出了自己对家庭、社会、国家的大爱。

爱也是一种信仰，而信仰是人生的理想追求。佛教徒认为佛陀、菩萨普度众生，救苦救难，大家都信佛施善，社会就会变得美好；自己行善积德，来世才能进入极乐世界。马克思说，无产阶级只有解放全人类，才能最后解放自己。共产党致力于建设一个公平、公正、自由、和谐的美好社会，培养有理想、有道德、有文化、有纪律的社会主义新人。共产主义是崇高理想，凝聚着人类最大的爱。

人人持有爱的信念，有对爱的追求，摆对爱的位置，施爱心，行善事，社会就会越来越美好。

婚姻的分析

婚姻是什么？婚姻是一种情感、价值观认同的男女关系，是一种维持男女感情的家庭形式，是一种私人财产运行传递的方式。

人类婚姻经历了群婚、族外婚姻、母系社会、父系社会、妻妾制、一夫一妻制，遗传学规律在其演变过程中起着重要作用。

人类婚姻之所以进入了父系社会和一夫一妻制，主要是因为财产的关系。社会生产力的提高，社会财富增多了，刺激了个人私欲，导致了私有财产的诞生和发展。人们为了获取更多的个人财富，过上富裕的家庭生活，并将私有财产传递给自己的后代，于是妻妾制、一夫一妻制应运而生。这种制度主要是为了个人财产的传递继承。

同时，思想、法律、道德、文化、文学等对婚姻起了规范引导和限制的重要作用。法律更具有惩罚的作用，比如，现今男女一方重婚是要判刑的。一个有良知道德的公民，同时也是一个守法的人；一个守信于配偶、忠于家庭、富有家庭责任和社会责任的人，往往会把爱情的忠贞、婚姻家庭的稳定视为人生幸福的基石。

概括来讲，婚姻具有四大功能：维系男女感情；建立家庭生活，繁衍后代，获取社会财富；使自己与家人过上温饱、幸福的生活；将家庭财产传递、转移给自己的后代。

不同的人对待婚姻这四项功能有着不同的理解和追求。有人把繁衍后代排在第一位，一方不育，另一方就要解除婚姻关系。有人把家庭财富的积累视为最重要的事，一方，特别是男方若无法增加家庭财富，自家过不上好日子，与别人相比，有了较大的差距，另外一方心理就不平衡了，常会引发家庭不和，甚至导致离婚。把家庭财产留给子女，这倒少有争议，除了有的子女对父母有严重的不孝行为。婚姻是维系男女双方感情的形式，最容易有分歧，也最容易出问题。

有人说爱情是婚姻的基础，这当然没错。男女双方最先触动心扉的是身材和容貌，但光注重容貌，爱情很容易变质，因为人的容貌会随光阴的消逝而失色，他会因为更漂亮的第三方的出现而变心。爱对方的气质、品德、才学更为持久可靠，因为这是一个人的真正价值所在。如果双方的世界观、人生观、价值观一致，才是真正的志同道合，这样的婚姻往往是牢固的、幸福的。比如《红楼梦》里的焦大，他是一个下人，尽管林妹妹长得花容月貌，又是小姐身份，但焦大不爱林妹妹，因为双方的观念意识相距太大。

在爱情和婚姻中，纯粹的男欢女爱是有的，但很少。门第、社会关系、金钱等身外因素，潜移默化地影响着一个人的恋爱观，外在因素的变化，影响着婚姻和家庭。没有爱的婚姻是可悲的，而光有爱情的婚姻是不够的。我在农村生活时，见证过一对青年的恋爱，一个地主家庭出身的青年，爱上了一个下放干部家庭的女孩，男人比女孩大得多，长得也比较丑，女孩不顾家庭的反对和的嘲笑声，以死抗争赢得了自主婚姻。然而，他们婚后的日子却过得艰难，影响了他们的爱情和家庭生活，虽然维持了婚姻，没有离婚，但女孩变成了一个泼妇，她欺负丈夫成了家常便饭，而且她还与别人鬼混。我为此写过一篇文章，题目是《社会是一个大染缸，漂染爱情》。

爱情的艺术在于相互欣赏。欣赏、敬佩对方是爱的一种高级形式。爱情之花要想常开不败，常开常新，就在于男女双方生命之树常青，各自不断绽放，这样才能吸引对方。即使到了生命的夕阳阶段，依然相互爱恋，相互关心，相互体贴，相濡以沫，才会有灿烂的夕阳红。

绝不后悔

人生就像一场不能回头的长途旅行，走过去的已经成为旧景，不要留恋失去的景致，无限风光还在前方，即使晚霞落坡，那也是一道壮丽的风景。要以一种昂扬愉悦的心情漫步在人生路上，只要你对生活充满激情和向往，前面的景致必然会让你赏心悦目。一旦你停下不走，回首往事唏嘘不已、后悔难当，那么前方的光就会暗淡下去，使你看不到更美好的风景。

走在路上，前面有很多岔道，往左还是往右，需要自己做出选择。一旦做出决断，就不要后悔。往左走可能通往大海，你选择往右走，就失去了领略大海的机会，但也许你会攀上高山，欣赏到雄伟的峻岭。人生常常遇到两难的选择，有得就有失，因此走在人生路上要保持一颗淡定的心。

机遇就是命运，有时抓住转瞬即逝的机遇，就会走进一个崭新的境界。有一个文学大师说，人生是漫长的，但紧要之处只有几步。这句话很对，但不全对，因人而异。同窗苦读十年，有的同学考进了大学，有的落榜。可是大学毕业未必就是光明坦途，落榜者未必就不能赶上、超越大学骄子。君不见，社会上有多少硕士、博士给初中毕业的老板打工。其实，机遇就像风，随时都有刮来的可能，就看你能不能借助风力趁势而起。人的命运其实掌握在自己的手里，有了过失，遇到挫折，不要后悔懊丧，只要你有信心、有能力、敢拼搏、敢奋斗，即使失去一次机遇，也会抓住后来的机遇。不停地后悔、抱怨的人，其实是以命运为借口来掩饰自己的无能。

在工作中犯错，会带来损失；在生活中犯错，会带来麻烦。犯了错误后悔是因为事情的发展本来是自己能够掌控的。老天爷下冰雹打了你果园里的果子，这不是你的错，不论损失多大，也只是心疼，不会后悔。但是，你听到了要下冰雹的气象预报，却没有抢摘成熟的果子，那就是你的过错，你会为自己的疏忽后悔不已。人非圣贤，孰能无过？可以说，人犯错误是必然的，犯了错误要后悔也就成了自然的事。有人要问，那你为啥还说绝不后悔呢？

我说绝不后悔是表明一种人生态度，一种处事方式。

因为世上没有卖后悔药的，后悔无济于事。误了班车，就等下一趟。犯了错就改正，从头再来。失去了爱的人，再找，天涯何处无芳草？念不上大学，没资格当公务员，就走劳动致富、经商致富的路，现实生活中白手起家并致富的人多的是。你搞不了高端科研，不妨碍自己包地建农场。三百六十行，行行出状元。后悔干什么？只要自己执意往前闯，就会踏出一条路来。

我说绝不后悔，是因为后悔是一种负面情绪，影响自己和身边人的心情。人生百年，白驹过隙，理当快快乐乐地过，为啥一定要把自己的过失当作一块沉重的石头来背？损失的东西要设法补回来，实在无法弥补，就创造出新的东西来替代。

我说绝不后悔，是因为后悔是一个人没有自信心的表现。后悔不等同于反思，反思是总结所做事情的对错得失。后悔有反思，但更多的是抱怨，抱怨自己，抱怨别人，而抱怨只能拖累自己前进的脚步。面对过错，我赞成那种好汉做事好汉当的气概，大不了从头再来。过失和挫折对意志坚强的人来说，是一种锤炼，使他更加坚强，能办成更好更大的事情来。遇到挫折就哭哭啼啼、后悔不已的人，如何能干成大事？

绝不后悔是一种勇往直前的人生态度，绝不后悔是一种明智的人生哲学。

看破红尘实可悲

一位青年友人从QQ上给我传来一个段子：人的一生，好比乘坐北京地铁一号线，途径国贸，羡慕繁华；途经天安门，幻想权力；途经金融街，梦想发财；经过公主坟，遥想华丽家族；经过玉泉路，依然雄心勃勃……这时有个声音飘然入耳：乘客您好，八宝山快到了！顿时醒悟：人生苦短，总会到站！对这种貌似看破红尘的段子，我向来不以为然。固然，日子就是周而复始的转，人是这样，猪也是这样，但人与猪的不同在于：人是有精神世界的。对一个抱有积极人生态度的人来说，每天都是一场新的生活体验，都可以对理想追求迈出新的一步，即使老得不能动弹了，也可以享受物质文明、精神文明。活着多好啊，但死了也不必后悔。你给家人留下了财产，给亲朋好友留下了怀念，如果在事业上给世人留下物质、精神方面的贡献，那就更好不过了。“人生自古谁无死，留取丹心照汗青”，那是人生的最高境界！

人生如戏，人人都在戏场，有的是台上的主角、配角，有的是台下的观众，但主角、配角、观众的体味是不同的。台上的人俯视台下的人，台下的人仰视台上的人。台上的人主动，台下的人被动，当然，台上台下的人互动，戏才能演好。最可悲的是虽然人在戏场，却对台上的精彩演出、台下的热烈回应无动于衷。现实生活中一些所谓看破红尘的人就像戏场上无动于衷的人一样。人生戏台有大有小，观众有多有少，主角、配角、观众是可以相互转化的，人在戏场，不能只当观众，上台唱一把才好。人生舞台并不全是帝王将相、富豪阔佬，生旦丑末、各色人士都有登台的机会。戏的精彩不在于角色的高低贵贱。雷锋生前只当过班长，也没有多少财产，22岁就离世了，但他精彩的人生演出，感动了一代又一代的观众。

有人视名利为粪土，我并不赞赏这样的清高。世俗的人追求名利是正当的愿望。农民不辞辛苦，就是为了多打几斗粮食，换来一家人的温饱。工人不惧劳苦，就是为了生产更好更多的机器，换来全家人生活质量的提高。各级公务员把“为人民服务”视为工作宗旨，这不是一句精神上的空话，为老百姓办一件件小事、大事，才是真正的为人民服务。人活脸面，树活皮，这是普通老百姓朴素的人生准则。脸面就是名誉，人品的高低也是名誉的高低，一个不在乎名誉的人很有可能沦为小人，甚至成为一个令人唾弃的坏人。一个人的最高荣誉就是为社会做出较大的贡献。体育赛场上的冠军值得我们去鼓掌，他们为开发人类自身潜力做出可贵的努力；艺术家是值得欢呼的，他们为人类带来精神食粮；科学家是值得尊敬的，他们的工作拓展了人类对世界的认识，带来创造新财富的生产途径；各行各业的劳模都应该被尊重，他们是时代的楷模。成名成家应该是每个人奋斗的方向。胡锦涛提出：全党同志和全社会都要坚持尊重劳动、尊重知识、尊重人才、尊重创造。人才，往往是各种专家，是社会上有名望的人。当然那种巧取豪夺、不择手段捞取个人名利的人应该被鄙视唾弃，不是说他追求名利不对，而是说他窃取了超过自己劳动应得的额外部分。淡泊名利不是说一个人不去建功立业，而是对名利的一种谦虚的态度，是对帮助自己成功的人一种感激的胸怀，是对人生更高层次的一种追求。我们无法想象一个运动员在赛场上放弃拼搏，反而扬言自己是不想夺冠的。如果真有这种运动员，值得我们尊敬吗？

看破红尘的人，往往逃避做人的责任，放弃对家庭和社会的担当，这是一种人性的堕落。大千世界，虽然有很多假、丑、恶，存在许多不合理、不如意的地方，但人生的意义就在于在旧的基础上构建新的乐园，人生的乐趣就是劳动创造。滚滚红尘，乐在其中。

理智与浪漫

人是有情绪的动物。情绪的起伏波动直接导致一个人的喜怒哀乐，为人生绘就了色彩图案。掌控自己的情绪，是一个人走向成熟、走向成功的内在修养。

情绪的表现千姿百态、变化多端，但大致可分为理智与浪漫两种色调。一个人面对花花世界，处理各种矛盾时，是以理智还是浪漫的基调来应对，效果往往是不同的，有时悬殊会很大。当然理智与浪漫不是绝对的，而是你中有我、我中有你，两种情绪在一个人身上的表现也是时强时弱。

以理智的基调看世界，任何偶然事物的发生都有其必然的内在规律在起作用，遇事先要找前因，再来判断后果。浪漫是想象的产物，披着乐观的色彩，按照自己的主观意图来行事。

理智与浪漫是两种基本的行事方式，没有优劣可分，高低可判。理智固然有冷静客观的一面，办事不冷静，往往容易犯错。但一个人只有理智没有浪漫，就容易把世界看得过分灰暗，丧失生活的乐趣和奋斗的热情。有些出色的科学家、思想家、政治家走上了自杀的道路，就是这方面的极端例子。浪漫是乐观和想象的产物，一个人没有乐观的态度，难以应对人生苦难；一个人没有想象力，就不会有光明前途。假如人类不去想象月亮上有嫦娥玉兔，就不会对宇宙产生探索的动力。一个孩童如果没有将来长大成为袁隆平、姚明等各类科学家、明星的想象或理想，就不会有奋斗的动力。但浪漫的人有时候就像飞向彩虹的人，不顾脚下的悬崖峭壁。浪漫若脱离实际，常有破灭的风险。

在爱情与婚姻上，理智与浪漫表现得最为突出，甚至冲突得最为剧烈。没有浪漫的爱情是贫乏的，没有浪漫的婚姻是无味的。但爱情中少了理智，就像天空中的礼花，只能灿烂一时。婚姻中少了浪漫，就像宴席中缺少美酒，难以尽欢，但把酒当饭来吃，后果必然是可悲的。

如何把握理智和浪漫的度，是做人的艺术，成功的诀窍。一个人如何掌控自己的情绪，世上没有固定的模式，也没有一成不变的经验，别人教不来，只能自己在实践中体验、顿悟，甘苦自知。

力量的源泉

《钢铁是怎样炼成的》一书，我先后读过6遍。每次读这本书都会给我人生启迪，精神鼓舞，增强生活的信心，增添战胜困难、勇往直前的勇气和力量。

书中歌颂劳动的光荣、劳动人民的坚强伟大，鄙视资产阶级不劳而获的腐朽没落。“文化大革命”刚开始时，我就因家庭成分问题失了学，15岁沦落社会底层打零工谋生。那时，我第一次读到《钢铁是怎样炼成的》，受到了精神上的洗礼。书中主人公保尔·柯察金是一个普通劳动者，他以劳动奉献而光荣自豪。我至今记得书中的一个情节：为了城市的供暖，保尔和200多个共青团员奋战在抢修铁路、砍伐林木的工地上，进行着艰苦卓绝的劳动，这时他遇到了身穿华丽衣服的少年情人冬妮娅和她的丈夫。冬妮娅的丈夫不愿意参加劳动，冬妮娅可怜保尔的处境，保尔鄙视冬妮娅的人生选择，说她酸臭。保尔给了我精神上的钙质，让我挺起胸膛做人，虽然我长期做苦力劳动，但我认为作为一个劳动者比衣着讲究的上等人更高尚，我以能成为一个自治区劳动模范而自豪。

热爱生活，热爱劳动，追求理想，是《钢铁是怎样炼成的》一书的主题。保尔有一句传世名言，人的一生应当这样度过：当回忆往事的时候，他不会因为虚度年华而悔恨，也不会因为碌碌无为而羞愧；在临死的时候，他能够说，我的整个生命和全部精力，都已经献给了世界上最壮丽的事业——为人类的解放而斗争。对于出生于20世纪50年代的人来说，社会主义革命和建设是一个人必然要面对的人生经历。虽然这句话如今不怎么提了，但我认为无论经历过多少曲折、挫折，有过多少失误和错误，都要始终为社会主义理想而奋斗，像保尔那种追求理想的生活才有意义。我就是以保尔为榜样，积极投身到火热的现实生活中去的，对自己走过的人生道路从不后悔。

人是有灵魂的动物，是有精神价值的。人类就是从与自然界做顽强的斗争中成长起来的，人的品质、意志是世界上最珍贵的东西，也是人能够移山填海、创造奇迹的精神动力。奥斯特洛夫斯基是一个品德意志十分坚强的人，他在身体瘫痪的情况下创作了《钢铁是怎样炼成的》，主人公保尔就是他的影子。该书歌颂了人类本质上的东西，因此打破了国家、民族、阶级的藩篱，成为全人类共同的文化财富。

每当我陷于人生困境的时候，总要读《钢铁是怎样炼成的》，从中汲取人生的力量。

努力活出个人样来

在一次与朋友的聚会中，大家谈起在北京发生的一件事，各抒己见，热烈争辩。这时有一个人站出来抢白众人，说：真是咸吃萝卜淡操心，北京发生的事，与你们有什么关系，照看好自己的钱包，过好自家的小日子才是正理。他见众人都不言语了，越发显出一副看透世态的得意劲。我当即回了他一句，人与猪不同的地方在于，猪只在乎食槽里猪食的多少和好坏，而人除了关注自身衣食住行外，还拥有一个广阔的精神世界。

是的，拥有精神世界是人与动物的根本区别。人是从动物进化而来的，自身也是动物中的一员，动物的本能特性人也一样具有。比如，人与其他动物一样把吃饱保暖作为生存的第一要务。但是古人说，仓廪实而知礼节，衣食足而知荣辱。一个人在解决了最基本的生存需要后，就开始追求精神世界的丰富，讲究文明礼貌、美丑荣辱，有了树立正确的人生观和价值观的要求，努力使自己与动物区别开，活出个人样来。

我觉得“人人为我、我为人人”是人类进化的一条法则。想当初，个体猿人无论多么强壮，一旦脱离猿人社会是难以生存下来的。猿人只有相互合作劳动，才能捕猎成功，获得食物，大家一起分享劳动果实，才能更好地生存发展。

于是，人人为我、我为人人的人生观念、集体观念就这样产生了。对于现代人来说，不光要关心自身利益，也要有心系天下的胸怀和视野。关心集体，关心社会，关心国家，关心全世界，这应该是历代优秀人员的基本素质。因此，先贤的“天下兴亡，匹夫有责”“身无半亩，心忧天下”“读破千卷，神交古人”的精辟名言为国人所赞赏、尊崇。

有些人把“人不为己，天诛地灭”作为人生信条，处处把个人利益放在首位，对自己有利的事，就百般钻研牟取，甚至为了浇自家二亩地，不惜掘开河坝大堤。应该说，把个人利益放在首位是反映了人性本能的一面，有一定的合理性，但人毕竟是社会动物，具有高度的文明和智慧。理智的人更懂得人不能只为自己活着，同时也要为集体、为社会做出贡献，只有这样才能活得更好。否则，人就不可能超越动物，难以成为地球上的万物之灵。若人人不为集体、社会着想，人类必然自取灭亡，这应该也是一条人类生存法则。只追求个体利益而不顾集体利益的人必然会被集体所抛弃。在猿人时代，哪个猿人群体会容忍一个过分自私的个体猿人的存在呢？他必然会被逐出种群。在现代社会中，那种过分追求自身利益的人，谁会喜欢与他交往呢？你得不到别人的帮助，在社会上能混得开吗？能从社会上得到想要的东西吗？注重劳动奉献，尊崇英雄，鄙视小人，应该说是人类社会的主流价值观。一个人想要更好地活出人样来，就得多做有利于人类社会的事情，只有这样才能活得如鱼得水。

思想、政治觉悟是一个人的灵魂，关心、参与社会事务是一个人的义务，即使自己只是一个小角色，也应该有一颗关心国家大事的心。关心时事，关心政治，每天看新闻联播，天下大事尽情评说，即使说了白说也要说，这才是大众民主的正常生活状态。不要说自己是劳苦大众中的一员，说话不起作用，把自身命运寄托给社会精英，这是非常不靠谱的做法。马克思、恩格斯有一句名言：无产阶级只有解放全人类，才能最后解放自己。这就是说，劳苦大众的命运只有凭借自身力量才能得到最后的解放。劳动者的劳动果实维持着人类社会，劳动者自身权益也得靠自己去争取，没有这点觉悟，就会任人驱使。

人比动物活得更高级、文明，在于人有意识，有思想，有情趣。人与动物一样都要吃，但动物通常不会加工食品，往往逮住啥就吃啥，而人在食品加工和吃法上可谓花样百出。动物吃食是本能，人吃饭不仅是本能，而且吃出了文化，吃出了品位。比如喝酒，能喝出千般感受，还能吟咏出扣人心弦的诗篇。品茶能品出万般味道，还能写出雅致俊美的佳作。文化艺术是人类特有的精神产物。人越有文化，越有趣味，越有品位，越是追求真、善、美，才会在人类社会中得到普遍的尊重，才能越来越活出一个人样来。大家都知道，有一句骂人的话最为恶毒——猪狗不如。

为人不易，自要珍惜。做人难，难在要克服进化、遗传带来的内在兽性，多一些理性、人性，克制自己。做人要遵守人类的文明规则，对社会做出劳动奉献，尽到做人的义务，以此来获得做人的尊严，不虚度人生，成为一个真正的大写的人。人生际遇有穷困与发达之分，但一个人不论如何，爱心善意却不可或缺，只有这样才能成为穷则独善其身、达则兼济天下的君子，才能成为毛主席所教导的社会主义新人，即一个高尚的人，一个纯粹的人，一个有道德的人，一个脱离了低级趣味的人，一个有益于人民的人。

苔花如米小，也学牡丹开

我不喜欢一些世故老人的教诲，他们用厌世的口吻说一些灰心丧气的所谓经验之谈：你再努力哇，能成了某某某？人微言轻，说话顶啥用？你以为你是谁，有你说话的份吗？

有志青年把李清照“生当作人杰，死亦为鬼雄”作为人生目标，想在自己有生之年有所作为，有所成就。可是由于各种因素，能够成为人杰的毕竟是极少数。即使你努力了也没有成为人杰，这也没什么好后悔的，毕竟你在奋斗的路上跑过，多走了几里地，领略了路边的各种风景，体验到拼搏的乐趣，取得了或大或小的人生收获。你没在奥运赛场上拿到奖牌，但在国内、省内赛场取得过名次，这也是好样的。就是在县里、单位里举办的竞赛中取得过好成绩，这也是一种肯定。即使在任何场合都没有拿到成绩，起码你也锻炼了身体。人生最大的遗憾是：还没有开始，你就不敢拼搏了，你就自动放弃了。奥运冠军和其他各领域里的人杰，并不是天生的，他们所取得的成就也是靠顽强拼搏得来的。开拓进取，勇往直前，更是一种人生态度，一种生活方式。

人微言轻，说话不顶啥用，这是一种人生常态，谁都遇到过。但是地位低微不意味着你就不必独立思考，不能有自己独特的想法。别人怎么听你说话，那是别人的事，自己的想法，一定要在适当的场合试着自我表达。我是自己的主人，与世上所有的人在人格上是平等的，哪怕对方是高官大亨、哲人大师，即使他们所说的就是金玉良言，也要在自己的脑子里过滤一下，不理解的敢提问，不妥之处敢质疑，这才能够活出一个精彩的自我。说话顶用不顶用，那是外界的事。每个人当然希望自己所说的话会被别人重视，被别人采纳。但是，不被别人理睬，也要坦然。要有自己只是沧海一粟，世上像大山一样的高人多的是的心理定位，应该有一个虚怀若谷的胸怀。但是，如果你认为真理就在自己这一边，哪怕对方是权威大师，也要敢与他辩论。要树立真理至上，真理是最伟大的，是不可战胜的观念。布鲁诺当年传播真理，被烧死在百花广场，400年后，教皇为他平反昭雪，经过历史的检验，小人物终被证实为伟大的历史人物。我鄙视揣摩上司、讨好权贵，跪倒在金钱面前，说一些言不由衷的话的人。人生路能走多远，得到贵人的扶持与提携固然重要，但自身实力更重要。月亮再亮也是借助太阳的光，自身发光才是最重要的。

你以为你是谁，这里有你说话的份吗？这是世故老人教训青年、权威呵责学生、权贵训斥民众时，常能听到的。应该承认，在不同场合说话是有身份要求的，你对生物学知识一窍不通，就没有在转基因问题上的发言权；你只读过七八本书，就任意针砭文学名著，那是一种无知狂妄；你对政治、经济一无所知，就提改革建议，那也是一种鲁莽。就是毛泽东那样的伟人也不能自行其是，他说，没有调查就没有发言权。世上有些事是不可以随便说的，但是这不能成为社会精英剥夺基层民众发言权的理由，不能成为权贵剥夺普通民众参与各种社会公共事务的根据，更不能成为学术争论中的壁垒。马克思主义的一个基本观点就是，人民创造了历史。历史经验证明，领袖的伟大在于他代表了人民的利益，一旦脱离了人民，英雄必然要走向末路。社会精英所出的主意，得不到广大民众的普遍认同，就不应该实施，这是民主社会的制度要求。我想说的是，不要把公共说话的平台精英化，排斥民众的参与。比如，在一个文友微信圈里，有人说你成不了莫言，你说的话就一钱不值，你成了莫言，句句都是真理。这句话我特别反感，作为一个文学爱好者、文学写作者，只要具备了一定的文学鉴赏能力，就可以对著名作家的作品发表自己的看法，对其作品中精彩部分击掌赞叹，对其糟粕嗤之以鼻，这是很正常的现象。成不了莫言，就不能在文学上发表意见吗？岂能如此霸道！没有齐白石的才华，就不要拿起手中的笔吗？要知道一花独放不是春。我崇拜英雄，但绝不迷信英雄，绝不会匍匐在英雄面前不敢抬头。事实上，在全民文化教育普及的时代，人民大众已经具备了很强的参政议政能力，具有了在各个领域的普遍发言权。你可以看到很多真知灼见出自民间，就连国家科技奖领奖台上也出现了普通工人、农民的身影，星光大道上民间歌手大放异彩，民间大有高人在。

你是谁？你是人民中的一员，要有天下兴亡、匹夫有责的担当。你是谁？你在某一行业工作，对某一领域有所了解，有所研究，有心得体会，就对所在领域有一定的发言权。人微言轻是正常现象，但只要真理在你这一边，你说的话终究会有人信，你的建议会有人采纳，你也会变得有一定的地位，将来说出的话也会有一定的分量。如果你看不起自己，别人更看不起你。

我很欣赏“苔花如米小，也学牡丹开”这句诗，苔花是低等植物，也有生命的本能意识和志向。对于普通大众来说，我们都像一朵朵微不足道的苔花，成不了牡丹那样的国色天香，但依然要展现自身生命之美。我们绝不气馁，要有“苔花如米小，也学牡丹开”的精神追求，在万紫千红的百花园里，吐露芬芳，为大地增光添彩。

男人的骨头

男人的骨头是支撑小家的立柱栋梁，保护着一家老小温暖平安。男人的骨头是一生事业的基石，奠定了搭建理想之塔的高度。

有骨头的男人不抱怨。一件事情没有办成或者办糟了，首先从自己身上找原因，不去怨天怨地，不去抱怨别人不理解、不同情、不帮助自己，应该有着好汉做事好汉当，大不了从头再来的气概。

有骨头的男人不流泪。尼采有句名言：人生就是一场苦难。好男人有以苦为乐的情怀，用自己的双手，披荆斩棘，向大自然索取生存物质，创造财富，造福社会，同时使家人过上幸福美好的生活。

有骨头的男人永不言败。人生之途，就如攀登高山，路上要遇到酷暑严寒、惊雷闪电、暴风骤雨等各种自然灾难；会遇到蛇蝎猛兽、山洪塌方等各种生死考验。人在攀登道路上，摔倒、滚下是常有的事，有骨头的男人，总会坚强地爬起来，继续攀登走路。停下不走，就丧失了前途；躺倒不起，只能等死。

骨头硬的男人往往有血性，面对突发的灾难，勇于挺身而出，力挽狂澜；面对社会上的横行霸道，敢于拍案而起，扶助弱小。他追求真理，无所畏惧；主持公平正义，不计个人得失。

有骨头的男人说话算数，言必行，行必果。有民族大义，家国情怀，敢做敢当，任劳任怨，他们是社会的脊梁。

有骨头的男人有着男子汉的尊严，不奴颜婢膝地讨好权贵，不蝇营狗苟地去钻营谋利。有骨头的男人秉持君子爱财、取之有道的信条，功名富贵靠自己拼搏奋斗去争取，凭自己的实力说话，办事光明磊落，做人堂堂正正。

男人相对于女人而存在。男人是大山，女人是溪流。有骨头的男人把吃苦受累视为男人的本分，博得所爱之人的笑脸是男人的荣光。

女过60花正红

这次卓资山镇69届同学聚会，女同学给我留下了深刻的印象。她们花枝招展，神采飞扬，歌声甜美，舞姿潇洒，照相时常常要摆一个别致的造型，哪里有她们，哪里就传出欢歌笑语。我们男同学自叹不如，有望尘莫及的感觉。

联欢会上，女同学大展风采。连成英唱得抑扬顿挫，赵桂荣唱得大气豪迈，奥仁唱得悠扬动听，秦凤英唱得委婉有味。小学时比我们低一届的郭秀珍，作为请来的伴奏乐队成员，也为我们献歌一首。当年她是我们东完小同学中最早参加工作的人，进了县乌兰牧骑，是全县瞩目的明星。如今，现场听了她美妙的歌声，也是别有一番滋味在心头。吕佩枝更胜一筹，已经具有明星范儿了。女同学们个个身手不凡，只有宋久平唱了一首《草原上升起不落的太阳》，才为我们男生稍微挽回了一点脸面。最让女生大显身手的是舞蹈节目，她们不愧是广场舞大妈，一招一式颇有章法，激情张扬，活力四射。领舞者是高淑珍同学，她真是越活越有滋味，比去年见面又年轻了一岁。赵桂荣作为晚会的主持人，颇有大将风度，大巴车上更兼导游职责，调度有方，指挥得体，把我们男生训得一愣一愣的以。这次聚会成功，她功不可没。

在大巴车上，女生们轮流走到车头拿起麦克风，你一首来我一首，一路笑语一路欢歌。让我没想到的是沈建华的二妹（记得小名叫二利）唱得是那样的好，真是士别三日刮目相看。杨润香人美声音甜，就连《生产队里开大会》的苦歌也让她唱出了抒情的味道。在女生一遍遍的呼叫声中，郝建华站了出来，代表男生好歹唱了一首，应付了过去。

在景点照相时，女生更是漂亮，站有站相，坐有坐姿，不时摆一个造型，头上的纱巾成了她们的道具，照出的相片给人一种飘飘欲仙的感觉。当年我们小学毕业时，田文玉抢走连成英的一张照片，连成英追着田文玉满教室跑。今天，连成英主动提出与田文玉单独合影，并拥抱了田文玉。我问田文玉，连成英是否拥抱了你。田文玉幸福地笑着说，她抱我没抱。与少年时的偶像合影拥抱，也算了却田文玉小时候的一个梦想。我也幸福地与女同学李瑞英、吕佩枝、赵桂荣和董燕玲单独合了影。我从小与女同学少有来往，又多年没有联系，还存在心理障碍，所以赶紧系上了红领巾道具来掩饰心里的不自在。我与董燕玲不是同学胜似同学。我下乡时，与董燕玲在一个大队，后来还在哈达图乡政府一起工作过。本来，我很想与同院长大的段桂芳、岳彩霞合个影，也想与同在向阳巷居住的沈建华姊妹、赵建华、秦凤英合一张影，但就是没敢张嘴，也算一个小小的遗憾吧。期待5年后再聚会，实现我这个愿望吧。

女过60，儿女成家另过，她们摆脱了工作的负担、家务的劳累，经济充实，时间富裕，真正有了属于自己的人生天地，开始了人生第二春。60岁的女人花正红，我们男生要向你们学习。

卓资山69届的女同学们，我羡慕你们活出了自我，活出了精彩，祝福你们在今后的日子里生活得更加美好，健康百岁。期待30年后大欢聚，你们会给我们带来更大的惊喜，更多的快乐。

生存的圈子

在一次亲友聚会上，我问一个晚辈有何人生理想。这位后生回答：这辈子不想受制于人。我听了哑然失笑，当即跟他开了一个玩笑说，要实现你的理想，只有回归深山老林脱离人类社会，那样的话你可以不受制于人，但是你要受制于兽类，不知你与毒蛇猛兽周旋能生存多少天。真是少年不知愁滋味，世界上有不受制于人的人吗？

一个人刚懂事，就要入托儿所、幼儿园，稍大一点就要进入学校学习。从学校里出来，就得加入某个单位组织，进行劳动工作。谁都不可能例外，只不过程序上稍有不同而已。也许深山里的穷孩子，没怎么在学校受教育，直接进入社会参加劳动；也许有的人年近40，还在学校读博士后。一个人所处的生活和工作环境，构成了这个人的生存圈子。这个生存圈子就是由人与人交结成的各种社会关系组成的网，每个人都在网里活动，受到网的约束。就像孙悟空本领再大，也跳不出如来佛的手心，人也不大可能脱离他的生存圈。学生要受班长、老师、校长的管束；公务员、白领要接受单位领导的指派；工人要干工厂主管分配的活；农民搞家庭经营，相对自由一点，但也得接受村主任、乡长的管理。你祖上有钱，给你留下了工厂、企业，你一走出学校，就是厂长、董事长的身份，但钱多你也不可能随心所欲，搞不好人际关系，工人有可能会罢工，会让你经营的工厂破产。即使贵为国王，权威至高无上，也有被国民造反送上断头台的风险。人在江湖混，哪能不受制于人？

但是我们应该承认，人与人的生存圈子不同，每个人的生存自由度也不同。祖上没有给你留下什么财富，自己又没有什么学识本领，那就只能靠给别人打工之类的来养家糊口。才能学识平庸的人，即使碰上好机遇进了一个好单位，也只能当一个普通员工。若有财富，可供自己选择的生活道路就宽广得多。若在单位、社会上具有一定的地位，那么你能指使的人就比指使你的人多。权势、金钱会使人生的自由度相对大一点，生存的天地相对宽一点。

世上的事不会按照你的一厢情愿来发展，但在你一往无前的精神面前往往会发生好的变化。你本来想当一个企业家，可本身的条件和机遇让你只能当一个工人，而你对当工人极不情愿，工作敷衍了事，那将来发展的结果是，你这辈子也只能当一个不称职的工人，随时还有下岗的危险。如果你立足本职工作，积极钻研技术，学习理论知识，在劳动工作中不断有创造革新，你也许会成为工厂的技术骨干，当上车间主任，最后成为厂长也是有可能的。社会上许多厂长、企业家都是凭自己过人的努力打拼出来的。

“人为财死，鸟为食亡”，其实这句话带有很大的误区，因为这句话把人降低到动物的水平。人在满足基本生存后，更多的是追求一些精神上的东西，这种追求是人与动物的根本区别。一个人的精神追求高一些，这个人将来出息的可能性就大一些。一个人身上的自私因素越小，越是爱别人、帮助别人，虽然可能会有点吃亏，但也许收获得更多。道理很简单，人与人相处，你以真善美待人，别人也会乐于与你交往处事，你得到的发展机遇就会多。那种自私自利的人，谁想与他交往？这种人的生存圈子越来越窄，人生的自由度越来越小，越不想受制于人，到头来却越会受制于人。因此，我提一条人生忠告：不要向鸟儿学习，只想谋食，不小心会把自己的命送掉。要树立人生理想，做一个堂堂正正的人，干漂漂亮亮的事，成就一番壮丽事业。人啊，是地球的灵魂，是动物界最高贵的物种！

生活的品质

在文学作品或影视画面里常看到这样的情景：城里的成功人士偶然下乡，碰见老羊倌半躺在山坡上哼着山曲儿放羊，便触景生情，大发感慨，认为自己打拼奋斗，自以为是追求幸福，其实与幸福南辕北辙，生活中钱多钱少无所谓，幸福往往是一种心态，像老羊倌那样才是真正享受幸福。每每看到这种情景，我总要从鼻子里哼一声，真是饱汉不知饿汉饥，站着说话腰不疼，你来放几天羊试试。

我是从农村走出来的，深知羊倌的艰辛。那真是风吹日晒，碰上大雨冰雹更是遭罪。中午不回家，带冷水干粮充饥，整天与羊为伴，孤独地远离人群，只能靠哼山曲儿、喊山来解闷。放羊的多是光棍汉，村里家长骂自己的孩子不学好，就说长大就等着放羊吧。当羊倌的哪来的潇洒自在？

当然以苦为乐、苦中作乐是一种积极的人生态度。羊倌在苦难的生活中自得其乐是值得赞许的。但是精神是依附在物质基础上的，幸福生活是需要物质条件的。金钱不一定能买来幸福，但没钱却想过幸福生活是不可能的。像多数老羊倌那样家里只存半年粮，到了晚年也是不劳动不得食，没有退休养老一说。生病住不起医院，只能死抗。家中如有小孩念书学习好，还得忧愁拿什么来供孩子念大学。城里的下乡人士只看到老羊倌乐呵呵的一面，哪里体会得到他的近忧远愁。

人的生活是丰富多彩的，是全方位、立体的，同样吃饱饭，但饭菜的质量和价格却有天壤之别；同样是穿衣，衣服的好赖差距大得难以衡量；同样在人世上走动，有的人一辈子也没走出过大山，有的人却整天海阔天空地转。穷人和富人同样有烦恼，有的富人愁的是找不到更好的消费方式，而穷人愁的是下顿米面从哪里来。

生活品质的更高层次是人在社会上的体面和尊严。从表面上看，进五星级宾馆，衣冠楚楚的人走进门口，接待生礼貌地含笑点头问候；而穿戴褴褛的人还没跨进大门，就可能要被拦住盘问一番。从深层次看，一个人有所学识，有所成就，有所贡献，往往会获得社会的承认和人们的尊重。一般来说金钱可以买来体面，却不一定会带来尊严。有些人家产千万、亿万，但如果没有相应的社会责任，对公益事业一毛不拔，对穷人没有怜悯仁爱之心，也不会获得人们的尊重。也许背后有人会骂他是一只铁公鸡，如果为富不仁，就会被骂为黄世仁。

劳动人民生活品质的提高是全社会都要关注的重大问题，他们有权享受改革开放带来的成果。确保劳动人民都能享受到社会进步带来的物质文明成果，缩小两极分化的差距，真正提高全社会人民的生活品质。

赤子情怀

理想、奋斗铸入我们那代人的灵魂

我出生于1952年，在内蒙古自治区卓资山小县城长大。县城东完小是我的母校。这是一所学风优良、朝气蓬勃的学校，尤其注重对学生理想的培养和品德的教育，经常请老革命干部、荣誉军人、劳动模范为全校师生做报告，每个班级都订阅《少年报》等刊物，高年级班教室的后墙有同学自己办的黑板报，老师鼓励学生读红色革命图书，课外活动也很丰富，学习雷锋活动开展得有声有色。通过学校的教育，同学们从小就养成了积极做好人好事、敢于与不良行为做斗争、努力学习、天天向上的品德。胸怀革命远大理想，努力学习成材，为祖国、为人民建功立业的信念，铸入了学子的灵魂。

然而，当我们走上社会，遇到的现实生活却是严酷的。我们毕业时，正遇上“文化大革命”的爆发，初中上了半年就停课了。三年后，全体同学都知青插队到农村，后来在招工回城、考学中，又竞争不过老三届大哥大姐和下面的学弟学妹，因为我们69届学生只在教室里上过半年课，学业上是先天不足呀。多数同学参加工作后，又遇改革下岗潮，失业后在社会底层辛勤劳作、挣扎。但是不管社会如何巨变，人生道路如何崎岖、坎坷，我们班里的同学都勤勤恳恳地劳动工作，清清白白地做人。2016年，我们东完小、高小两个班的同学举行了毕业50周年大聚会。在聚会中发现，两个班100多名同学，虽然人生境遇各有不同，但我们中间没有一个犯法坐牢的，而成为专家教授、厅级干部、民企老板的大有人在。同学们在谈论中，聊得最多的话题依然家事、国事、天下事，爱党、爱国、爱人民依然是大家共有的情怀。我想，这是因为我们在东完小学校里接受教育时，理想、奋斗的基因铸入了灵魂，使我们每个人无论人生遭到什么境遇，都能把握做人的底线，继续苦干奋斗。

就以我来说吧，我比同班同学遭遇到更多的磨难。学校保送我升初中，县教育局派人去我父亲的单位进行政审调查。我父亲的继母是地主分子，我的父亲15岁时就被继母赶出了家门，进入商店当店员。他本人的成分是工人，按道理讲，我是出生于工人家庭的，可在那个混乱年头，我被按出身于地主家庭对待，于是我不光没有被保送，反而被剥夺了按分数录取的资格。其他出身于地主家庭的同学可以凭考试分数正常录取，就我这个高才生、保送生倒霉，失去了上初中的机会！未能升入初中，这对我来说是一次致命的打击，但我没有消沉，一边找点苦累营生干活挣钱，养活自己，一边在家自学，幻想将来以社会考生的名义再考大学。我没有上初中，但估计我是高小那班同学中读书最多的人。

1970年，在知青下乡的浪潮中，我这个社会青年被按知识青年对待，下乡到本县哈达图公社务农。

在县城里，我家属于贫困户，但我下乡山村的贫困超出了我的想象。生产队劳动一天，挣10分工，每个工只有3角钱，我在生产队属于挣高工分的社员，年终决算，扣除口粮款等开销，我只能拿到四五十元分红款。这点收入，只能勉强维持个人生活，找老婆成家，那是想都不敢想的事。村里的农业生产还是秦犁、汉耧的老一套耕作方式，加工粮食还是石器时代流传下来做法，靠驴、马拉石碾、石磨来加工。

我无法改变自己在农村当农民的命运，但却有着改变自身生存环境的想法，我不甘心平庸下去。《米丘林的故事》等书籍给了我启发，我从县种子站引回新品种作物在村里试种，其中白欧柔小麦和虎头马铃薯良种在村里试种成功，我成了公社里一位小有名气的农民技术员了，县革委会还通报表扬了我。但是外来良种都有着不同的缺陷，我就萌发了自己开展作物杂交来培育新良种的想法。后来我被招工安排到县国营良种场当农工，这为我接触农业先进科学技术提供了条件。先后认识了几个盟、县的农业技术员，于是我搞杂交育种的积极性更高了，但我这个普通农工因自行搞育种研究与良种场领导产生了冲突。经过我的争取，3年后，我又调回了哈达图公社，成了公社的一名农业干事，继续在原来知青下乡的生产大队良种场搞农技试验推广，育种试验也得以继续进行。我负责的勇士大队良种场，同时也挂着公社农科站的牌子，每年的产量高出了周围生产队一大截，为各生产队提供了大量的良种，起到了科学种田的示范引路作用。良种场还承担了中国农科院以及自治区、盟、县科研和推广部门的试验推广项目，多次受到各级政府的表彰。

我在良种场干得起劲的时候，农村开始实行包产到户的改革，土地都分到了农户。我一下失去了继续搞育种科研和农技推广的土地和工作条件。我的爱人是农村户口，我只好用爱人分的地以及岳父家的承包地来继续搞育种。育种研究是一项需要较多投资的科研项目，周期较长，科研竞争特别残酷，育出的新品系仅参加审定试验就需要3年，还有两年生产示范，新品系只有在自治区种子部门主持的品种试验中取得第一、二名，才有通过审定命名的资格，其他参试品系都要被淘汰。因此，只有地区级以上的科研院校才搞育种，我要以个人业余自费的形式搞育种研究，真是有点自不量力。我披星戴月地玩命干，为此还负债累累，因搞试验影响了单位工作，还挨领导的批评。上面专家技术员来我的育种试验田参观交流，也是由我自费招待，有时他们就住在我家。在这种艰难的工作条件下，我在小麦、莜麦、大麦3种作物上育成经自治区审定命名的5个新良种，且填补了自治区莜麦、大麦育种科研的空白，我育成的新良种成为自治区旱作麦类作物的主栽品种。内蒙古历届科技进步奖中只有3项奖属于个人非职务成果，这3项都属于我个人。我先后获得了自治区级科技奖项11项（次），晋升为研究员职称，享受国务院政府特殊津贴，成为自治区劳动模范。在内蒙古享受国务院政府特殊津贴的人中，只有我是高小文化，且工作在乡级工作岗位上。有位育种专家告诉我，我也是全国唯一在3种粮食作物上育成5个良种的人。

我的爱人是一名乡村医生，她陪我度过20多年艰苦生活，操劳过度不幸去世了。2005年，我离开村进城生活，虽然试验田还在村里，但我的工作重点已经有所转移。因为全市山坡旱地多退耕还林，农民调整种植结构，不再种小麦和莜麦，改种马铃薯和经济作物，我搞的旱地麦类作物育种研究已经没有多少价值了。于是，我开始转行，搞以“三农”为主要题材的文学创作。十几年里我出了5本书：长篇小说《科技活财神》，获得内蒙古精神文明建设“五个一工程”优秀作品奖；《智广俊散文选》、《智广俊小说选》、长篇小说《麦颂》和作词的歌曲《草原情歌》，分别获得市级“五个一工程”奖。我默默在文学领域里耕耘，不断做着绿色的梦。同时，我还搞“三农”理论研究，写了60多篇论文，发表在杂志和网络上。论文《一个基层干部对农村改革的回顾》获得了市政府首届哲学、社会科学奖二等奖。近期准备整理“三农”论文集。

我在知青下乡所在的山村一待就是40多年，村里土地上原来种植的小红麦农家品种，在丰收年景的亩产也只有100多公斤，后来种植我育成的大穗麦，高产田可以达到二三百公斤。村里最好的地过去种莜麦，最多亩产150公斤，雨水多的年份，反而因倒伏减了产，而种我育的莜麦新品种，麦秆硬，抗倒伏，亩产可以达到300公斤。种植我育的京卓1号大麦，在300多亩的旱滩地上，亩产取得了400公斤的优异成绩。我很欣慰，我用自己的科研成果帮助农民提高了粮食产量，自己也得到了党和政府的破格任用，给予了我很多荣誉。

少年时树立的理想和信念，使我在极端困难的条件下，用业余时间自费搞作物育种科研，育出了新品种，在农业科研和推广方面贡献了自己微薄的力量，在文学和“三农”研究领域里也有所收获。我与祖国同甘苦共命运，与时代进步的浪潮合拍，没有虚度人生。

趣谈马铃薯

小时候听母亲讲故事，说山西有一个财大气粗的土财主，给龙王爷敬香烧纸，祭文是这样写的：天旱我有水地，雨涝我有旱地，冰雹打了我还有山药蛋、胡萝卜。山药蛋成了这位土财主叫板龙王爷的法宝，这位土财主狂妄自负得让我失笑。

山药蛋又名土豆、洋芋，各地叫法很多，学名叫马铃薯。如今，随着山药蛋市场的走俏，连当地老农民也改口叫马铃薯啦。作为一个乌兰察布市人，可以说是吃马铃薯长大的，不管喜欢也好不喜欢也好，过去几乎家家顿顿饭菜里都离不了马铃薯。在隆重的宴席上，即使马铃薯上不了正席，但用马铃薯粉加工成的粉条那是无论如何不可缺少的，就是炒菜也得用马铃薯粉勾芡吧。我参加工作后，搞农业科技推广工作，对马铃薯有了更多的了解，才懂得人们为什么把马铃薯称作乌兰察布的三宝之一。

说马铃薯是一宝，首先在于它抗旱、耐瘠、高产。乌兰察布市十年九旱，自然灾害频繁，马铃薯是当地最稳产高产的作物。马铃薯生长期内可以抗御连续60多天的大旱，一旦遇到雨水，很快就能恢复生长，其他作物绝收了，它还可以结几颗嫩蛋蛋，帮助农民度过饥荒。若是遇上风调雨顺的好年景，马铃薯亩产可以高达七八千斤，甚至上万斤，加工的粉面可以储藏多年，用来避灾避荒。即使遇上雹灾打了枝叶，马铃薯一般也能恢复过来。马铃薯确实是一宝，它养育了一方人民。这也是土财主为什么敢把山药蛋当成法宝来挑战龙王的原因。

马铃薯是一宝更体现在它的营养价值。每100克马铃薯含能量79千卡，蛋白质2.6克，脂肪0.2克，碳水化合物17.8克，膳食纤维1.2克，钾347毫克，镁24毫克。主要氨基酸含量几乎与鸡蛋相同。B族维生素相当于胡萝卜的2倍，苹果的4倍，维生素C更是胡萝卜的10倍。现在人们把马铃薯称作十全十美的食物，植物之王。马铃薯也是保健食品，它高含膳食纤维可促进胃肠蠕动，预防结肠癌和心脏病；钾含量高可降低血压；镁对心脏有保护作用。马铃薯还是低热量的作物，是人们减肥的理想食品。过去乌盟人一年中有7个月吃不上新鲜蔬菜，全靠马铃薯提供蔬菜中的营养和维生素。

马铃薯是一宝，还在于“钱途”看好。马铃薯既可当粮又可做菜，为城乡人们所喜爱，市场需求量逐渐增大。同时它还是重要的工业原料。马铃薯淀粉是一种优质淀粉，拥有一系列独特的性能，具有其他淀粉不能代替的独特品质和功能。马铃薯淀粉颗粒大，具有高黏性，能调制出高稠度的糊，能产生优良柔韧的膜，淀粉糊中很少出现凝胶或退化现象。食品中添加马铃薯淀粉可以增强产品的保质期限。马铃薯淀粉口味温和，无刺激，它不像玉米、小麦淀粉有那样典型的谷物口味，因此是食品添加剂的最佳选择。目前国际上任何一个名牌食品都选择马铃薯淀粉作为添加剂。马铃薯淀粉在造纸业、食品日用化工业、纺织业、糖果业、铸造业、石油工业、饲料业等行业中被广泛应用。由于马铃薯用途广，市场前景看好，又十分适应乌兰察布市的自然生产条件，能够稳产高产，因此，马铃薯成为该市农民种地致富的首选作物。种植加工马铃薯，成为该市的骨干支柱型产业，乌兰察布市也因此号称是中国的“薯都”。

其实马铃薯不光是乌兰察布市的宝，也是全国的一大宝。我国西北、华北、云贵高原都把马铃薯当作主导农作物来发展。我国马铃薯年度播种面积为5000多万亩，约占世界播种面积的18.9%，是全世界第一大马铃薯种植国。马铃薯亦是全世界的一大宝，它是世界上第四大作物。由于马铃薯具有稳产高产、适应性强的优点，在全世界的种植面积逐年扩大，被认为是解决第三世界贫困人口饥饿问题的优先发展的农作物，联合国将2008年定为“马铃薯年”，以期引起全世界对马铃薯的重视。不要以为马铃薯只是贫困地区的人填饱肚子的低廉食物，它更是欧美发达国家餐桌上离不开的美食。马铃薯薯片、薯条、薯泥是美国人喜爱的食物，我们去麦当劳餐厅就餐，食谱中总会搭配一份油炸薯条的。英国人最喜爱的一道食品是薯条配炸鱼。西餐中牛排、猪排和花样繁多的糕点、蛋卷，都要配马铃薯。手头有份资料介绍，2002～2003年亚洲人均消费马铃薯21公斤，而欧洲人均达到93公斤，可见富裕国家的人更喜欢吃马铃薯。赫鲁晓夫曾把土豆烧牛肉当作实现共产主义幸福生活的标志，由此可见马铃薯在苏联地区的重要性。

用马铃薯加工的休闲食品约有2000多种，在俄罗斯，烤马铃薯的小店就如我国城镇的烤红薯摊一样普遍。这种小店把烤好的马铃薯现场捣成薯泥，依据客人的口味，添加不同调料搅拌而成，据说味道美极了。相比之下，我国马铃薯休闲食品开发得并不怎么样。30年前，农村人把煮熟的马铃薯晒干，大人小孩啃干山药。改革开放以来，超市里开始卖炸薯片，国人并不全喜欢。

如今，全世界都把马铃薯当作一宝，可马铃薯走上餐桌却有着曲折的经历，说起来可叹可笑。

南美洲是马铃薯的原产地，生活在安第斯山的印第安人发现并培育了马铃薯这种农作物。马铃薯中含有龙葵素，不同品种的马铃薯中龙葵素的含量不同，发了芽的和块茎发绿了的马铃薯，龙葵素就会显著增多，吃了龙葵素含量高的马铃薯，严重的话能置人死地。其实从野生马铃薯培育成栽培马铃薯，印第安人是付出了许多生命代价的。马铃薯是印第安人对人类的重大贡献。

马铃薯在古代南美洲印第安人的生活中占有重要地位，马铃薯的丰歉直接影响他们的生活。因此，印第安人把马铃薯尊奉为“丰收之神”，并认为马铃薯是有“灵魂”的。如果某一年马铃薯歉收或严重减产，就认为是“怠慢”了马铃薯神，必须举行一次盛大的祭祀仪式，要杀死牲畜和男女孩子作为祭品，祈求马铃薯神保佑丰收。这种残酷的祭神仪式延续了很长时间。现在秘鲁等国的印第安人还在过盛大的马铃薯节，节日里大家载歌载舞，期盼马铃薯能有一个好收成。

1492年，西班牙人哥伦布带领的船队发现了美洲新大陆。1493年，哥伦布率人返回了欧洲，带回了美洲特有的植物和农作物，比如玉米、甜菜、烟草、花生等，却没有带回马铃薯。1536年，西班牙考察队深入秘鲁腹地考察，记载了一种叫作“巴巴司”的作物，这就是马铃薯。1565年，统治南美的西班牙总督把马铃薯献给了国王菲利普二世，这是欧洲引种马铃薯的正式记载。但在长达一百多年的时间里，欧洲人并不知道马铃薯的食用价值，而是将它作为一种花卉在王宫贵族的花园里种植。法国路易十六的皇后玛丽·安托瓦内特就喜欢在发际上佩戴马铃薯花。其实马铃薯花并不好看，只是物以稀为贵而已。

由于马铃薯富含维生素C，有一段时间欧洲人把马铃薯当作药品来对待，用来治疗坏血病等。约在1565年，西班牙国王把它献给了有病的罗马教皇庇尤四世。1583年，罗马教廷的红衣主教从意大利把马铃薯作为药物带到比利时，而红衣主教的随从则把其中的几个块茎赠给了一位小城市的市长蒙萨德·谢弗里，这位市长又在1588年1月把自己收获的两个块茎和一个浆果寄给了克鲁苏斯。克鲁苏斯是一位著名的植物学家，他十分重视马铃薯，栽下了块茎，播下了种子，进行了植物学研究。此后，他向许多植物爱好者和植物园赠送了一部分繁殖品。马铃薯在比利时逐渐推广开来。

在瑞典哥德堡市中心的小广场上矗立一座塑像，是约拿斯·阿尔斯特鲁玛。他于1724年从外国返回家乡，种植推广马铃薯。瑞典人立塑像来纪念他是瑞典第一个吃马铃薯并推广的人。

在法国也有一座塑像来纪念推广种植马铃薯的人，这个人叫巴孟泰尔。他在普法战争中被普鲁士人俘虏，在战俘营中看到作为喂猪食品的马铃薯，认识到马铃薯的价值，对马铃薯情有独钟，回国后大力推广马铃薯种植。他推广马铃薯的手段很特别，白天雇佣重兵看守马铃薯地，晚上却把兵撤回，故弄玄虚，吊起附近农民的好奇心，大家就去他种的马铃薯地偷种，带着神秘色彩的马铃薯就这样在当地扩散开来。

其实，法国的安·奥巴曼奇是第一个观察并研究马铃薯的农学家，他从长期栽培马铃薯的过程中得出马铃薯不仅能吃，而且好吃，是一种重要的农作物。但法国人并没有为他塑像立碑。

英国的拉雷夫爵士，从美洲探险回来，带回一些马铃薯块茎种植在自己的庄园里。他拍国王的马屁，送给王宫一整株马铃薯。王宫的厨师没见过这玩意，又不懂装懂，就自作主张把马铃薯块茎扔掉了，然后用马铃薯的茎叶做成一道菜献给国王食用。国王宴请贵族吃这种新鲜食品，但是马铃薯茎叶有微毒，国王等人吃了以后，难免要闹肚子，于是英国上层人士就认定马铃薯不是一种好东西，一直到1733年，依然认为马铃薯是低等人吃的食品。大画家凡·高在他那幅有名的油画《吃土豆的人》中，描绘了穷人吃土豆的凄惨忧伤的情景，反映了当时英国上层人士对马铃薯的看法。英国人迈克尔波伦在他撰写的《植物的欲望》一书中描述：小麦是向上的，指向太阳和文明，土豆却是向下的，它是地狱的，在地下看不见的地方生长，它那些没有区别的褐色块茎，懒散地长出一些藤叶趴在地面上。他的话表明了英国贵族对马铃薯的蔑视和无知。更有甚者，英国一个叫贝山崆的地方，认为马铃薯传染麻风病、肺病，地方议会立法禁止种植马铃薯。

普奥战争期间，战乱造成了饥荒，人们急需一种容易到手并能填饱肚子的食物，而马铃薯正是这样一种作物，于是，普鲁士国王弗里德里希二世亲自动手，软硬兼施地在普鲁士推广马铃薯。到18世纪末，普鲁士农民已经普遍种植马铃薯了。

进入19世纪，马铃薯已经成为欧洲的一种主要农作物。爱尔兰是欧洲种植马铃薯最早、种植面积最大的国家，那时爱尔兰受英国统治，可人口却是欧洲最多的，是马铃薯解决了那里穷困人民的饥饿问题。谁知乐极生悲，1845至1850年，欧洲爆发了马铃薯晚疫病，在以马铃薯为主要粮食的爱尔兰引起了大规模饥荒，有100万人饿死了，200万人逃离欧洲，移民到美国。爱尔兰移民占到当时美国总人口的1/4。一场马铃薯疫病灾难造成了欧洲历史上一次最大的移民潮，移民成了美国、加拿大等美洲国家崛起的基础，这是历史上意想不到的事。

在欧洲用了200多年才广泛种植马铃薯，其阻力了除来自人们守旧的观念、习惯势力和王室统治者不重视等原因外，当时生物学落后也是一个重要原因。马铃薯从南美洲引进欧洲，渠道不同，品种更是五花八门，有些品种不适合在欧洲种植，有的品种感染严重的疾病，经过生物学家和农民不断的试验和实践，不断筛选培育出适合欧洲种植的马铃薯品种，才使马铃薯在欧洲扎了根。

说来有意思，美洲分为南美洲、北美洲，人种都是印第安人。秘鲁等南美洲栽培食用马铃薯已经有8000多年的历史，可在北美洲却没见过马铃薯，直到1791年，爱尔兰移民才把马铃薯带去了美国。美国外交家本杰明·富兰克林在法国任美国大使期间，参加过一次宴会，席间鉴赏了用马铃薯为原料做的20种菜肴，印象深刻。富兰克林回到美国后，盛赞马铃薯是最好的蔬菜，从此美国人追随富兰克林引领的潮流，马铃薯也开始在殖民地和边远的西部地区得以种植。

油炸薯片是美国人发明的马铃薯加工食品，风行全世界。油炸薯片的发明充满戏剧色彩。1853年，一个富有的商人在纽约某个时尚度假村吃晚饭，他抱怨炸马铃薯太厚，将炸马铃薯退给厨房。为了给这个傲慢的顾客一个难堪，大厨切了一些像纸一样薄的马铃薯，放在油锅中炸，并撒上盐。让所有人都大跌眼镜的是，这位客人非常喜欢大厨的“Saratoga Chips”（萨拉托加薯片），从此马铃薯片也开始流行起来。

马铃薯在俄罗斯的推广还带有血腥色彩。19世纪初，彼得大帝隐姓埋名到欧洲学习游历，回国时买回一袋马铃薯。经过宫廷王室试种，发现了马铃薯的种植价值，皇室开始用行政指令的方式在俄罗斯推广马铃薯。1765年1月16日，枢密院发布了关于种植马铃薯的第一道指令。1842年，沙皇尼古拉一世在几个省设立了马铃薯育种地段，为了推广而集中掌握马铃薯种子，按公有方式种植马铃薯，这引起农民的怀疑和不满。农民对种植马铃薯有顾虑，同时怀疑沙皇是将自由农民当作农奴来对待，就举行了声势浩大的起义造反，结果遭到了沙皇的残酷镇压。马铃薯是伴随着枪声和血泪在俄罗斯安家落户的。

我国何时引种马铃薯，马铃薯从哪个渠道进入我国，并不像红薯一样有明确的记载。红薯是广东东莞人陈益于1582年从越南带回来的。我国第一次出现“马铃薯”这个名称，是在福建《松溪县志》上，时间是1700年。但有人认为，县志里记载的马铃薯也可能是红薯，因为红薯随后在南方迅速向四方推广，而马铃薯却没见有人再提到过，直到1788年湖北《房县志》才又提到马铃薯。甘肃天水地区，发现了1863年时的马铃薯储窖遗址，这是我国种植马铃薯的确切证据。马铃薯在我国首先是在西北和东北地区推广种植的，实际上只有100多年的推广种植历史。

乌兰察布市何时引种马铃薯，没有文献记载，但很早以前就有这样一句俗语：内蒙古三件宝，莜面、山药、羊皮袄。可以表明，马铃薯是乌兰察布市的主要农作物。长期以来，乌兰察布市的马铃薯种植只有3个农家品种，分别是里外黄、黑驴蛋和紫山药。其中，里外黄的种植面积占绝对优势，这个品种特别好吃，又沙又甜又香，比烤红薯还有味道，但产量不高，一般亩产500多公斤。到了20世纪60年代，由乌盟农科所引进并推广了克役、虎头等品种，可是新引进的品种虽然产量高，但病害严重，有早疫病、晚疫病、环腐病和病毒病等。那时生产队马铃薯储窖经常会发生整窖山药烂掉的现象，甚至出现有人下窖被腐毒气体熏死的事故。为了解决马铃薯病害和高产难题，乌盟农科所老技师张鸿奎首先提出用马铃薯种子来育苗种植。马铃薯一般是用刀切开的块茎来种植的，这叫无性繁殖。实际上整薯播种马铃薯的产量更高，切薯是为了节约种子。马铃薯块茎表皮上分布着20多个芽眼，理论上每个芽眼都能长出植株来，所以能够把马铃薯种薯切开来种。马铃薯开花结下的浆果俗名叫“酸梨儿蛋”，浆果里的种子也可播种出马铃薯苗来，叫“实生薯苗”，这是马铃薯有性繁殖。张鸿奎这项研究引起盟委的重视，开始在全盟推广，全盟各地农村生产大队、小队的农民技术员差不多都参加过，但这项技术并不成熟，有些病毒病不能排除，于是忙乱了一阵就偃旗息鼓了。

20世纪70年代，中国农科院植物所专家老陶来乌盟试验推广无病毒种薯。科学家发现，马铃薯芽生长点部分不带病毒，于是人们在实验室显微镜下把马铃薯生长锥那段切下来培养。培养出马铃薯苗后，再无性扩繁。用这种方法生产的马铃薯块茎叫作“脱毒无病毒种薯”。这种生产方法成功了，目前马铃薯生产上使用的大多是脱毒种薯。

到了20世纪80年代，克新1号和紫花白成为全区马铃薯主推品种。后来从国外引进中心24号等品种，产量虽然高，但品质不好。进入21世纪，随着麦当劳快餐进入我国，一批专用薯品种从国外引进，有加工薯片的大西洋和加工薯条的夏波蒂，食用品种有底西芮、费乌瑞特等。内蒙古人最喜欢吃的是红皮黄肉的底西芮和后旗红品种。这两个品种淀粉含量高，口感好。说来奇怪，紫花白和后旗红这两个重要品种，却是无主品种，也没有通过自治区品种审定或认定。我在1972年知青下乡时，生产队就引种紫花白品种，当时叫梨脆，说是从河北省引进的。紫花白在生产上年度播种面积曾达到几百万亩，可无人认领这项科研成果。后旗红是察右后旗培育的本土品种，2013年注册“后旗红”商标，同年被认证为A级绿色产品，并于2015年在第十六届中国绿色食品博览会上获得金奖。2017年，国际品牌标准工程能级认证评定专家组，授予“后旗红”牌马铃薯AAAAA级国际品牌认证。然而，谁是这个品种的育种人却长期搞不清楚。

1998年，乌盟开始大面积试验推广旱地马铃薯地膜覆盖技术。2004年开始，推广喷灌圈种植，随后又引进马铃薯地膜滴灌技术，温室大棚也开始种反季节马铃薯。科学技术的进步，使马铃薯生产产量、产值有了大幅度提高。如今，水地马铃薯亩产量多在5千斤以上，比二十世纪六七十年代产量提高了一倍多。马铃薯这个“土豆”，如今已成了乌兰察布市农民种地致富的“金豆豆”。

农业部于2015年1月6日发布消息称，我国将启动马铃薯主粮化战略，推进把马铃薯加工成馒头、面条、米粉等主食。未来马铃薯将成为稻米、小麦、玉米之外的第四大主粮作物。马铃薯产业化进入一个新的快速发展阶段，方兴未艾，大有可为。

心系“三农”赤子情怀

1970年，我作为知青插队下乡，来到了内蒙古卓资县哈达图山村，后来成为哈达图乡政府（公社）的一名干事，在这里生活、工作了40多年。刚下乡时，农村还沿袭着牛耕耧播的古老生产方式，小麦、莜麦的亩产量只有50多公斤，农民的生活十分艰难困苦。农村的贫困落后刺激了我，农民的勤劳乐观、淳朴善良感动了我，从小接受的红色文化教育，特别是邢燕子、董加耕等下乡知青模范鼓舞了我，对科学的向往和追求激励着我，我决心在农村这个广阔天地有所作为，贡献自己的青春年华。我在山村开始搞起农业科技试验和农技推广，依托大队良种场开展了作物育种研究，成为当地小有名气的农民技术员，多次受到县、盟政府的表彰。包产到户后，良种场解体了，我就转包农民的承包地做育种试验田，以自费的形式继续从事育种研究。我先后在小麦、莜麦、大麦3种作物上育成经自治区审定命名的5个新品种，获得了自治区级奖励11项，被评为自治区劳模，取得了研究员职称，享受国务院政府特殊津贴待遇。

我亲历了农村40多年的变革过程，在搞科研育种研究的同时，我也不断思考人民公社的得失成败，思考包产到户以来农村工作中的经验和教训，开始写起有关“三农”问题的文章。在市报和市里办的两家杂志——《大家谈》和《文化研究》上陆续发表了40多篇文章。2010年，李昌平等“三农”学者发起了“县乡干部论坛”第五届年会公开征稿，我写了《贫困地区农村变局与出路》一文投稿，被论坛选中，我出席了在上海华东师范大学举办的会议。在这次会议上，我认识了很多老师和朋友，学到了不少新的东西。在李昌平等人的影响下，我走进了“三农”问题研究这个学术圈里。值得一提的是，我在上海会议上与山西代县党校何平常务副校长结识，并成为志同道合的好朋友。何平这个草根“三农”学者，胸怀博大，视野宽广，对社会主义有着真挚的信念，有着共产党员强烈的使命感。他对全国各地坚持搞社会主义集体经营的村庄了如指掌，与全国“三农”学者多有联系，朋友遍天下。他每写成一篇新的文章，总是先与我分享；他发现了“三农”研究新的焦点时总要提醒我关注，鼓励我写文章参与讨论。据我所知，是何平第一个将人民公社的性质定位为官办集体经济。对何平这个观点，学术界和网络上争议很大，我也先后发表了七八篇文章回应支持何平，其中一篇题目是《人民公社性质定位的争论》。何平也是最早发现有人借农业部推行的农村土地确权，有将农村土地私有化的企图。在他的鼓励下，我对土地确权问题发表了八九篇文章，在圈里和网上引起一定的反响。2017年1月，王宏甲老师写的《塘约道路》出版，我阅读后写了《新农村建设的方向——塘约道路》一文，这是在红歌会等网站上发表的第一篇有关塘约村的文章。随后，塘约道路在“三农”研究学术圈和网络上引起热议，我随后发表了七八篇文章参与争鸣。在我所写的论辩争鸣的文章中，为了强调所坚持的观点，内容不免存在重复的地方，请大家予以理解。我写的《论〈农村人民公社工作条例（修正草案）〉的科学和历史价值》《包产到户后土地的演变及对策建议》《乡村振兴，关键在于两个突破》《资本大鳄的猖狂叫嚣》《一个新的好兆头》等文章在网络上的点击量也很高，引起了大家的关注。

我近年写的文章主要在食物主权、红歌会、察网、昆仑策、乌有之乡、复兴网、红色文化等网站上发表。《经济导刊》《实践》和北大潘维老师主办的《观察与交流》等纸媒刊物也转载过我的文章。我个人觉得，文章发表在网站上，及时、便利、影响面大，作者与读者可以通过留言互动，网络是一个很好的宣传平台。我写文章不是为了评职称，不谋稿费，也不是为了出名，只是想表达我对“三农”问题的思考而已，因此我喜欢优先在网站上发表。

但是在网上发表的东西传播分散，容易流失，不易保存，所以就出了一部“三农”问题研究论文集。该书收录了我写的56篇文章，书中不全是论辩文章，也收录了几篇有关“三农”问题的随笔和纪实文章。

我对“三农”问题的研究，更多的是以文学形式来书写和发表，我已经写了以“三农”题材为主的5部文学书籍。长篇小说《科技活财神》反映的是农业科技推广方面的事，触及了农村变革的时代脉搏，述说了农民种田的喜乐忧愁，演绎了农技人员的精彩人生。该书获得了内蒙古精神文明建设“五个一工程”优秀作品奖。2017年10月出版的长篇小说《麦颂》，客观公正地描述了人民公社和包产到户时期农村的社会百态，对人民公社的得失做出较为深刻的反思。这也是我带有自传体性质的小说，扩展并丰富了知青题材的小说，像我这样一直没有离开插队下乡的地方，一直从事作物育种与农技推广工作的知青，在全国范围来说恐怕也不多。2018年《中国报告文学》第8期杂志，登了我写的《做大做强“草原参”产业——察右中旗农业结构调整纪实》。

农业依然是国民经济的基础，粮食生产依然是国家和民族的命脉。农民富裕不了，就不可能实现全面小康的富裕社会；农村不稳，就依然存在地动山摇的风险；农业生产实现不了现代化，我国就难以成为世界上的强国。既然我与“三农”结了缘，就要一辈子为农民的幸福、农业生产的发展、农村的振兴出谋划策，贡献自己一点微薄的力量。我的文章观点不一定对，但我敢说，是在实事求是的基础上，以赤子之心写就的。我愿意与读者交流，听取大家的意见，修正错误，更好地进步，更好地为“三农”工作服务。

我写《麦颂》

1970年，我作为知青插队来到了内蒙古卓资县哈达图公社，以农民技术员的身份开始搞以作物育种为主要内容的农业科研与推广工作，在哈达图山村一待就是40多年。1960年，城市压缩人口，我随母亲下放农村，还在哈达图公社生活了5年。

我先后在哈达图生活了50多年，可以算得上是地地道道的农村人了。我见证了人民公社、包产到户的过程，曾经以农技推广者的身份积极投身于人民公社和其后的新农村建设工作中，曾被评为自治区劳模。我对农村大地一往情深，爱得深沉。我与农民朋友同甘苦共命运，一起经历时代的浮沉。我对“三农”问题牵肠挂肚，是一名常在网上就“三农”问题发声的活跃分子。我要把亲身经历的农村变迁的过程如实记述下来，要把对人民公社及包产到户的成败得失的思考写出来，要把知识青年到农村的广阔天地里是可以大有作为的励志故事奉献给大家，这就是我写《麦颂》这部长篇小说的动机。

党在不同时期的政策主导着农村的发展，各级政府的行政行为很大程度上决定着农村的兴衰。社会主义建设事业，是由一群胸怀社会主义理想和信念的共产党人发动、带领广大人民去实践、去奋斗的伟大事业。写中国当代农村，如果把党和政府的作用抽象化、模糊化，把基层干部妖魔化，那么写出的作品一定不是真实的农村。那种只是从人性的好坏来描写农村的故事，一定是与农村生活隔靴搔痒。在《麦颂》一书里，我歌颂了学大寨战天斗地的奋斗精神，但同时揭示了正是农业学大寨的官僚形式主义、极左做法把人民公社搞糟了。我这种写法也许会左右不讨好，但我坚持现实主义真实的写法，实事求是地总结人民公社的经验与教训。

农业科研与推广队伍是农村建设、农业发展的一支重要力量，是农村先进生产力的代表，然而，描写农业科学工作者、农业技术推广者、农民技术员的小说却少之又少。《麦颂》一书塑造了一批农业科研与推广人员的典型形象，特别是塑造了民间科学爱好者（俗称“民科”）的形象，希望大家喜欢。该书后半部着重揭露抨击了科技界的腐败问题，科技反腐是该书的一大特色。

我反对爱情至上，认为人生在世，事业为重，爱情附丽于事业上，才会绚丽灿烂。书中男女主人公的情感描写就是以这个基调展开的，感情与事业的冲突引发一连串的波折，与常见的爱情故事有所不同。

这本书原创性较强，容易引起争议。历时两年多时间，换了3家出版社，才由中国文联出版社出版发行。出书来之不易，欢迎品读，敬请雅正。

雨啊，雨

我在农村种了40多年的地，养成了盼雨的情结。与乡邻交谈，话说三句总要扯到下雨上。从三九寒天起，就分析来年的降雨趋势；到了春耕季节，更是揪心扯肺地盼望能来场捉苗及时雨；暑天遇到大旱，那真是忧心如焚，煎熬得吃饭不香，睡觉不稳，心里反复念叨着一首儿歌：老天老天下大雨，蒸下馍馍贡献你。

不要耻笑庄户人没出息，在十年九旱、春雨贵如油的乌兰察布大地上，雨就是粮食，雨就是一家老小生活能够温饱的保证，雨就是庄户人的命，雨就是庄户人的运，哪个庄户人不盼望下雨。

老天爷主宰着庄稼丰歉，决定着庄户人的温饱幸福。琢磨探究老天爷在新的一年里的雨量分布图就是庄户人最大的智慧。只要预测准新的一年中雨量的多寡和降雨分布趋势，就可以选择不同特性的农作物来趋利避害，夺取较好的收成。有句农谚说得好：种对十亩田，等于受半年。

在农村流传着一个能预测雨量多寡和年景丰歉的传奇故事，版本不同，内容大体相似。说某朝某代某地有一个闭门不出、读书无数的学子，家人嘲笑他是一个学富五车却百无一用的书呆子。可他继承家产成为家族当家人后，到了春播季节，却不让家人种地，而是拉土高筑护村大坝，同时大量储积荞麦、糜子等小日期作物种子。结果当年发生大旱，种子种进地，要么没出苗，要么旱死。到了6月底，天又突降暴雨，洪水把村庄房屋冲垮，而这位学子所在的村子却因修建了护村大坝，防住了洪灾。水退后，该村人撒播囤积的荞麦、糜子，灾年获得了大丰收。对这类传说，我大多不信。中国古书浩如烟海，可教人种地的农书却很少，还没听过有能预测老天降雨的古书，读书多未必能预测天旱雨涝。这类故事是寄托了农民渴望预测天气变化的一个良好心愿。

农业还处在经验科学阶段，庄户人总喜欢用自己的经验来预测雨量年景，而自己又没多大的把握，就喜欢与人交流探讨，所以庄户人互相见了面，老天下雨不下雨是他们谈论最多的话题。庄户人会根据身边的动物、植物和周围环境的变化，甚至人体腰酸腿痛来预测天气的变化。你别说，有的物象变化与降雨是有着密切联系的，比如谚语说，蚂蚁搬家蛇过道，说明地返潮，往往意味着5天内有大雨发生；秋天树叶干在树枝上久久不落，往往意味着来年有大旱发生。为此，民间流传下许多相关的农谚。这些农谚有的很灵验，但是还谈不上十拿九稳，因为天气变化非常复杂。预测降雨年景比较靠谱的人，就是村子里的能人，他走到哪里，都有人恭敬地请教询问。春播前，还有外村人专程上门来请教。我在农村与这种能人交往得不少，也了解过他们预测的根据，验证过他们预测的结果，准确率最高不过70%而已。但也遇过奇人，乌兰察布市气象台有一个叫张双印的人，听说此人学历不高，喜欢土洋结合来做气象预报，他在20世纪70年代乌盟科技情报所办的活页科技情报和该所后来办的杂志上发表个人长期气象预报。我对他的预测验证过3年，很是信服。特别是1975年，他预测将发生春涝。我当时看了说他开国际玩笑，乌盟十年九春旱，哪能发生春涝。可结果是，小麦播种不久，降了一场50多毫米的大雨，我所住的大队队部的饭厅屋顶都被雨淋塌了。我们国家气象预报是不准许个人来发布的，后来我就再没看到张双印的气象预报。大约在80年代，我又一次在市级刊物上看到张双印关于气象预报的科技论文，文中写道，他是从大气环流、太阳黑子的变化、厄尔尼诺现象、物候变化等方面综合考虑，做出长期气象预报的，文中透漏出当年又是一个多雨年份的信息。我相信他的天气预报，就包了农民100多亩弃耕地来种，秋后取得让村民眼热的丰收，小赚了一把。事后，我写信向张双印表示感谢。有一年，乌盟日报上登载关于张双印的长篇报道，文中还引用了我写给他的信中的话语，但我始终没见过张双印的面。

在与老天爷打交道的过程中，我也学会了看老天爷的脸色。我会根据风向、云层走势、气压、物候的变化预测出近两三天内有没有降雨。这对我种地很有好处，我善于在雨前种下小麦种子，如期等来降雨，让老农惊叹不已。我也曾在大晴天撒下化肥做追肥，村民说我发神经，可傍晚大雨如期而至。于是，有的村民称我为“活龙王”。后来农村有了电视，农民都学会根据电视上天气预报的云图来判断第二天会不会下雨，往往十有七八的准。但我总以自己的经验来预测电视台播的天气预报的准确率，那已经成为我们家的一个固定节目。

老天爷至高无上，人们左右不了老天爷降不降雨，但是我们可以摸准他的脾气来行事，有选择地种庄稼。我在农村搞农作物育种和栽培研究，经过多年科学和生产实践摸索出一套避旱、抗旱的办法。8月中旬是小麦的收获期，往往也是一年中的降雨盛期。小麦不光利用不上后期的雨水，还常常发生小麦穗生芽的现象，二十世纪六七十年代，城市供应市民面粉，免不了会供应市民生芽麦子磨成的面，那种面蒸出的馒头，吃在嘴里黏牙。我就选育引进晚熟、耐穗发芽的品种，解决了成熟小麦生芽的难题。我发现小麦有再生能力，就有意选育再生能力强的旱地小麦品种，我选育的80混2小麦品种，遇上春夏连旱，只要在7月7号前遇到透雨，濒临死亡的麦苗会大量滋生二茬穗，二茬穗照样可以丰收。该品种越是旱年，相比别的品种而言增产幅度越大，甚至成倍地增产，农民给起了一个外号，叫“老不旱”。我后来选育的超大穗蒙麦35号品种，生育期比一般小麦品种延长了一个多月，抗旱性更强，参加自治区级旱地小麦生产示范试验，增产幅度高达72.6%。遇春旱不能及时播种的年景，只要6月22日前降场透雨，种植我选育的京卓1号早熟大麦品种，照样可以高产丰收。俗话说，没有不下雨的老天爷，只不过雨降到哪个时段而已。降不降雨是天意，可提高雨水的利用率却在自己，事在人为，大有可为。

庄户人盼雨，可雨来得不应时或来得过于集中，就造成了灾害。春播时，遇雨涝天气，大滩里的土地容易发生板结，难捉住全苗。秋天齐腰高的庄稼眼看丰收在望，一场暴雨过后，庄稼倒伏不起，所收无几。更可怕的是麦子收下后，还没来得及拉运脱粒却发生洪灾。我亲眼见识过一场洪灾的发生：天上黑云密布，电闪雷鸣，大有压垮大地的架势，忽然黑云中钻出一小股白云，在黑云堆里钻来钻去。老年人惊恐地说，不得了啦，老龙显尾了。说话间，瓢泼大雨而至，就地起水，顺流成河，河水把地里的麦捆冲走，在河道里聚成大坝，大坝越聚越高，把洪水逼近了村，霎时冲毁了半边村的住房，猪、牛、羊无助地在水中随波逐流。站在高地逃难的村民中有人号啕大哭，那是家人被水冲走了。雨水太多时也很可怕。

雨啊，庄户人爱你、盼你，有时也恨你，可就是离不开你。

燕麦育种的突破

1970年，我作为知青插队来到哈达图山村。

这里非常贫困，我的心情十分失望、茫然。我无法改变当农民的命运安排，但又不想一味屈服于命运的摆布，虚度人生，就想力所能及地改变生存环境。我看过《米丘林的故事》一书，也想学米丘林培育新良种，用科技来改造农业生产面貌，从而实现自己的人生理想。

我从县种子站为生产队引进了“欧柔”小麦新良种、“克疫”马铃薯品种，种植获得了成功，我逐渐成为公社里一位小有名气的农民技术员，还有简报登了我的事迹。我在农业科技试验工作中发现，当时乌盟农田种植的小麦、莜麦（即裸燕麦）、大麦还是祖祖辈辈传下来的农家品种。莜麦主要有两个品种，一个叫大莜麦，生育期较长；一个叫小莜麦，生育期较短。它们共同的特点是耐旱、耐瘠薄，适应在旱地上种植。种植在肥沃滩地上，遇雨水多的年份，极容易发生倒伏。记得我第一次在生产队割卧蛋（倒伏）莜麦时，看到过腰高的莜麦倒伏后，麦穗里少有籽粒，所收无几。十年九旱，老天爷好不容易多下了一点雨，种植在好地上的莜麦反而因倒伏减产了，实在痛心得很。要想改变这种状况，首先在于引进抗倒伏莜麦新良种。当时国内还没有单位育出莜麦新良种。1962年，农业部下属单位曾搞过一轮莜麦引种试验，筛选出一个从苏联引入的品种，命名为“华北2号”。我也把华北2号引进了生产队。华北2号虽然在抗倒伏、丰产方面有所改进，但效果有限。我那时已经开展小麦杂交育种研究，也想搞莜麦杂交育种，但没有适合的品种资源无从下手。天无绝人之路，有一年夏天，我到一家科研所试验田参观，与搞莜麦育种的老师聊得很投机。秋后，我又去这家科研所，与这位搞莜麦育种的老师深入交流。老师主动把他搞的莜麦与从外国引进的皮燕麦品种杂交后代的材料分给了我一部分。我就用这部分材料搞起了莜麦育种研究。

1981年，内蒙古种子管理站主持了首轮莜麦新品种审定试验，自治区内外科研单位提供了11个莜麦新品系，我也提供了参试品系，以华北2号品种为对照。试验结果是：我育的品系一枝独秀，三年区域试验比对照品种平均增产12.4%，没有减产点；二年生产示范比对照增产18%，以极其优异的增产数据通过了审定试验，被命名为“乌燕1号”，填补了自治区莜麦育种的空白。科研单位的一些育种专家对我这个社队农民技术员有点不服气，认为我是瞎猫逮住了死耗子。我能育出乌燕1号品种，主要在于我的育种思路和选择方法有所创新。从理论上讲，小麦比莜麦省水，更适应旱地种植，因此，自治区莜麦育种单位都把培育水地品种作为育种方向。但是这些专家机械地理解了作物的抗旱性。作物抗旱性是一种适应自然环境的能力，乌盟降雨量主要集中在七八月，小麦需水旺期在生长的前期，而莜麦需水旺期是在生长后期，从这个意义上讲，莜麦比小麦更适合在乌盟旱地上种植，而且事实上全自治区的莜麦有95%是在旱地上种植的。我的莜麦育种目标确定为选育旱地品种，比较切合当地莜麦生产实际。农科院等单位莜麦育种田设在肥沃的土地上，而我是在肥力低下的土地上进行试验。育种路线不同，试验环境不同，自然会有不同的选择结果，这是我与科研单位在育种科研竞争中胜出的主要原因。

莜麦传统品种，比如大莜麦农家种，叶片细长下披，叶色灰绿，穗型为侧扇形，大家都把这种形状视为抗旱品种的表现。我常常在烈日炎炎的中午下地观察莜麦品种的抗旱性能，结果发现了有几行莜麦不像其他品种一样叶片萎蔫。通常认为，作物叶片在高温下萎蔫是抗御高温的一种自我保护功能，它主动关闭了呼吸气孔，停止了光合作用。那么这几行莜麦穗系为啥没有出现叶片萎蔫现象呢?合理的解释应该是：这几个穗系在中午高温下能继续进行光合作用，不存在光休眠现象，这应该也是一种抗旱高产的特殊性能。品种抗旱性也可以解释为作物在干旱高温的环境下能够稳定进行光合作用的能力。理论认识上的提高，指导我在莜麦育种试验中选择出不同凡响的新品种。乌燕1号的性状与传统莜麦品种显著不同，该品种叶色浓绿，叶片宽大上倾，秆硬而坚挺，穗型伞形，没有抽穗前，甚至连老农都不敢认是莜麦。从外形看谁都不认为它是个旱地品种，可它在旱地上种植，就比其他品种显著增产。这个品种基本上解决了莜麦栽培上倒伏的难题，旱滩地上亩产可以达到300多公斤，实现了莜麦种植稳产高产，在全自治区范围推广种植了30多年，近几年才被新引进培育的新品种所取代。

后来我在小麦、大麦育种上又育成多个品种。实践证明，在科学研究上，创新才会出成果。

育种生涯苦乐多

在哈达图山村里，我培育成功内蒙古第一个审定命名的莜麦、大麦新品种和3个小麦新品种。回首从事作物育种40多年的历程，真是五味杂陈，感慨良多。

育种是一项沙里淘金的研究。我每年要做约400次杂交组合，过目200多万株小麦，从中选择优异单株。对3000多穗行、200多穗系、60多个品系从出苗一直观察、记载到成熟，反复比较鉴定杂交后代植株的表现差异，从中选择出优异穗行、穗系、品系。

我像羊倌熟悉羊群一样熟悉试验田里的每株小麦，只有深入细致的观察才可能选出品种来。记得1980年，我从旱地小麦穗行圃中观察到有一穗行表现特殊，旗叶不像通常品种一样倾斜、下披，而是平展。旗叶平展对水地小麦来说容易遮光，这是一个不利于密植高产的性状，而对植株群体较小的旱地来说，却可以提高单位面积植株光合作用的效率。我对这一穗行重点观察鉴定，终于育成了80混2品种。该品种越是干旱年份，相比其他品种而言增产幅度越高，农民给起了一个“老不旱”的俗名，一举打破内蒙古旱地小麦生产一直以农家品种当家的局面。

麦类作物遇干旱和高温时，一般以叶片气孔关闭来减少蒸腾，呈现光合作用休眠状态，这是植株适应和抗御不良环境的一种能力。然而，有一次我在中午烈日下观察莜麦穗行圃，却发现有一穗行叶片没有丝毫萎蔫现象，依然生机蓬勃，引起我的特别关注，后来通过这一穗行我育成了乌燕1号莜麦品种。乌燕1号叶色深绿，叶片肥厚上倾，从形态上看不像旱地品种，可是该品种参加自治区5年审定试验，所有试点全部增产，证明该品种的抗旱性能是很强的，直观推测该品种在烈日下依然能够进行光合作用，这是其能够稳产高产的重要原因。

秋收后，我雇人用棒槌打、鞋底搓、连枷打，把穗行、穗系、品系麦粒搓打下来。冬天我还把近万个麦穗用手搓了出来，进行考种鉴定。作物育种是一项枯燥、烦琐、劳累的科研劳动，要有度年如日的耐心。作物生长有季节性，试验有周期性，对我这个单枪匹马的个体业余育种者来说，即使生病了，也必须硬抗着下地工作。有一年，我摔伤了腿，只好请人用自行车驮到试验田，挪着板凳继续选穗，指挥雇用的农民收割试验小麦，因为试验一旦中断，就会前功尽弃。劳动虽苦也有甜，甜在挑选到了理想的麦穗，甜在穗系、品系产量显著地增产，甜在育出的品系终于通过了自治区5年以上的区试和生产示范试验鉴定，获得审定命名，可以推广了。这种兴奋喜悦的心情就像从沙里淘到了大金块。40多年来，加上8年南繁育种，我共做了2万多个杂交组合，育成的5个品种是从1亿多个麦穗中选出来的，这种筛选就像从大海中捞出了一根绣花针般艰难，因而弥足珍贵。

人们常常把科学研究比作攀登高峰，只有不畏艰难勇攀高峰的人才能领略无限风光在险峰的境界。育种是一项投资大、周期长的科研项目，一般大型科研院所才搞。我在公社当一名农业干事，在完成本职工作的前提下，以业余自费的形式搞育种，白手起家，困难如山。我连一台简单的小型播种机都没有，每年都是雇农民用锄开沟手溜籽的方法种试验田的。我是长期用手搓棍摔连枷打来脱粒试验田小麦的，直到1985年才从县农科所拉回一台破旧的小型脱粒机。装小麦穗粒的上万个纸袋，是我用装过水泥的纸袋拆开糊成的，小布袋是从亲友家收集旧衣服裁剪改做的。一切因陋就简，土法上马。因为我没有试验经费，所有雇工工资、试验开销只能用自己和媳妇微薄的工资来解决。那真是艰难呀，我结婚十年，几乎没有买过新外衣穿，一件黑呢外褂正面磨光了，翻过来继续穿。有一次为了交品种审定费，把儿子存钱罐的钱都用了，而从信用社贷款更是常有的事。

常规杂交育种法一直是作物育种的主要方法，这种方法很容易掌握，上至中国农科院下至个人育种者都用这种方法来选育品种，但是育出品种却不容易了，而且不一定是谁能育出品种，大科研单位竞争不过农民育种家的情况屡见不鲜。

育种成功的关键在于谁拥有的品种资源多并且有深入了解，谁能结合当地实际情况制订育种路线，对穗行、穗系观察正确。我虽然是个体业余育种者，但我利用自治区组织到云南南繁的机会，走访了所有云南南繁的育种单位并引进品种，到过22个省市的科研种子单位引进品种资源，每年邮寄200多封信，向全国各地的科研单位索要新品种资源，请教问题。我掌握了3000多份小麦、2000多份燕麦品种资源，了解全国各地作物育种最新动态，丰富的品种资源为我作物育种研究创造了坚实的基础。有一定的数量才能保证质量，我尽可能多做杂交组合。在小麦、莜麦扬花期间，我每天天刚亮就下地，日头落山，黑得看不见东西了，才收工。麦子开花期间，要大干50多天，一个人要做400个左右的杂交组合，而一般农科院所每年只做80个。杂交组合规模大了，试验田面积、工作量必然要增加，这是我负担不起的。为此，我创造性地应用了一种特殊育种法——进化育种法。我对旱地小麦杂交组合后代只选择少量植株，按常规选育法进行选育，其余不分组合全部混合在一起，第二年将混合种子种植在干旱瘠薄的山地上，在充分发挥作物植株个体自然竞争的基础上再选择一次单株，然后分穗行鉴定。节约了土地资金，育种效率提高了20多倍，80混2品种就是用这种方法育成的。

育种科研就像攀登一座处女峰，峰巅大家都能望到，但哪支登山队或个人最先成功登顶，关键在于路线正确。乌燕1号育种的基础材料是我从一家科研所引进的，结果我用这批材料育成了新品种，原单位却一无所获，原因在于那家科研所按水地莜麦育种目标来选育品种，而我是按旱地莜麦目标来选育的。当时内蒙古莜麦播种旱地占总播面积的95%，莜麦育种目标怎么能够定位培育水地品种呢？我在试验中发现，小麦品种的大穗形成有两条途径，一是提供小麦充分的水分营养，使小麦穗分化效率提高；二是延长穗分化时间，拉长小麦穗分化形成过程。为此我开展了冬春小麦杂交，终于育成以蒙麦35号为代表的一批晚熟超大穗高产品种。蒙麦35号，参加自治区3年区试，平均增产18.7%，二年生产示范增产72.4%，创造了内蒙古新品种增产之最。在个人独自攀登育种高峰的路上，说不尽的艰难曲折，但我也有了可贵的收获，在3种作物上育成5个新品种，为农业生产增收、为农民丰收富裕做出了贡献，体现了我的人生价值。我这个在乡村工作，只有小学文化，但我被评为自治区劳动模范，是乌兰夫奖获得者，成为享受国务院特殊津贴的专家。人生道路就是这样，有付出才会有收获，肯吃苦才会得到甜。

育种是一项残酷竞争的科学研究，育出的新品系参加审定试验，必须超越对照品种，在参试品种中位居第一才有条件通过审定命名。搞其他工作可以没有功劳还有苦劳，辛辛苦苦努力工作的结果，即使够不上功劳，也能算成绩。而从事育种研究如果出不了品种，工作业绩就是一个零。不少科研人员搞了一辈子育种研究，没有育出一个品种，那真是遗憾。竞争的背后往往会有人搞小动作。我搞育种这么多年，吃的最大的苦头就是来自某些人搞的小动作。我这个业余自费育种者不断育出新品种，对科研院所的专业人员形成了压力。来自专业单位对我这个个体户的排挤打击接踵而至。我育的乌燕1号莜麦品种参加自治区3年区试，没有减产点，平均增产12.4%，参加自治区二年生产示范平均增产18%，这样优异的试验结果，远远超过了国家审定标准增产5%的规定，可结果是只被命名为乌盟地方品种，而农科院参加的盟级水地莜麦试验增产幅度并不大，却命名为自治区级品种。我育的80混2品种参加比对照增产9.8%，二年生产示范平均增产18%，却被人为地卡住不给命名。为了80混2通过审定命名和评奖等事，我与有关部门打了8年官司，还上了人民法院，虽然我胜诉了，但我的心情无比的悲凉和激愤！我倾家荡产搞育种，那些所谓的专家怎么能这样对待我？1999年，我提供的5个新品系参加了自治区旱坡、旱滩地小麦区试表现突出，全部通过审定试验，我将其中最好的3个品系申请命名，有一位领导批评所领导的科研院校花了国家大笔科研经费却竞争不过一个农民技术员。我不知这位领导是出于什么目的说这话，结果是有人竟然把内蒙古品种审定条例扔过一边，临时把国家刚颁布的国标优质小麦品种当作小麦审定标准，把我育的两个品系毙掉了。而第二年一些其他单位比对照仅增产0.1%的品系通过了命名。真让人欲哭无泪。至于品种评奖中遇到的不公正那就更不用提了。但是我也遇到了贵人相助，1998年，内蒙古农委主任宝音图将我提出的对种子工作的批评建议和意见以自治区农委文件的形式下发，呼和浩特人民法院审理了我对内蒙古品种审定委员会提出的行政诉讼，并判决我胜诉。自治区农技推广站主动与我合作，开展新品种配套新技术开发推广。

在1985年前，那时候科研单位多抱有全国一盘棋的观念，我向全国各地的育种单位发出索种信函，大多数都能如愿以偿，使我在山村里也能够吸收先进的科研成果，值得一提的是我所在的卓资县几任党政领导都到过我的试验田，鼓励我把育种研究搞下去。没有来自各方面的支持，我也不可能在作物育种上取得突破。

新品种通过审定命名后，还要经过推广这个环节才能大范围、大面积地应用于农业生产上，因此，自治区内各育种单位都无偿将育成品种的种子提供给各旗县种子公司、农技推广站，我也不能例外。乌燕1号莜麦和80混2旱地小麦品种育成后，我把自己包地生产下的几千斤新品种种子都散发了出去，甚至还借用岳父家生产下的种子。育成新品种不光没有带来经济回报，反而贴种子贴邮寄运费，真是雪上加霜，连亲朋好友都不了解这是图了个啥。

有一次，三道营乡政府来我这里调换80混2籽种，我引来人到村里种子繁殖户购买种子，一开始他们收购质量把得严，到了太阳快落山时，就把没有过筛的一部分籽种采取扣除杂质的方法收购了，结果把种子拉回去向农民分发时，因为种子质量不一致，发生了纠纷。该乡领导就把我告到县政府，一位副县长专程来哈达图来调查处理，对我好一顿批评。我感到很委屈，我只是负责介绍他们双方出售和购买种子，种子纯度够不够我负责，种子净度那是他们收购者把关不严所致，与我何干？我从中又没有挣一分钱。那位副县长说，品种是你育成的，种子繁殖户是你发展起来的，大家是冲着你的名义去调种子的，你当然要负责。你可以经营种子，适当挣点中介费也是应当的。经这位副县长一骂，我开了窍。从此我开始经营种子，有人来买种子，我就开始向种子繁殖户收购，经过统一加工，装成标准袋，再卖给购种单位，我挣差价。这个买卖不难做，我向种子繁殖户买种不用付现金，调种单位付了钱后我再付给他们，大家都信任我，后来我买卖做大了，秋天就能收购种子繁殖户的种子，种子收购价格起码加价10%以上。育种、良种繁育走上了良性循环，农民繁育我的新品种实现了增产增收，我也挣下继续搞育种的经费，家庭生活也得到了改善。

后来，农村农技推广体系网断了，新品种推广工作陷入困境，我发起并成立了“辉腾良种繁育推广协会”的民间组织，有盟种子站颁发的种子经营证书和工商营业执照，走出了一条良种育、繁、推一体化经营的道路，使哈达图成为全盟良种繁育推广基地，自治区农业厅曾3次来哈达图召开新品种观摩推广现场会。要不是乌盟盟委出台了革小麦的命的政策，也许我的小麦种子经营规模就做大了。

搞业余科学研究，必须有一种献身精神。为了搞育种，我放弃了多次被提拔的机会，进城工作的机会，做买卖挣钱的机会，在山村一待就是40多年，让家人跟着我过艰苦的乡村生活，使儿子失去良好的教育环境，我真是愧对家人，尤其对不起我的媳妇李妙芝，她为了我的育种事业，放弃在城里开门诊过舒服日子，一直在乡村陪我，想起来很是内疚。牺牲是一种辣辣地疼的感觉，无论事业上取得多大的成就，这种疼痛感不会有丝毫的减轻，不会随着时间的消失而淡薄。

岁月如歌

岁月情怀

人生岁月像条河，从生命之源诞生，涓涓细流汇入社会洪流中，一路奔腾向前，有时被浪涛卷到波峰，神采飞扬；有时被抛到谷底，暗淡无光。水流从暗礁旋涡中穿出，也在大湖大洋里舒展，折腾来折腾去，能量耗尽，变成浪沫，最后消失在沙滩上。人生不过如此而已。

人临退休，就到了岁月之河的下游。我在即将离岗回家时，心里不免有几分惆怅，虽然内心不服老，仍有曹操“老骥伏枥，志在千里；烈士暮年，壮心不已”的情怀，但岁月不饶人，恐怕只会是心有余而力不足吧。

人老了的一个心理标志就是回想往事多于对未来的畅想。这不，近来我就爱翻看微信群。我先后加入了十几个微信群，这些群是由不同人生阶段的朋友设立的。一个人的朋友圈就如水波一样，一波消失了，新的一波又诞生了，一波又一波的圈，反映了人生的过程和生活的不同侧面。

小学同学群里爱翻腾陈年旧事，勾起了青少年时的情怀。当年我们同学一起就像一窝雏鸡，在教室里接受老师的教诲，在操场上锻炼玩耍，嘻嘻哈哈、叽叽喳喳地闹个不停。小学毕业，就像刚出窝的小鸡，被风吹到社会的各个角落，相互联络不多。50年后，微信群里再相聚，大家述说少年趣事，感叹故乡的每一点变化，分享各自的人生经历，讲述子孙的成长，分外亲切。少年友谊最纯真，那是人生最美好的一段记忆，令人回味无穷，带来无尽的乐趣。

我在哈达图生活工作了近50年，“哈达图人”群里的人是我的乡亲、同事和朋友，我们一起工作奋斗过。哈达图那片土地上流下我们的汗水，收获了糊口的粮食，那方水土养育了我们，成就了我们。哈达图就是我们的人生舞台，上演了我们自编自演的一幕又一幕人生大戏，留下多少喜乐忧伤的故事。哈达图就是我的母亲，我对哈达图爱得一往情深，它的每一点变化都牵动着我的心。

我先后加入了四五个文学群，常关注参与的是“黑河情”群，这是卓资县一群文学爱好者的一个活动园地，大家一起欣赏、分享文友的新作，交流读书心得，切磋写作技艺。文学抚慰了我们的心灵，温暖了我们的灵魂，提升了生活的品质，丰富了生活的内容，使我们的生活变得更有意义、更有情趣。

“稳步发展农村集体经济”是一个关注“三农”问题的群，全国的著名学者常在这个群里发表意见，展开学说争论。在这个群里，大家讨论的多是国计民生的大事，我在群里也常发声。与群里忧国忧民的知识精英一起交流，会使我意识到做人的使命和担当，努力做一些利国利民的好事。

“一家人”是由儿子发起建立的群，加入者都是我们智姓一家人，这是最为温馨的一个群。大家说的虽然都是一些家长里短的小事，但事事关心，时时牵挂，充满亲人之间的浓浓爱意。

微信网络就是好，真正实现了人类“海内存知己，天涯若比邻”的千古愿望，扩展了人的生存世界，可以随时找到不同时期的亲朋好友聊天，可以从中了解世界大事、民间凡事，找到自己关心的热点、焦点新闻，自由地表达自己的意见，倾诉心中的块垒，让平凡的生活闪耀着多彩的光芒。

岁月之河一泻千里不复回，但情怀就像身后的浪花，让人流连，让人欣慰。

小院情深

我是在县城里长大的，自从作为知青下乡后，在农村生活工作了40多年。我习惯了农家日出而作、日落而息的生活方式，适应了天高地阔的生活环境，呼吸惯了山野农田里清新自然的空气，听惯了鸡鸣狗叫的喧闹，喜欢乡亲邻里之间淳朴无间的交往。人是自然的产物，只有活在大自然中，才会有一种无拘无束、自在舒畅的感觉。

晚年回归城里，住进了楼房，虽然生活条件优越多了，不用挑水，不用搂柴，不用种菜，不用扫院，不用养鸡，不用喂兔，电钮一按，微波炉就可以做饭，超市里采买一次，放到冰箱里，一周可以不用下楼。真可以说是躲在小楼成一统，管它春夏与秋冬。但住在楼房里总有一种憋闷的感觉，常常梦里头又回到了农村的广阔天地里。

新找的老伴说，她在集宁购置了一个一楼新居，带一个独立的小院，可以种树、种菜、养花。我一听大喜，有地可种，就能亲近土地，亲近蔬菜作物，聊慰乡愁。

4月中旬，我们来到集宁新居，小院不大，4步长3步宽而已，已开辟出3块小菜地，种一株4年树龄的葡萄树。走道是用地板砖铺设出来的，布置得很精致。小院栅栏外有块一步多宽的空闲荒地，是院区一个坡型车道形成的夹角，成了刮风聚集塑料袋杂物一个卫生死角。为何不把这块空地利用起来，变废为宝呢？我把杂草废弃物收集起来，放了一把火，然后花了100元拉来一车羊粪发酵后铺在地里，两头安装了网栏，又开辟出一块菜地，西头种了一株黑李子树，东头栽一棵123苹果树，把葡萄架外搭这块空地上，小院菜地一下子就多出来约40%的面积。

蔬菜种植上，我也一反小区大院里种菜的常规做法，4月中旬就播下第一批菜种，水萝卜、香菜、茴香、油菜、菠菜、生菜、西葫芦、香瓜、宽豆角和圆豆角。豆角和西红柿采用的是地膜覆盖，但地膜不是用农用地膜，那种地膜太薄，容易破损，用的是包装货物的废塑料膜，这种膜厚不易破损，废物利用。水萝卜等菜地上也盖上塑料膜，保持土壤水分、提高温度，使菜籽早出土。

我比邻居早种一个多月，大家围在我家小院边议论纷纷，说我是一个不懂农事的外行，不按时令种蔬菜，非冻死不可。老伴与人争辩，说我老头是一个农业专家。但她心里也没底，顾虑到菜苗冻死了让人嘲笑。其实，我已有应对冰冻之法，不大一个小院，霜冻来了，用塑料纸和纸片遮盖一下菜秧不就行了，很简单的一个事嘛。

五一前后，水萝卜等小菜已经出土了，遇上了冰冻，小院里的水桶结的冰有铜钱厚，可水萝卜、油菜苗安然无恙，其抗冻能力让我也感到吃惊。西葫芦采取了纸片遮盖措施，自然无事，豆角还没有出土，躲过一劫。冰冻过后，我连西红柿秧、青椒秧也栽种了。5月14日，我去山东烟台采访，又遇上大风降温天气，在烟台市还得开空调避寒，看中央电视台气象预报，内蒙古更是大风降温。老伴忧心家里的西红柿、豆角被冻死，想请人去用纸片遮盖菜秧，我说不必，即使温度低到零下5度，只要有风，菜秧就不会冻死，无风晴朗天的硬冻，才会对菜秧造成伤害，这是我多年农业工作积累的经验。老伴将信将疑，听天由命了。5月底，我们从烟台返回，小院的西红柿已经结了两层果实，豆角已经吐丝攀杆，而这时邻居才开始移栽西红柿。

邻居们见我菜种得好，就前来讨教经验。我还真有些绝招，香菜、水萝卜种子小，顶土弱，种上不能浇水，土地一板结，就难捉全苗了，盖一层塑料膜，等菜苗出土后再揭去，捉苗效果好，而且省事。腐殖酸是从褐煤中提炼出的一种产品，既是一种肥料又是一种作物生长促进剂，早年我研究过这种东西，知道其功效作用。家里发现早年遗留下来的一包腐殖酸产品，我在葡萄树下扎孔，施入腐殖酸。在点种豆角和移栽西红柿时，也在地下扎孔撒进腐殖酸。因此，我种的蔬菜长得格外好，而且抗逆性强。特别是葡萄就像长疯了，新枝争相冒出，叶片肥大，蓬勃可爱。

但是，我也发现了两个奇怪的现象，一是一株西葫芦先开的7朵花，全是雌花，因为没有雄蕊可授粉，估计小西葫芦都将朽掉，不能正常生长。西葫芦一般来说，雌蕊和雄蕊开花时间会差几天，但开了7朵雌花，不见雄花，是有点反常，难道菜秧遭遇低温，会对雌蕊、雄蕊的形成有重大影响吗？值得进一步研究。二是有两株香瓜苗降温时没有遮盖好，受到霜冻影响，虽然没有死掉，但受到了冻害影响，形成了“侏儒”样子。正常秧苗已经开始吐丝了，它才只有三四片碎叶，这种“侏儒”将来结瓜是一个啥情况呢？值得继续观察。科学研究往往从人的好奇心开始，深究其背后原因，就有可能取得科研上的突破。当年我搞小麦育种时，发现低温短日照可以延长小麦穗分化的时间，形成大的麦穗，于是就采用冬小麦与春小麦杂交的方式，培育出内蒙古最大麦穗的品种，农民给该品种起了一个外号叫“一百颗”，最大麦穗有180多粒。科学研究是一种很有趣味的活动，始终保持一颗好奇心，有一份对科学的热爱，会提升你的生活品质和人生的意义。

水萝卜早就吃上了，当初种的密了一点，当水萝卜长到一指粗时，就间苗了，拔起的水萝卜缨子很嫩，用水焯一下，凉拌缨子比水萝卜还好吃。喝面时，把嫩水萝卜缨子加进去，味道不差菠菜，老伴惊呼，水萝卜还有这样一种吃法。韭菜已经吃了4茬，半月就可收割一次。半年内的蔬菜基本不用外出买了，自给自足。豆角下来吃不完，晒成干豆角，是烩菜焖面的好食材，够吃一冬天。串串葡萄，果实累累，家人肯定是吃不完，老伴的好朋友早就惦记着去摘葡萄了。人是劳动的动物，劳动也是人生的一种乐趣，田园劳动是一种健康的生活方式，一个小院就让你实现田园生活。特别是种植出无污染的绿色蔬菜，自己种下的东西自己吃，这是很多人的梦想。

每当我在电脑前写作疲劳之时，开门走进小院，葡萄架下，菜畦边，休息片刻，清香的果树、蔬菜的气息沁入肺腑，精神为之一振。低头拔一拔地里的草，松一松板结的土，给菜苗浇几瓢水，看着各种翠绿的蔬菜蓬勃生长，开出的花招蜂引蝶，结出的果实累累压枝头，真是惬意得很。居住在楼房里的人，邻里感情淡漠是一种常见的现象。可我家小院吸引住了路人的目光，常有老人带小孩聚集在栅栏边扎堆聊天。小孩子对蔬菜、果树的生长充满好奇心，老人们都有乡愁情结，怎样种菜就成为大家聊天的话题，我有时也走到小院加入聊天的人群里，农村常见的那种人情味又回来了。

明年计划在门口台阶左右各种一株月季花，来年再见，必定是红花亮眼、花香满院的新景致。

北戴河疗养感悟

2017年7月下旬，我在北戴河全国总工会疗养院，参加了由自治区总工会组织的劳动模范休养活动。疗养院环境优美，绿树成荫，鸟语花香，如诗如画。院里理疗健身设备齐全，客房部置高档舒适。院领导对劳模关怀备至，服务员热情周到，菜谱天天变花样。疗养院每天派出旅游专车带劳模到北戴河各个景区游览，让我们在蓝天碧海、绿树沙滩、名胜古迹中流连忘返。对我们这些没见过多少世面的一线劳模来说，6天疗休养活动简直就像生活在天堂里。这6天让我们心身放松，精神愉悦；让我们感受到党和政府对劳模的关怀，找回了劳模的荣誉感。经过这次疗休养，充电加油，我们在今后的工作中更要加倍工作，努力奋斗，争取做出新的成绩，做出新的贡献。

劳模精神集中体现了社会价值观，具有风向标的引领作用。我自己就是从小向往并学习劳模，从而成为一名劳模的。1970年，我下乡时，随身带着一本受到党和国务院表彰的全国青年积极分子先进事迹汇编材料，其中有邢燕子、董加耕等。特别是广东的洪家兄妹俩，他们选出一个叫矮脚南特的水稻新品种，解决了水稻倒伏的难题。于是我学洪家兄妹也在农村搞起了育种研究，经过30年不懈的努力，我在小麦、莜麦、大麦3种作物上选出经自治区审定命名的5个新品种，从而成为一名劳模。

我是1986年当选为自治区劳模的。这是自“文化大革命”以来党和政府第一次评选劳模，与上一届劳模相隔了20多年。本来这次应该隆重举办劳模颁奖会才对，但只召开了一个30多名劳模参加的座谈会，代替了颁奖会。自治区历届劳模只有这一次没有召开颁奖大会。单位领导从县里给我带回劳模证书奖状、奖章，以及一个电子钟作为奖励物品。我从来没有体验过劳模的荣誉感，也没有参加过任何有关劳模的活动，并且没有一个场合要求我把奖章戴上。

其实在一个理性的社会里，不管是什么社会制度，对人类做出贡献的劳动人民都应该是被尊重的。翻开史书就可以看到，像黄道婆发明了新纺车、李春主持建成了赵州桥、武训乞讨兴学等小人物事例的记载比比皆是。中华人民共和国是人民当家作主的社会，涌现出淘粪工人时传祥、售货员张秉贵等在平凡岗位上做出杰出贡献的劳动模范，激励了千千万万的劳动人民。

感谢以习近平为首的党中央力挽狂澜，反腐倡廉，带来社会新风尚和新的发展生机。劳动模范评选管理工作也有了新的转机。从2014年开始，自治区政府开始组织劳模轮流疗休养，也让我有机会戴上劳模奖章参加活动，体验了一回当劳模的荣光。

我们应该学习毛主席、周总理等老革命家非常重视劳模工作的优良传统，北戴河第一批建起的疗养院多是面向一线劳动模范的，比如，总工会疗养院、煤炭工人疗养院。社会上真正树立起劳动光荣、创造伟大的理念，把劳动模范视为民族的精英，人民的楷模，这个社会才会有希望。

特别感谢总工会带队领导包文君同志，她真心为劳模服务，认真负责，精心策划，细心周到，圆满完成了这次疗休养活动。

吉祥白羊徜徉草原

2018年1月6日，是一个吉祥喜庆的日子，姗姗来迟的白雪为青城披上了洁白的盛装，第二届内蒙古网络文艺白羊奖颁奖晚会在首府金碧辉煌的伊克奈尔宫金殿举行，来自草原大地各个角落的文人雅士会聚一堂，迎来自己的盛大节日。虽然是文艺民间团体的聚会，但主办者精心策划，请来了首府一流的歌唱家、朗诵家进行演出，而且与会人员多有能歌善舞之士，他们也激情上台奉献了歌舞节目，晚会节目精彩纷呈。当然，晚会的主角是白羊奖杯的获得者。获奖者的作品在白羊奖评选群中广为传阅，网友一睹作者真容，那种知心、久仰、幸会的感觉油然而生，大家对获奖者给予热烈地鼓掌庆贺。对来自边远基层的作者来说，还有一份喜悦，是见到了豪华的评奖老师队伍。白羊奖评奖老师有自治区文联的退休领导、专家和高校的退休教授，他们是自治区文学艺术界赫赫有名的人物，网络文艺作者的作品能够得到这些大腕的提携鼓励，真是机遇难得。

白羊奖是由内蒙古精英沙龙、红马读书会发起主办的。内蒙古精英沙龙成立于2015年，红马读书会创立于2016年。2016年，举办了第一届白羊奖颁奖活动。

这两个组织和白羊奖评奖是由内蒙古师范大学尹福军老师牵头创办的。我曾参加过一次精英沙龙的聚会。沙龙会所是租了一处高楼民宅，室内书籍杂志随意散放，文友聚在一起品茗闲谈，话题随意。文友们高谈阔论，新论迭出，挥斥方遒，辩论交锋，给我这个外乡人耳目一新的感觉，叹服首府文化氛围就是浓厚。客厅里还安装了访谈录像装置。我当时创作的长篇小说《种魂》已经在出版社审稿，我在聚会中谈了这部书的创作主旨，引起了尹福军、王宏伟老师的关注，他们说书一出版，就安排一期节目，用嘉宾三人谈的形式来介绍这本书。主办者显然不仅仅满足于文友沙龙聚会，更想要发挥沙龙的社会影响力。

后来成立的红马读书会的社会活动就更广泛了，几乎每月都有一场大的活动，组织会员集体观赏新电影，并开展影评活动。组织外地名人、作家来呼和浩特市开讲座，与读书会会员交流，举行新书推荐活动。听说读书会还创办了自己的书店，号召内蒙古籍的作家为红马读书会捐书，我也捐了我写的4本书20余册。后来，红马读书会入驻了玉泉区图书馆。我由于在外地，没有参加上述活动，但为红马读书会叫好，十分佩服尹福军等老师的努力付出。

尹福军、于芳、王宏伟等老师高举文化大旗，迎风而上，功在当代，利在千秋。你们是先进文化的传播者、引领者，是真正的时代勇士。我向你们致敬，向你们学习，今后积极参加你们组织的文化活动。

文人雅士结社聚会是自古以来的优良传统。文友们聚在一起，切磋学问，探讨问题，进行文学艺术交流，相互帮助，共同提高，这是产生学派、流派的一个基础。振兴草原文化，需要诞生草原学派。内蒙古精英沙龙和红马读书会等民间文学艺术团体就是孕育草原学派的母体。这种民间文学艺术组织，是对宣传部、文化局、文联等官方文化组织的重要补充，具有独特的作用。以精英沙龙和红马读书会来说，参与成员具有广泛性，不管是什么职业、多大年龄，是否发表过文学作品，只要爱好文学、喜欢读书就可以加入，没有门槛，任何会员可以随意在群里发表作品。一些退休的专家、教授能够继续在这个平台上发挥余热，施展才华。

在市场化的社会条件下，不谈经济效益是迂腐的，因为没有一定的活动经费就无法进行活动。尹福军等老师为了成功举办这次评奖，不遗余力地到处拉赞助，其中的辛苦真是一言难尽。因此，白羊奖能否越办越好，越办越有社会影响力，取决于能否获得稳定的财政收入来支撑。我想，我们可以尝试走文化产业化的道路。

我曾经向尹福军老师提建议，利用红马读书会和白羊奖这个平台，广泛联系自治区内的作者，建立内蒙古草原文学作品库，列出推荐销售作品的名单，撰写书籍推荐词，向自治区内外的图书馆、农村草原书屋进行作品推荐，若有图书馆选中了其中的图书，读书会就可收取图书定金，然后组织图书货源，发给图书馆。读书会按事先与作家定好的提成比例，收取图书销售中介费，也可给联系图书销售的会员个人分中介费。有些企业举办公益性捐书活动，我们可以抓住这种商机，代理销售图书。这样读书会不需要自备资金、库房等投入，就可以通过图书推销活动，有一笔经营收入。更主要的是为会员作家达到了销售图书的目的。

将白羊奖办成文化品牌，有了品牌就有广告效益，有的企业就有可能冠名赞助白羊奖。而且在我们自己的网站上也可以有偿发广告，增加读书会的收入。文化是人类共同的精神家园，是高尚人士的精神追求。自古以来，就有高雅富贵人士赞助文学艺术和科技的活动。国外法拉第的科学研究，达·芬奇、米开朗琪罗的绘画都得到过贵人的赞助。我国古代像白居易提携李商隐等事例更是比比皆是。如今，电视台的大型晚会经费都是来自企业赞助，我们也应该找赞助我们活动的企业和贵人。

栽下梧桐树，引得凤凰来。我们首先自己办好红马读书会和白羊奖评奖活动是最为重要的。我建议，正式创办白羊奖评奖网站，规范评奖范围。初始阶段，只开小说、诗歌、散文、美术4个栏目，确定各栏目的编辑。凡是承认并加入红马读书会的会员都可以参加投稿，但阅读向社会开放，会员要交会费，用会费来补贴编辑老师的劳务。开辟读者评论通道，文章的阅读人数、点赞人数、打赏钱数作为作品月评、年评白羊奖的基础，实行读者评与专家评相结合的办法。不反对作者的拉票活动，这样才能形成网站的凝聚力，形成网络火爆的局面。网站收到的文章打赏金，一半返给原作者，一半作为网站收入。听说有人建议出红马读书会月刊，这种建议不值得采取。我通过旗县邮局了解到，就连《人民文学》《草原》这样的文学杂志，有的旗县也是不订阅的，你发行纸质刊物，岂不赔钱？更重要的是，现在人们已经习惯网上阅读了，网络文学要保留自己的网络特点。当然，纸质刊物有保存价值。我们可以每隔两三年出版一部白羊奖获奖作品集。费用采用公摊的方式，由作者众筹解决出版资金，按出资比例分给作者所出版书的数量，由作者自销。有的作者不愿分担出版费，那就丧失了参与出书的资格，但白羊奖获奖名单上要保留不出书作者的有关信息。

草原上已经闻到了文艺春天的信息。内蒙古网络文学白羊奖应运而生，吉祥白羊，给草原带来祥和兴旺，让我们共同呵护这只草原上吉祥的白羊吧。

父母礼赞

父爱如山，堪比泰山。慈母情深，犹如东海。

吾父善贵，智门传人。为人和善，宽厚谦让，仁义明公，一诺千金。勤勉谨慎，做事清白。多评模范，好人留名。

吾母桃梅，张家淑女。知书明理，识见高远。勤劳节俭，治家有方。相夫教子，处事有度。公道热忱，四邻赞誉。

穷困家庭，命运多舛。养家糊口，竭尽全力。父母如燕，衔泥筑巢，艰辛育雏，劳苦功高。父母似蚁，万苦觅食，哺育儿女，恩深似海。

父母恩德，山高水长。继承家风，光宗耀祖。

壬辰年中元节儿女叩首

48年又相会

金秋8月，我们卓资山东完小66级6甲班的9名老同学相聚在呼和浩特市金湘玉饭店。48年前，我们是花季少年，如今已经是花甲老人了。当年我因家庭成分问题，未能升入初中，从而沦落到社会底层，除了与王文龙、曹信还有联系外，与其他同学已经没有了来往。这次同学相聚，我与其中3位已经有48年未见面了。老同学相见，我从对方臃肿的身材、沟壑纵横的老脸上，像电影回放镜头一样，依稀辨识出同学当年活泼可爱的少年形象，从而喊出他们的名字，格外激动，分外亲切。多少往事涌上了我的心头，心潮汹涌，真是百感交集。

岁月如河流一泻千里，人生中所经历的很多事情就像河面上的泡沫不见了踪影，唯有小学读书的情景至今历历在目。或许读书是人生最重要的阶段，而我只受过6年学校教育的缘故吧。

我记得我们班共有46名同学，五年级和六年级都是由刘凤英老师担任班主任，李振家老师教数学。两位老师善于调动、发挥学生的主动性，放手学生干部来管理班集体，培养了学生的荣誉感和进取心，营造了良好的学习气氛。同学们都用功学习，天刚放亮，就早早地来到学校自觉上早自习。早自习由班干部主持，甚至早自习的数学作业题也是由几个尖子生来编写。放学后，组成了五六个学习小组，互帮互学，一起完成课外作业。有时小组还搞一些学雷锋做好事的活动。同学们学习成绩良好，考试普遍在80分以上，有几个尖子生数学成绩从满分掉下了几分，能气得哭鼻子。课外生活也丰富多彩，老师鼓励多读书，几乎每个同学书包里都有几本课外书。我在小学期间估计就读了几百本书。班里的体育活动也很活跃，尤其王文龙、曹信他们篮球打得特别好。我那时身体瘦弱，跑不快，跳不高，球场上也抢不到球，去参加县里少年业余体校的选拔，田径、篮球等项目都落选了。一块去的同学都参加了所在项目的活动，只有我百无聊赖地在一旁看足球比赛，正好有一方球队临时缺了一个队员，教练就拉我进场参赛。我虽然体质较差，但生性活泼好动，第一次进足球场，就踢进了一个球，幸运地被选进县体校少年足球队，每个星期日集中进行训练比赛。班里还订阅了《少年报》，每当报上登载了国家重大建设成就的消息，或模范人物的事迹，班长总要在早自习上组织读报学习。同学们听了都兴奋不已，总要叽叽喳喳地要议论一番。这种活动使同学们养成了留心时事、关心政治的良好习惯。记得有一次，全校师生到东山顶上开展少先队大队部活动，其中有一个“抓特务”的项目，老师把写着“特务”的纸条事先藏在山顶上，让少先队队员去找，可大家把整个山顶石头都翻遍了，就是有一个“特务”找不到。最后校领导揭开了谜底，那张写着“特务”的纸条藏在了少先队队旗旗杆里。我们班同学很气愤，怎么能把“特务”藏在红旗里呢？这是政治错误！同学们的意见把校领导吓得不轻。每逢集体组织看电影等活动或班级间进行拉歌比赛时，我们班总是齐心协力，歌声洪亮，气势夺人。我们那班同学真是朝德智体方向全面发展，大家充满了革命理想，朝气蓬勃，立志长大成为建设社会主义的栋梁之材。

谁知，一场“文化大革命”改变了一切，整个69届初中生只在课堂上读了半年书，就响应知青下乡的号召到了农村。有人说“文革”中几届中学生是被耽误的一代，是苦难的一代。社会大环境确实如此，但由于每个人的志向性格不同，其人生际遇也不相同，回头看过来感慨良多。

赵桂荣是我们班第一个加入共产党组织也是第一个进入大学的同学，然而与她相谈，才知她在下乡期间曾独自一人在农村过了两个革命化的春节。她担任生产大队青年突击队队长，修田筑坝带头劳动，农村壮小伙都是她的手下败将，真正的铁姑娘，可那是多么酷烈的奋斗和付出呀！王芝兰是我们班上另一个进入大学的人，可她在农村坚持劳动了七八年才获得了进入大学的机会。好在王芝兰学的是医学，如今退休后还有上岗继续工作的能力和机会。她先苦后甜，日子过得很充实。吕佩芝情商高，活动能力强，是全班知青下乡中第一批抽调回城工作的人。她被分配到县饮食服务公司工作。单位里女同志多，苦累脏活没有人愿意干，吕佩芝主动要求到锅炉房干活，掌握了管工技术，赢得了大家的尊敬。单位里出纳岗位出现了空缺，领导向职工询问，谁会打算盘，结果只有吕佩芝打的一手好算盘，于是她走进了行政工作岗位，后来又调进了县法院，成了刑庭的庭长。吕佩芝是我们班里第一个科级干部，让同学们好羡慕，可她却提前退休下海经商去了，如今她是我们同学中的富婆。曹信是我们同学中最后站在起跑线上的，吕佩芝当上科级干部时，他还是一个锅炉房里的临时工。可曹信却在仕途上走得很顺，他是我们班同学中唯一一名厅级干部。有人说他运气好，他是按照党外人士破格提拔的。可我知道，曹信注重自身修养，始终坚持自学，他是我们班同学中第一个自修取得大学学历的。他无论在哪种环境下工作，与什么人相处，都会在人群中显示出一种超凡的气质，出淤泥而不染，而且待人低调随和。曹信能够脱颖而出应当说是他一贯努力的结果，机遇只垂青有准备的人。麻明珍是我们班的班长，亦是全校少先队大队长。她漂亮聪明，工作能力超强，可命运不济，很晚才找到工作，进了二轻局下属的地毯厂，当了一名织地毯的工人。可金子总是要闪光的，麻明珍很快就当了副厂长，并兼任厂里的会计。但地毯厂在转制过程中破产了，麻明珍虽然失业了，可她有能力、有信誉，很快就被私企聘为会计。现在麻明珍从卓资山来到呼和浩特市，听说身兼3家公司的会计。我们到麻明珍办公室小坐过，她虽然还是一个打工者，但属于白领阶层。这次聚会就是由麻明珍发起的，她同时承担了聚会的费用。有同学要付账，她坚决不让。其实她的经济条件并不算太富裕，她的做法让同学们肃然起敬，老班长就是老班长，有着无人能比的胸怀和气度，有着强大的号召力。再过两年是我们小学毕业50周年，同学们都期待老班长组织全班同学来一个大聚会。

当然毕竟69届属于下乡知青中受教育最少的一届学生，先天不足，在市场经济大潮中，有不少同学过得不太如意。我曾在火车站遇到一位姓岳的同学。我问起他的境况，他说，回城工作下岗后，找不到活干，家庭生活陷入困境。妻子只好到呼和浩特市当保姆，后来成了一个丧妻老头的保姆。他忍不住说了老婆几句，老婆不干，说他没本事养家，还嫌自己名声不好，干脆离婚算了。就这样，几十年的夫妻离婚了。他的女儿在外打工，过年也不回来。岳同学干脆常年在工棚里过，挣钱缴社保费。居委会给了他一个购置安居房的指标，可他连5万元购房款也拿不出来。他含着眼泪对我说，自己没本事，还要啥硬气呀，后悔与老婆离了婚。段志明、董占奎、李计和与我是一个学习小组，放学后，我们4个人坐在李计和家的炕上，围着一张炕桌头顶头做作业。可段志明和董占奎却在下岗后，贫病交加，已经故去多年了。

这48年来，我走了一条与所有同学完全不同的人生路。先是失学，沦落到社会最底层找一些零散的粗活儿、脏活儿干，混一口饭吃；后来又被裹挟到知青下乡的队伍中，到农村落了户。我在农村里执迷农业科技，不自量力地想育出作物新品种来，埋头奋斗了40多年，总算皇天不负苦心人，我育出5个新品种。随着全市农作物种植结构的调整，我搞的小麦、莜麦育种由于播种面积的下降失去了原有的科研价值。我又转行搞写作，已经出了3本书，走出了一条独特的崎岖的人生路。我与有成就的同学相比较，不自负，不自卑，自得其所，自有所乐；与境遇困难的同学相比较，我更加珍惜今天的来之不易，对失去的不后悔，对社会不抱怨，积极向前看。

如今，人的预期寿命普遍延长了，人过60岁才进中年。我们同学多数已经领上退休金，已经不为衣食住行等生存问题发愁了，时间也全掌握在自己手里，成了自由身。希望已进入晚年的同学们，尽力做一些自己喜欢、有益社会的事情吧，使生活变得更加丰富多彩，更加轻松自在，更有意义，更有情趣。最后用唐朝诗人刘禹锡的一句诗共勉：莫道桑榆晚，为霞尚满天。

50年后喜相聚

我怀着孤雁归群的急切心情赶往卓资山镇鼎盛酒楼，那里正举办卓资山镇69届初中同学聚会。踏进酒楼，看到的是一群陌生的沧桑老人，虽然我知道他们都是我的同届同学，但是我已经认不出他们了。走来一位相熟的同学，经他介绍，我才辨识出其中的几位同学。当年我们是一群十四五岁的花季少年，如今都已60多岁了，无情的岁月将我们从一群活泼的蝌蚪进化成蛤蟆，怪不得我们相见不相识。

卓资中学69届初中共有8个班，大约有同学380人，这次聚会到场60余人，约占县城同学总数的1/6，很不错了。其中农村籍的同学约有180人，他们几乎全没有到场，在县城里常能见到的几位农村同学，也没有出席在家门口的聚会，这也从一个侧面说明，农村籍同学的人生道路更为艰难。

69届初中生，是新中国最为苦难的一届学生。1966年考入初中，正遇上“文化大革命”，在课堂里仅仅念了几个月的书，就停课闹革命，随后就毕业了，跟上老三届大哥哥、大姐姐知青插队下乡，年纪轻轻就吃了很多苦头。大中专恢复招生，又竞争不过大哥哥、大姐姐和后来的学弟学妹，因此，我们这批人中只有赵桂荣等极少数同学以工农兵学员的身份进入了高等学府就读。多数同学回城参加工作，进入了县办小厂，后来下了岗，直到前两年才自费补交了社保费，领上了微薄的养老金。真是苦啊！但是苦难的生活也练就了我们这届同学特别能吃苦、特别能奋斗的品格。我们随遇而安、以苦为乐、辛勤劳作、积极进取，风风雨雨走过了50年人生岁月，各自收获了劳动果实。在联欢活动中，同学们的艺术才华让我大吃一惊，赵桂荣、吕佩枝、连成英、梁存喜的演唱大有歌手的味道，高建华夸张幽默的舞蹈感染了大家，刘春莲的太极拳，一招一式如行云流水。同学们的才艺展示，表现出我们不甘平庸的精神风貌。我们中间的佼佼者，事业上取得成就的也大有人在。比如，曹信是厅级干部，郝耀春是正处干部，梁存喜是享誉全区的著名作家，田斌是成功的企业家。他们为我们这届同学增光添彩，向他们致敬。更值得骄傲的是，我们这届同学没有一个人犯过法坐过牢，都是守法公民。我们是一块砖、一片瓦，为祖国的建设付出了劳动的汗水，人生的芳华。更为欣喜的是，我们的后代多数毕业于名校，学业、事业有成，下一代比我们更强，在他们身上寄托着我们未能实现的理想。

当年卓资山镇有4所小学，即东完小、北完小、新民街小学和铁路子弟小学，各校同学之间的来往不算多，只有集体看电影的时候，各校之间相互拉歌，大家唱得格外起劲，一较高低。但各校之间的娃娃头还是早有耳闻，比如新民街小学的张交运和北完小的宋九平、牛胜利。这次同学聚会我与他们第一次握手交谈，加上东完小的吕佩枝，他们天生具有领袖气质，是这次聚会的发起者。感谢你们几个带头人，组织了这次同学聚会，你们辛苦了，谢谢你们！

念五年级时，东完小与新民街小学两校之间组织了一次同学间书信写作，我随机分到了一位叫朱小平同学的来信。于是我就写了一封回信，后来我才知道这位朱小平是一位女同学。这次见面，我向朱小平说起这件事。她大笑，说还记得这件事，毕竟这是我们各自写给异性同学的第一封信。我与县人大副主任李秀清曾在一届县人大常委会共过事，与田斌一起参加过县里几届人大政协会议，没想到我们同属69届这个圈子里，也是一件意外的喜事。

王文龙同学家里有事，他在聚会第二天赶来与大家匆匆见了一面，下午就要返回去了。他要去看望刘凤英老师。刘老师是我们的语文老师兼班主任。本来我们班的同学已经商量好第二天上午一起去看刘老师，但此刻我只好陪同王文龙提前去了。梁存喜听说后也要与我俩一起去。刘老师已经81岁了，依然是那样和蔼慈祥。师生见面分外激动。刘老师帮我解开了一个困惑了50年的秘密。我小学毕业未能被卓中录取，只是知青下乡时被当作69届学生一起下了乡，我其实是一个冒牌的69届初中同学。因此，在这篇文章中，我是以小学毕业50年算起的。刘老师对我说，当年东完小将我列为保送生，谁知县教育局去我父亲的单位进行政审调查，发现我父亲本人虽然是店员（工人）成分，但他的继母却是地主分子，于是，我这个工人的儿子就变成了地主分子的孙子，被一票否决了，未能被中学录取。而与我家庭出身境遇相同的连成英、马荣丽不是保送生，却通过正常录取渠道进了中学。刘老师说，是我害了你，心里一直有愧。我当然不能埋怨刘老师，刘老师对我有知遇之恩，栽培之功。东完小当年有两个六年级班，分为甲班、乙班，我与连成英是甲班，马荣丽在乙班。我们都属于所谓的尖子生，在学习上相互竞争得很激烈，每次考试成绩互有高低。在最后竞争关头，我赢了，东完小保送的是我，而不是她俩，虽然事隔50年，听到这个消息，我的心还有几分自得，但是命运却和我开了一个残酷的玩笑！我说，其实我是站出来为你俩挡了枪弹，如果你俩其中的一位也被选为保送，就会与我一样被一票否决，那样进不了中学的就不是我了，而是你俩中的一位，你俩应该感谢我才对。人生命运有时就是这样的荒唐莫测。东完小保送生不可能只有一名，猜想在学校担任少先队大队长的麻明珍就是保送生，还有其他优秀同学，但人家没有家庭成分的问题，也就没有出现我这样的遭遇。

刘老师，我也向您汇报：我没有辜负您的培养、信任和期待。我虽然再没有进过中学的校门，至今还是小学学历，而且一直工作在乡下，但我依然在事业中取得了一点成绩。我培育出5个作物新品种，成为享受国务院特殊津贴待遇的研究员，创作的长篇小说获得了自治区大奖。我取得的这点成绩，首先应该归功于您。因为您教诲我们：积极向上，奋斗不止，要成为一个有用之才，为祖国、为人民建功立业。您的教诲像基因一样注入我的心灵。命运之风没有把我带到肥田沃土中，我没条件成长为一棵大树。它把我刮到穷乡僻壤，但我依然要扎下根来，追求阳光，接纳雨露，忍受烈日的煎熬和冰霜干旱的磨难，努力成长为一株有用的山榆，成为荒野绝壁上的一道风景。

刘老师，您应该感到欣慰，您的学生都没有给您丢脸，人生道路上都有所收获。我编《卓资县志》时发现，从东完小出去的学生中有4个成为享受国务院特殊津贴的专家，其中有两个是您的学生。全县有4个成为加入内蒙古作家协会的作家，其中有两个是您的学生。您只教了梁存喜两年，已经记不起梁存喜了，但梁存喜说，他一生最感谢的两位老师，其中一位就是您。梁存喜已经是内蒙古著名作家了。

落叶归根是一种自然现象。参加69届同学聚会，大家都非常兴奋，非常高兴，抚今思昔，感慨良多。虽然只有短短两天时间，但是我们一起回顾了青梅竹马、两小无猜的童年生活，读书求学、纯真少年的美好光阴，以及知青苦难境遇下的奋斗历程。我们是人生道路上的同学、朋友。我们一起品尝生活的酸甜苦辣，一起相扶相帮，携手前进。人老心不老，只要我们有一颗不老的心，我们返老还童，前头的道路将会更加精彩。期待5年后，我们再次大相聚。

备注：卓资山镇69届初中生于2016年7月31日～8月2日在鼎盛宾馆聚会。

重新系上红领巾

2017年8月9日晚，我急匆匆地赶到集宁区教育宾馆，进了会议室，满眼看到的都是脖子上系着红领巾的老同学，有一位老同学也帮我系上红领巾。我十分激动，仿佛时光倒流，又回到50年前在学校里的少年时光。我们同学、朋友之间恼过、好过、吵过、笑过、打过架、帮过手、争辩过、谈心过，多少有意思、没意思的陈年旧事涌上我的心头，是那样的亲切、珍贵，这就是我们难以忘怀的生命深处的记忆。我要说少年情谊最纯真，少年情谊最美好。

我与东完小的同学一起度过几年求学时光，与北完小、新民街小学的同学在小时候也都见过面，因为那时候卓资山镇很小，只有两万多人口。1966年7月，我们卓资山镇3个学校的同学高小毕业了。当时，时代的狂风骤雨将我们这窝雏鹰冲击得七零八落，同学们散落在社会各个角落。51年后，白头老人再相聚，执手相望，泪眼婆娑，感慨良多。

老夫聊发少年狂，联欢晚会上，老同学尽展各自风采，又是唱，又是舞，又是说，又是闹，红火得一塌糊涂。来自集宁区的老同学唱起了《我们是共产主义接班人》，来自卓资山的同学唱起了《让我们荡起双桨》，来自呼和浩特市的同学表演了歌伴舞《敬祝毛主席万寿无疆》，引起大家的共鸣，大家一起附和欢唱。

我们69届这一代，是苦难的一代，是奋斗的一代，是乐观昂扬向上的一代。

我们一起经历了知青下乡的磨难，改革开放的阵痛，市场经济的洗礼，迎来了中国梦的展望。命运的风帆有时把我们抛到了浪尖，更多的时候我们被摔到了谷底，有的同学抓住机遇，事业辉煌，人生道路顺畅腾达；有的同学时运不济，坎坷曲折，在人世间举步维艰。我们这一届同学都为建筑祖国大厦辛勤劳动付出过，我们都是社会主义的建设者。我们人生无悔。更值得自豪的是，我们的子女都比我们有出息，我们孙儿孙女、外孙、外孙女聪明伶俐、漂亮健康，我们后继有人，一代更比一代强。

我们已经步入老年，日落西山红霞满天。我们赶上如今幸福的好时光，大家都有一份退休工资或者养老金，有一个舒适的窝。我们要珍惜现在，快乐生活，老有所学，老有所为，老有所得，老有所乐。我提议我们全体同学，今后5年一小聚，10年一大聚，争取在20、30年大联欢时全到场。

小说笔会上的收获

我写的小说《评奖风波》获得了《小说选刊》杂志征文三等奖，得到了去北京参加该杂志社举办的首届全国小说笔会的机会。从事写作六七年来，与文学界人士接触很少，常有闭门造车的感觉，出去见见世面也好。

会上有8位全国知名小说家、文学批评家、期刊主编做了讲演，使我受益匪浅，大有“听君一席话，胜读十年书”之感。

刘庆邦是当今实力派小说家，现任北京作协副主席。他的讲座题目是：《生长的短篇小说》。他形象地把小说创作比喻成种子发芽、生长、开花、结果的一个过程。有了小说素材后，一定要努力寻找产生创作冲动的种子。小说种子不一定在哪，有时一个细节、一个氛围、一个理念就构成了小说的种子。比如，鲁迅《阿Q正传》中的种子就是阿Q在县官判他死刑时，让他在判决书上画圈，阿Q为画不圆圈子而十分懊悔的那个细节。种子就是小说中最能表达主题思想的细节，是小说的灵魂。他要求用简单的情节，丰富的细节来深化主题。

徐小斌是著名小说家和影视剧作家。她把小说家分为两类，一是现实主义作家，二是内省型作家。内省型作家追求心灵上的东西，为自己和人类心灵写作。

同时，强调作品要有品质。她说文学是个人化的活动，影视是一项集体性活动。

人民文学主编助理、编辑部主任邱华栋讲了《人民文学》选稿要求、办刊宗旨、审稿过程，讲评了最近在该刊发表的几篇作品，并向与会者公布了他个人组稿信箱。每个月通过电子邮件向该刊投稿的稿件像潮水一般涌来，编辑就像大海捞针般选稿。我想面对这种境况，作者们的稿子能选上固然幸运，选不上也不必气馁。努力增加自己的知名度，创作出不同凡响的作品才有机会入编辑的法眼。

著名文学评论家何镇邦讲了小说文体的基本特征、文体由来，提出小说虚拟性、故事性、兼容性的3个特征。我向他提问：小说创作中如何运用方言。他的回答很简洁：方言只要不加引号，大家都能懂就行了。

批评家李建军在讲演中说：中国是求善的文化，西方是求真的文化。作品中应该有理想之光，有激情。摆脱情感的冷漠比摆脱技巧更难。金钱是条件，但不是力量。理想必须是尊重个人，有爱，有信念，有祝福，人道主义高于革命。一个人回首往事，不是有过怎样的生活，而是有过怎样的希望、理想和渴望。没有苦难感就没有幸福感……他的演讲引起我的共鸣，我的手掌拍得分外响亮。

原来安排《小说选刊》的冯敏、秦万里两位副主编与大家对话交流，但被两位副主编的激情演讲所取代了。冯敏的演讲气势磅礴，在小说创作方面虽然说得不多，但很精到，他说：短篇写感觉，中篇写故事，长篇写命运；生活逻辑、性格逻辑构成人物命运的通道；故事是由碎片组成的。

参会人员纷纷往上递字条。我写的字条是：如何看待“文革”中提出的“三突出”创作原则，这个原则与“主旋律”创作的异同。秦万里就我这个字条展开了演讲，他旁征博引，论述精当，赢得了阵阵掌声。

听名家讲演是我在笔会上的重大收获，同时与代表们的交流收获也不小。与会人员共有130多名，来自29个省、市、自治区，内蒙古就我和阿拉善盟文联主席张继炼参加。参会人员的身份、职业五花八门，形形色色，中国作协或省、市作协的会员居多，每个人的经历都是情节曲折的一本书，有聊不完的话题。与我同住一屋的邓叶君，是安阳市作协副主席，已经出版了十几本书，他是曹操墓的发现者之一。曹操是我最为关注的历史人物，他的讲述，极大地满足了我对曹操和曹操墓的了解。

刘凤梅是一位不动声色的女性，不轻易说话，参观途中大巴车上恰巧与我坐一起。我得知她来自陕西西安，于是就聊起路遥、陈忠实和贾平凹。说到高兴之处，她对我说，她与路遥是同村同学。路遥在《人生》中写高家林的民办老师被大队书记的儿子顶替了，生活中的真实情节是她参加工作后腾出了民办教师的职位，被路遥接替了。她与路遥是好朋友，给我讲了路遥的许多故事，赞叹路遥出众的才华，惋惜他英年早逝。我对她说，一个小山村能同时出你和路遥两位中国作家协会会员真是奇迹，路遥是中国当代最杰出的作家，你把路遥的事写成书就是对中国当代文学史的一大贡献，喜爱路遥作品的广大读者会感谢你的。刘凤梅说，她写过一点，今后是应该好好写一写路遥。我真诚希望她早日动笔。

有一位金先生，给了我一份他发表的论文题目，内容多与雍正有关，说起雍正来义愤填膺。我贸然问一句：敢情您是爱新觉罗后裔？他说：正是。他是十四阿哥雍禵的后代，他论证出是雍正篡夺了本来应由雍禵继承的皇位，他正在创作清宫长篇历史小说。与他聊天真有点意思。

笔会短短5天，却令我回味无穷。

写在《卓资县志》出版之际

重新编撰的《卓资县志》就要付印出版，我作为该书农、牧、林、水、科技方面的编辑，就像怀胎十月的母亲，以满怀喜悦的心情迎接“婴儿”的诞生，欣慰之情难以言表。

2011年3月，我走进了《卓资县志》编委会，深感责任重大，使命光荣。中华人民共和国成立60多年来，全县各族人民在中国共产党的领导下，进行了可歌可泣的英勇奋斗，既取得了辉煌的成就也有过痛心的失误。这些成就与失误和人民的利益息息相关，决定着老百姓的生活质量。知古鉴今，如实地记录历史，正确地总结历史的经验与教训，是我们的责任，既是对历史负责也是为了走向更美好的明天。

我在本县农村工作、生活了40多年，对农、牧、林、水、科技方面的工作很熟悉，一直参与其中，有着切身体验和感悟。同时我喜看杂书，也曾翻阅过许多其他旗县的县志史料，这是我能够胜任县志编辑的有利条件。卓资县与全市其他旗县经历了大体相同的历史进程，因此全市各旗县所编的县志内容难免会出现大同小异的现象。然而，一本成功的史志在于创新，而不是模仿，要想在县志中写出新的内容来，就要尽可能地挖掘新的史料，并给予科学的梳理和解读，这样才能形成有价值的文字材料。我个人认为我所负责编辑的部分在编排上有所突破，主要表现在增添了历史回顾的内容。

农业编的第三章是生产关系变革。市里其他旗县的县志也都有这方面的内容，但文字容量没有《卓资县志》多。《卓资县志》在这一章里安排了6段小节，文字数量超过6000字。其中，第六小节“设施农业的兴起”，是其他县志所没有的。通过这一章节，全面回顾并总结了60多年来全县农业的发展进程。在写作中，我们本着成绩讲够，问题讲透，对重大事件立场鲜明、实事求是、不遮不掩的态度。比如对“大跃进”的撰写，既写了干部群众的冲天干劲，就凭人挖畜力车拉，建成了红召水库，灌溉良田十万多亩，受益40多年的壮举；也写了农村各地搞了大量的无效益工程，劳民伤财。在3年低标准时期，写到最困难的时候生产队供应农民成品粮每天只有0.28斤，大家不难想象那种饿肚子的情景。农业学大寨是人民公社期间长达十几年的运动，而在市里其他旗县的县志中对学大寨很少记述评说。我们在《卓资县志》中肯定了学大寨在培养社员集体主义精神，在农田水利建设方面取得的巨大成就，同时也指出了学大寨的一些错误做法，比如推行大寨式的大队核算，打乱了三级所有、队为基础的人民公社体制。大寨式评工记分，破坏了按劳取酬的分配原则，以及贪大求多搞面子政绩工程所带来的负面影响。这段文字在县志评审会上受到专家的肯定，专家点评说，关于学大寨的内容写得很好。1990年以后，农民税费负担逐年加重，我们用对比数字的方法揭示了农民税费负担的沉重。1998年，全县提留摊派的费用高达12项之多，比1986年提高了14.8倍，税增加了3.87倍，每个农民还负担20个义务工和20个积累工，难怪农民要撂荒土地进城打工。对近年蔬菜扩种，设施农业的兴起，农民专业合作社的兴办，也做了充分的记载。

在畜牧编、水利编、林业编中，都安排了发展概况小节，这种编写方式为市里其他旗县志所少见。我们认为，通过这一节的编写就把林业、水利、畜牧行业发展过程全面展示了出来。林业、水利、畜牧虽然都属于大农业范围，但根据各行业发展的不同，写作各有侧重。比如水利和林业编都有一个机构调整时期的段落，而农业和畜牧编就没有。1986 ~ 1995年属于卓资县改革试点阶段，农 、牧、林、水管理体制一变再变，与上级机构不对口，衔接不够紧密，直接影响了该县争取上级项目和资金的投入，这对上级投资较大的林业和水利工作影响很大，因此，这一时期该县林业和水利处于发展低潮时期，明显落后于其他旗县。而当时上级对农业投资项目资金不多，所以机构改革对农业发展影响不大。水利编专门有一个农业学大寨时期的段落，这是因为农业学大寨的主要内容是农田水利建设。2001年，畜牧业进入专业化快速发展时期，而水利和林业在1998年就进入了发展兴盛时期。因此，虽然都是农村农业，但各行业叙述有所侧重，避免了雷同。科技局虽然是一个独立的机构，但工作业务往往与其他局交叉，各行业工作中都有科技的内容，各行业里的科技工作既属行业局主管也属科技局统管。在科技编中，我们安排了科技园区建设这一节，较全面地反映了科技局的工作。这样的编写方式在市里其他县志中还没有见到过。

准确、完整的历史资料是编写县志的基础。我很幸运地遇到了几位认真、负责、有才华的合作伙伴。水利局办公室主任段兰琴同志，职称是高级水利工程师，从事水利工作20多年，被多次评为行业模范。她是一个特别认真的有心人，她收集并保存了历年有关水利的法律、法规和政策文件，和历年政府在水利上的投资金额和资金管理措施等资料，资料的完备令人感叹，她真是一个高素质的水利专业人才。杨润才是农牧业局办公室主任，是全县农业的“活历史”，啥都知道，他的工作太忙，忙得顾不上参与编写，但是全县农业资料谁都没有他掌握得多，非得让他出马不可。在政协周德喜主席的一再催促下，在《卓资县志》已经编写了一个月后，杨润才终于上阵了。果然他出手不凡，用了10天时间提供了大约20万字的原始资料，编写县志不怕材料繁杂，就怕资料不足，农业编写成，杨润才立了第一功。郝云绫是一位在畜牧战线工作了30多年的老同志，当过多年畜牧局办公室主任，对全县畜牧工作历史了如指掌，文字功底很好，也很自信。对他提供的畜牧编初稿，我改动得不多，但这并不意味着省劲，每改动一处，我都要与他反复讨论商量，甚至争论得不可开交，他的认真保证了畜牧编的质量。林业局方面是由吴鲜萍负责提供材料，这是一个中年女同志，心细如发，有文学才华，她出手很快，是第一个交稿的人，写出的初稿就受到了编委们的称赞，所以撰写林业编我最省劲。值得一提的是，编委会原本对档案局保存的资料抱有很大的期待，可事实令人很是失望，那里保存的资料实在是太少了，当然这不能只怨档案局现任班子，这是历史造成的。但是希望县政府今后加强档案工作，建立严格的资料入库制度，把历史资料收录保存好。

《卓资县志》的顺利编撰完成在于有一个团结奋斗、工作高效的编委会。编委会的组成人员以政协各专门委员会的主任、副主任为主，除一人外都是二三十岁的年轻人，外聘的编辑除两人外也是年轻人，总编黄建华只有40来岁。按照传统习惯，参与编写的往往是德高望重、知识阅历丰富的人，所以一开始有人对编委会组成人员很不以为然，认为编辑太年轻。实践证明，有志不在年高，年轻人更有活力和创新能力。他们都是电脑写作，写作速度快，修改方便，发现错误电脑上一修改就妥了，不像老年人在稿纸上写作，涂改没完没了，抄写一遍又一遍，费心费力，效率低下。年轻人好学且不固执，思路超前，是可以写出高质量的稿件的。由于多数编委都是政协一个单位里的人，大家都在一个大办公室里工作，这样管理也方便。值得一提的是，编委会风气正，民主意识浓，各位编辑都抱有竭尽全力编写县志的心态，大家通力协作，没有钩心斗角的现象发生。主编黄建华很年轻，只是一个副科级干部，又是外地人。编委会里张占元和王志伟是多年正科干部，又是文采闻名全县的才子，但他俩都自觉接受黄建华的领导，不光负责好自己分担的撰写任务，而且在编委会上常常出好点子，主动承担审阅其他编委稿子的任务。当好黄建华主编的参谋助手，显示了他们的高风亮节，带了一个好头。当然黄建华这个人也不简单，虽然年轻，但文字功底了得，头脑清晰，思维缜密，办事干练，处事民主，团结同志，他以其才华、学识、人品赢得了大家的尊重和信任。

编写县志，牵涉到全县各行各业，有的单位领导认识不够，工作中出现拉后腿的现象；有的单位提供资料的同志学识不足，提供不出可用的资料。编辑干着急也没办法。这时候，县志编委会主任、县政协主席周德喜就出面协调有关单位领导，他抓住不放，一追到底，甚至对有的单位领导发火批评，直到问题得到解决。他对编写的各个进程抓得很紧，总体上予以把关，确保编写顺利进行。编委会成员都是业余人员，所以得到专家的指导尤为重要。周德喜主席很清楚这一点，他不遗余力地请专家、领导来卓资县为编委讲课，给予修志指导，把关审查文稿。专家们对周德喜的工作给予很高的评价，市史志办主任金海说，周主席的真诚打动了我，在全市县志的修订上，我对《卓资县志》下得工夫最大，这本县志具备参加自治区一级评奖的水平。在县志评审会上，有关领导高度赞扬由政协主席兼任编委会主任的做法，说要在全自治区范围推广卓资县的经验。

《卓资县志》的出版是一件功在当代、惠泽后人的文化工程，我有幸参与县志的编写，感到很荣幸，这是一件十分有意义的事。同时也期待全县人民对《卓资县志》的检阅评说。

在生产队的场面上

我在农村知青插队两年半期间，最难忘的是生产队场面上的劳动。

我所在的生产队是一个比较大的队，有70多户人家，耕种2000多亩土地，场面有十几亩大。进入10月下旬，队里的5辆马车起早贪黑地往场面里拉庄稼，麦捆垛成小山，把场面四周围了起来，只在西边留一个进风口，以便借风扬场。

下乡第一年，队里场收是以马拉碌碡碾压和连枷拍打为主要手段，大家一起铺场、打场、翻场、收场、扬场。场面上的农活儿有松有紧，社员们一边劳动一边唠叨家常，姑娘小伙子们则大呼小叫，打闹玩笑，很是红火。场面农活技术含量不大，我干得得心应手，很快成为场面劳动的好手，连扬场的细活也干得像模像样，颇受庄稼老把式的好评。村里有一位德高望重的老农亲自教我拧麦腰子，捆麦草，他夸我能成为一个好庄稼汉。扬场时如遇无风天气，农活就会自动停下来，大家坐在麦草上闲聊，侃山抬杠。年轻人好勇斗狠，常常比赛掰手腕、摔跤来逗乐。我掰手腕不行，摔跤却大出风头。我的故乡山西省忻州市号称全国摔跤之乡，我在故乡小学断断续续念过两个学期，从小就受摔跤习俗的熏陶，练就了几手摔跤把式，扫堂腿和旋风腿功夫尤其不错，村里的小伙子根本不是我的对手，就是两三个小伙子同时上手与我摔跤，也奈何不了我。有一次，我同时在光滑的场面上与30多个小伙子周旋摔跤，被我一口气放倒了12个，围观社员的叫好声一片。我在生产队场面上以劳动好、会摔跤在村里竖立起男子汉的威信。

在下乡的第二年和第三年，队里分配我干下夜营生。下夜是一个好营生，直接看管队里的粮食，不用流汗劳动就能挣高工分。那时粮食紧张，人们普遍吃不饱饭，社员小偷小摸队里的庄稼粮食是常有的事，当夜倌是能够顺手牵羊的肥差，因此许多人抢着想当夜倌。队里社员大会上选我下夜，这是村人对我莫大的信任。不过灰腾梁的冬天寒风刺骨，孤零零在场面里下夜很是难熬。场面里一旦丢失粮食，或者发生了火灾，那我的责任就大啦，今后别想在村里出头。而且有些社员养的猪，半夜跑出来到场面粮堆上糟蹋，把粮堆上印版印破坏了，那也是重大责任事故，我也承受不起。因此，就算天再冷，我也不敢离开场面。每年全公社总要发生多起场面被盗窃或火烧事故，而我们村一件事故也没有发生，队长和社员对我这个夜倌很满意。

我在场面上下夜时，有几件事引起了大队和公社领导的注意，给我带来好运。一是我爱书，去场面下夜我总要带书去看。很难借到文学图书，我就看马列著作。有一次，公社和大队领导半夜下队巡查场面保卫工作，他们看到我裹着烂皮袄，冒着刺骨的寒风，在场面大灯泡下专心致志地读恩格斯的《反杜林论》，他们对我肃然起敬。二是如果半夜三更起风了，我要负责喊社员们起来乘风扬场，我们村离公社大队不足二里地，我的嗓门高，我喊社员起来扬场的声音，公社和大队的领导都能听到，无意中加深了他们对我的好印象，而下乡知青的出路，往往取决于这两级领导。三是场面里晚上常加班。遇上加班劳动，我都参加，等于一人挣两份工。那时队里已经用上了脱谷机，我常干往机器里送麦子的苦脏累活儿，获得了干部社员们的好评。年终结算，我是队里少数挣高工分的人，因此分红也多，有200多块钱。那时下乡知青普遍养活不了自己，像我能分红挣这样多钱的人，全县也不多。四是我们公社的下乡知青有一项与五保户一样的优惠特权，就是可以去生产队场面拿麦秸烧火煮饭。一般碾麦子先要用铡草刀把麦捆当腰铡断，麦根部分当烧柴。我在烧麦根煮饭时，总要把麦根中夹杂的麦穗拣出来，积攒多啦，就送到麦场上碾压，这一做法来源于母亲勤俭节约的家教。没想到我的做法赢得了村里的民心，因为爱惜粮食是庄稼人的品德，他们从你对粮食的态度来认识你的人品。我还是队里的学习辅导员，平时表现也不错，于是大队和公社把我作为下乡知青先进典型报到县革委会。后来，县里印发了我的事迹材料，于是我成为全县下乡知青的标兵。

在生产队场面里的劳动表现，使我这个家庭出身有点问题的下乡知青，成为同批下乡知青中最先被抽调回城的人。我难以忘记生产队场面劳动的红火热闹，往脱谷机里塞麦子挥汗劳动的痛快，以及在寒风刺骨的场面孤灯下的读书经历。唉，生活总是甜酸苦辣搅和在一起，五味杂陈，但抱有积极昂扬的人生态度，终会找到前途出路。

《大青山》——生发文学梦想的地方

《乌兰察布日报·大青山》，是全市文学艺术的乐园。在这片园地里，百花齐放，争奇斗艳，展露芬芳，香飘四野。花香，熏陶了一方人民的灵魂；蜜甜，滋润了一方百姓的心田。从岱海之滨到杜尔伯特草原，哪个文化人不喜欢《大青山》？从乌兰察布走出去的文化名人都在这块园地里留下了耕耘的脚印，放马《大青山》，驰骋奔向全中国，这是乌兰察布文化人的豪迈。

我是从20世纪70年代喜欢上《大青山》的，前辈老师在上面写的精妙美文，培养了我的文学爱好，但我自己动笔在《大青山》上发表文章是在2005年。听说索让老师长期主编该栏目，潘树武老师接过来已经主持十几年了。我去报社送稿，乌云老师刚接手编辑，而潘老师还在办公室整理东西，由此，我认识了两位新老编辑，他俩也成了我的良师益友。潘老师资历老，工作特别认真，人也强势，他主持的《大青山》每星期出一期，基本上是雷打不动的。而到了乌云老师手里，变成了半个月出一期，而且常常被广告之类的内容占去版面。后来听说有人提建议说，干脆把《大青山》撤了吧。这些人真是见钱眼开，鼠目寸光，一张报纸没有文化含量，还会有人去读吗？不过，虽然这一时期的《大青山》不能保证定期出，可质量却保持着很高的水准。乌云老师的文学鉴赏能力很高，选稿眼光独到。我自己的投稿体会是，质量差一点稿件，根本过不了乌云老师的法眼，而自己得意的作品，乌云老师从不会遗漏。但是，我写的小说《东山再起》却是王静老师编辑发的。因乌云有事请假，王静老师代为组稿，这篇小说占了整版版面。整版发一篇小说的情况在《大青山》上极为罕见。这篇小说社会反响不错，我们县宣传部特意奖励了我200元稿费。乌云老师选稿，看稿不看人，她不管作者有没有名气，稿子质量是第一位的。而且她特别注重挖掘和培养基层新人，卓资县的李润成、凉城县的火速鹰和我们几个农村写作者都在乌云老师手里发了不少稿子。乌云老师称得上是我文学事业起步阶段的伯乐，我十分感谢她的栽培。

我还要特别提一下，《乌兰察布市晚报》曾有过一个金牌栏目叫《生活导刊》，是李淑梅老师主持编辑的。该栏目的内容贴近生活，发表的文章很有文学品味，每周末出一期。当年各地机关单位，每逢星期五，晚报一到，办公室里的人抢着看《生活导刊》，这是一个与《大青山》媲美的栏目。市里的文化人多在该栏目发表文章，我也是在《生活导刊》上起步练笔的，衷心感谢李淑梅老师，我能成为一名作家，也是您栽培的结果。

乌云老师退休后，《大青山》栏目编辑换人频繁，其间所刊发的稿件多以散文为主了，直到张晓晨老师接手才稳定下来。听报社内部人讲，如今文学日渐式微，编辑中真正喜爱并热衷编文学版的并不多，很难找到类似潘树武那样的编辑了。现在，我也很少往《大青山》投稿。直到去年后半年，我接到张晓晨老师给我打来的电话，核对一篇稿件的内容，我才真正认识到张老师的认真、敬业。张老师有着精益求精的精神，她注重与作者沟通，不但通过电话核实稿件，稿子刊发后还会用电子邮件、短信等方式通知作者，很令作者感动。世界上最怕的就是认真二字，我相信《大青山》栏目在张老师的编辑主持下，作者队伍会越来越壮大，报纸版面会越来越吸引读者的目光。

《大青山》栏目见证了乌兰察布市文学事业的繁荣兴旺，培养了一代又一代文学写作者，其刊登的文章富有地域文化色彩，很有人情味，充满了正能量，是几代乌兰察布人的文化精神食粮。《大青山》是全市文化人的一处精神家园，是党的文化事业的一方阵地，衷心祝愿《大青山》越办越好。

好好地活着吧

人生就像一条流淌的小河，有始有终，寿命就是河的长度。人生变化无常，就像河流遇到悬崖，变身瀑布；遇到礁石，掀起浪花；流入地下，形成暗流；或者被大坝截住，喷涌而出，发出了电流。人生重大际遇，就像河流拐弯一样，可以称为一个人命运的节点，总是让人难忘，比如，一个人的出生日期、入学日期、毕业日期、参加工作日期、结婚日期等。绝大多数人至死也不会忘记，每逢回忆起来，总是别有一番滋味在心头。

不同的人有不同的活法，有的人活得精明，经历过的事情，即使过了多年，讲述起来依然历历在目，活灵活现；有的人难得糊涂，大事小事不记心头，没心没肺，活得不累。人生没有固定的模式，不能说哪种活法好，只要自己高兴快乐就好。

人不与人比，是一个明智的人生态度，因为人比人气死了，鸡比鸭淹死了。

但是，我不欣赏那种所谓看破红尘的态度，对什么事情都无所谓，口头常挂着一句话是，有啥意思呢？

从物质角度来看，人生不过是饿了吃、困了睡，白天过去就是黑夜，一个重复循环的过程。人是这样，猪狗也是这样，人是动物中的一种。但人与动物不同的一点是，人是有思想意识的，除了物质世界外，还有一个精神世界。

因此，人生就得活出点意义来，活出点意思来，活出点趣味来。

就像我们都退休在家了，人家郝建华还在继续工作，为病人解除痛苦，这就活得很有意义。就像连生，依然拼搏奋斗，攀登艺术高峰。就像吕佩枝，退休后尽心培养孙女孙儿，两个孙辈十分优秀，这就体现出做奶奶的价值。我们绝大多数女同学都像吕佩枝一样做着同样的事。

生活中有很多趣味，生活的乐趣就在其中。比如，同样是莜面，有的人就只会压饸饹，手巧的人就可以推窝窝、搓鱼鱼，做出好多花样儿来。虽然饸饹、鱼鱼进入肚里提供着一样的营养，起着一样的作用，但人吃着饸饹和鱼鱼却有着不同的感受。

人生中遇到的大事极少，多数是些小事情、小乐趣，这些小乐趣就是人生长河中泛起的小浪花。有的人的生命长河无声无息，悄然流过；有的人浪花飞溅，欢歌一路。

我们这代人赶上好时代了，科学家已经预示，上了60岁的人，只要10年内不死，人人可活到100岁；20年内不死，人人有望活到120岁。同学们，好好地活着吧，快乐地活着吧，好日子还在后头呢。

时间的节点

时间就是生命，一个人的一生就是一段时间的记录。因此，珍惜时间就是珍惜生命。一个人的时空领域不是静止的，而是像一条小河向前流淌，每逢河道转弯，总会令人难以忘怀。因为人生是漫长的，但关键之处只有几步，关键之处就是时间的节点，人生命运由此转变，所以人总会格外看重某个日期，这个日期就像路标一样，意味着从此走向一段新的人生。

对往事的回忆，有用没用？绝大多数情况下毫无用处。但人总是不断地在回忆过去。三五发小、同学聚在一起，絮絮叨叨说着零零碎碎的小事，旁观者也许认为没啥意思，而当事者却乐在其中，这是一种岁月情怀，是老年人精神生活的一部分。我们老年人自己千万不要认为翻起陈年旧事没啥意思，那是一种悲观厌世的情绪。凡是我们经历过的小事大事、好事坏事、高兴或悲伤的事，都是我们的历史，正是这些事，充实了我们的前半生，理应珍惜。时不时旧话重提，与家人、同学、朋友一起分享，这就是老年生活中的一个乐趣。

说起时间，我就想起几件有趣的事。

我们那批下乡知青，第一批抽调回城的只有不到10人，到教育局组织的培训班学了一年，分配当了老师。我是第二批回城的，有100多人，多数安排在县办煤矿和饮食服务公司。一年后，第三批招工开始了，是自治区电业局招工，我有一个同学赶上了，那真是一份好工作，我们都羡慕极了。同学招工手续都已经办妥，就差盖劳动人事局最后一个公章了，谁知国务院下了一个紧急通知，12月12日零点截止，暂停招工。我的同学就被卡在零点时分，直到过了八九个月，他们那批招工总算没有失效，他终于上班去了。这使我对时间的节点有了一个深刻的认识。

我的一位同事，将单位里同志参评某项活动的参评费收集起来，交给另一个单位的一位同志手里，因为都是熟人，这些费也不是报销的费用，所以交钱过程中没有办记账手续，不给收据。结果，两个月后，双方发生了争议，一个说交了，一个说没有收到，闹得不可开交。钱倒没几个，但双方都是较真的人，官司打到法院里了。最后法院判决我单位同事败诉，因为他在答辩状里提到某月某日到办公室交钱，对方律师是个厉害角色，人家经过核实，那天是个星期日，单位不办公，意味着我的同事说了谎。其实事已过好几个月了，同事很有可能记错了日期，但是也得承担法律责任了。

我朋友的一个孩子，人很好，各方面条件都不错，就是有点大大咧咧的。有人给他介绍了一个对象，约好时间见面。他在路上遇到熟人，聊了几句，迟到了三五分钟，姑娘一气之下走人，撂下了一句话，不遵守时间观念的人，就是人品不行。那个姑娘，直接把时间与人品画了等号。

时间的节点，往往是事情发生重大变化的节点，有时会带来突如其来的变化，让人刻骨难忘。

祖辈留存下来的信息

我没有见过我的爷爷，他1949年去世，享年60岁，而我是1952年出生的。关于爷爷的事父母从来不主动提起，因为他是地主兼资本家，在讲阶级斗争的年代里，子孙后代要跟着倒霉，而我父亲本人的成分是店员（属于工人），我的家庭成分不明不白，父母在儿女面前能遮掩尽量遮掩，避免无端引来麻烦灾祸。

难免会有乡亲、亲戚上门，他们在聊家常时总会提到我的爷爷，赞扬他仗义疏财，接济处于困境的乡亲，他们说只要到了爷爷开的店铺，说是认识智兰田，不管爷爷在不在，都会受到热情接待，安排吃住。爷爷在山西、内蒙古、北京、河北等地都开过商铺。忻州商人是家乡帮，不是乡亲，没人担保，进不了这个圈。爷爷经常做这种担保推荐的工作，因此，被众多乡亲视为人生引路人，念念不忘。

我去兰州时第一次见到我的大爷，问起他有关爷爷的事。大爷说：你爷爷就喜欢帮助别人，对自己的孩子却很冷淡。大爷是自己独身前往到兰州、新疆做生意，并没沾爷爷多少光。爷爷在集宁开的广兴店，是集宁二十世纪三四十年代最大的粮行，在前旗、中旗、商都县都开有分店。市政协曾经编过一本《集宁老字号》的书，介绍的第一家商行就是广兴店，总店就在集宁九龙街十字路口，是当时集宁的繁华地段。在日本人占领集宁期间，兵荒马乱，买卖人生意很不好做，尤其是粮行，日本人经常无偿征用军粮，爷爷的粮行在临近中华人民共和国成立时已经破产了。我听我的母亲说过，爷爷死时无钱下葬，只好将母亲的绸缎新衣给爷爷穿上上路。我一直奇怪，我的爷爷开着大粮行，可我的父亲为啥不在家族企业干事，却在卓资山一家叫作“三元营”的布行学徒当店员。大爷和亲戚们说，你爷爷就是那么一个人，怕子女享福不上进，逼着子女自己学做人创业。

爷爷名兰田，字明伦，号东吴。他们弟兄四人，他是老四，从小过房给一个族人顶门户，家庭经济情况要好于三位哥哥，本人又是经商奇才，他主要是以投资人（东家）的身份来经商，拉引族人一块创业。爷爷得的是食道癌，他在北京当领导的侄儿捎话让去北京协和医院动手术，人家负担医药费，爷爷不愿给侄儿添麻烦，没有去。

爷爷在晋商里也算小有名气，交友广泛，有一诺千金的信用，在游邀村被称为“智门三杰”之一。爷爷热衷于村里的公益事业，乐善好施。游邀村有一个庙宇，祭祀着一位黄堂爷，这位黄堂爷叫尹铎，是春秋战国时代的人，营造了晋阳城（太原市），后来演化为当地的一位雨神。每年游邀村在入伏头一天，村人要将黄堂爷神像抬往几十里外定襄县一个山洞里避暑，等到阴历九月十五再请回来，仪式十分隆重。爷爷经常是这种活动的主事人和经费赞助者。有一年，爷爷抬着黄堂爷的神像在山道上行走，从十几丈高的悬崖上掉了下来，但毫发未损，被视为神迹，其事迹被刻在峭壁上，至今完好，这也是爷爷留给我们家人的一份遗迹吧。

好人有好报，爷爷在乡里四处行善，当面临社会转型巨变时，爷爷这个地主兼资本家却能平稳度过。1948年，游邀村土改时，爷爷在内蒙古生意场上没有回去。爷爷在村里土地并不多，只有一二百亩耕地，但房屋不少，有一处三进院落，有一个六七亩的果园（也可以说是准备盖房的地基地），有一间肉铺。土改时，村里只有继奶奶和姑姑叔叔3人，村农会却给爷爷家留下两处院落，20多间房，1头骡子，17亩土地，奶奶也没有挨过斗。土改能给爷爷家留下这么多的财产，让我至今觉得不可思议，只能说是爷爷对村人广施仁德带来的回报，土改时爷爷一家在村里是按开明人士对待的。

小时候我曾跟随母亲回过祖居，我的继奶奶是个不着调的人，神神道道的，日子过得颠三倒四。她有一米八以上的个头，穿一身黑衣。她待我大爷和我父亲都不好，很早就把我大爷和我父亲赶出家门。爷爷对她也是很头痛，常常被气得不行。爷爷先后死了5个老婆，继奶奶是爷爷第六房妻子。“文革”时，继奶奶的院落变成了生产队队部和饲养院。旧院大门楼还在，两扇大门靠在墙边，上面钉着几排大铁钉，依稀还有往年的气派，大门常年不关门，马车出出进进。第一进院子里有3间大瓦房，继奶奶一人居住。里面院子是生产队的队部办公室和饲养院，养着牛、马、骡。继奶奶死后，叔叔在媳妇妈家盖住房，拆了旧房拉走木料，旧院就被生产队无偿占用了。不过后来，生产队还另外分给叔叔一处宅基地，叔叔圈起来种树了。叔叔对我说，你们谁想回老家盖房，村里给留了一份宅基地。按道理来讲，我们在外地工作的人，生产队是不给分宅基地的，这也是生产队的人看在爷爷的面子上给予的照顾吧。

爷爷留下一张与兄弟侄儿的合照，爷爷坐在中间，穿着长袍马褂，戴瓜皮帽，两眼炯炯有神，一看就是一个精明强干的人。爷爷的直系后代现在已经有80多口人了，散居在全国各地，都在努力工作劳动着，过着安安稳稳的日子。感到欣慰的是，在爷爷的后代中，没有一个触犯法律的人，没有人给爷爷做丢脸的事。由于时代的限制，在阶级斗争年代里，出身于地主资本家家庭的后代很难出人头地，如今，爷爷的第四代已经成长起来了，他们很有可能青出于蓝而胜于蓝，取得爷爷那样的创业成就，光宗耀祖。

旅途见闻

大美青海湖

初夏时节，我乘坐旅游大巴在青藏高原上行驶，放眼窗外，高原草地像绿色地毯铺向远方，一望无际，零星开荒种植的油菜花开得金黄艳丽，为广袤葱绿的高原增添了亮色。羊、牦牛星星点点地散落在辽阔的草原深处。远眺，艳阳高照，青山雪山交相辉映，天高地阔，天蓝云白。雄鹰仿佛是来自天堂的信使，从白云深处潇洒盘旋而来。清风拂过，凉爽宜人。青海真美，不愧号称“夏都”。

忽然眼前一亮，青海湖到了。近观湖水墨绿如玉，远望呈现绿宝石亮色，随着天上云朵的飘移，地上车轮的滚动，湖水在人们的视线中不时变换着色彩。待到停车，人们急不可待地来到湖边，感受湖水的无穷魅力，领略大湖美妙神奇的风光，一时惊讶得想不起用什么形容词才能表达心中的感受，这是一种震撼性的大美。

青海湖长105公里，宽63公里，周长360公里，最深处38米，海拔3196米，是我国第一大湖。用“碧绿”这个词来形容青海湖是不恰当的，青海湖水是蓝色的，闪耀着蓝宝石般的光泽，水质纯洁，从船上可以清晰地看到湟鱼优雅自在地游动。而远处的青山有一半戴着皑皑白雪的帽子，身姿尤为俊朗。由于青海湖是咸水湖，湖中矿物质在阳光、云层的综合作用下，使湖水呈现出缤纷多变的色彩，七彩湖让人叹为观止，流连忘返。

坐游船在青海湖漫游真是一种心旷神怡的体验。游船高速前行，清风扑面而来，美丽的浪花在哗哗地笑。导游幽默风趣地讲述青海湖神奇美妙的传说，激起游人无穷的神思和遐想。在欢声笑语中，游船停在湖中名叫“二郎剑”的沙洲上。沙洲上生长着一些低矮沙生植物，有一种被当地人叫作“羔羊花”的小花，开着4瓣红色花朵，分外妖娆。沙洲上还建有佛塔造像，附会有孙悟空大战二郎神的遗迹传说。从沙洲上远眺青海湖，天蓝水蓝，水天一色，浑然一体，十分壮观。

旅游大巴环绕青海湖返程，使我有幸目睹了青海湖畔的各类草地。一丛丛灌木嫩草聚成周长约6米的草甸，由无数草甸构成了沼泽草地，虽然水草丰美，牛羊却不敢靠前，沼泽地那是死亡的陷阱。一蓬蓬芨芨草在盐碱旱滩上蓬勃生长，可开阔的草滩上也难见到牛羊，这是因为芨芨草的草质坚韧，牲畜不喜啃食，但到了大雪覆盖草原的季节，露在雪地外的芨芨草却是牛羊活命的食粮。马兰花草滩最为美丽，兰花幽幽，极富诗情画意。流动的沙丘是另外一番风光，既可滑沙娱乐又可骑骆驼在湖边漫游。当然更多的是牛羊遍布的绿草地，这里是青海省畜牧业的基地。

青海湖最有风情特点的是鸟岛，十多万只候鸟在岛上繁衍后代，由于错过观鸟季节，行程没有安排观鸟项目，很是遗憾。青海湖的特产是湟鱼，这是青海特有的鱼种，肉质鲜美，但十年才能长到一斤，如今已经列入禁捕范围。青海湖最有魅力的运动项目是环青海湖国际自行车赛，每年7月举行，具有国际影响力。

天地有大美而不言，青海湖正是这样的壮美。

绩溪行

通过书本了解到的知识与亲身体验往往会有差距，有时这种反差还很大。比如，我从书本上了解到，安徽是个穷地方，那里的农民日子过得很苦。出了朱皇上的凤阳县，农民唱着花鼓戏外出讨饭已经是一种生活方式。小岗村人穷得过不下去了，率先在全国实行包产到户。可是十年前，我从合肥坐汽车到黄山，一路所见，青山绿水，苍松翠竹，一栋栋粉墙黛瓦的农家小楼掩映在绿树修竹花丛中，精致的大门飞檐雕塑，高低马头墙错落有致，徽派民居真是独具特色。心里不由得感叹：这里的农民真是生活在诗情画意般的风景中。

五一期间，儿子拉我外出旅游散心，要去黄山。我想到假期中的黄山，人山人海，登山路上的拥挤景象，就害怕了。儿子说，那我们去绩溪，然后再到南京。这倒是一个不错的主意，从合肥到黄山路过绩溪，一路山岗水乡，风景不逊黄山。再说，能走进我向往的安徽农家村落，体验一下那里农民的生活也好。

网上预订了绩溪县龙川风景区的旅馆，一下车，电话里联系过的老板娘前来接站。她领我们走进景区村落，拐了两个弯，路过一个院落，旁边立一石碑，通过上面的介绍，得知这是胡锦涛总书记的爷爷胡炳衡的旧居。原来我住的这家旅馆汪老板是胡家的邻居，听汪老板讲他家与胡家祖辈的事情，了解胡锦涛总书记的家族历史也是一乐。

龙川村依着一条小河而建，两岸建筑是典型的徽派风格，街道一边高一边略低。导游说，一边是龙一边是凤，龙高于凤。村子不大，半个小时就可以转完，比不上黄山脚下宏村的景致。但这里有全国重点文物保护单位——龙川胡氏宗祠。明朝晚期，日本倭寇侵略江浙一带，攻城略地，祸害百姓，成为国之大患。胡宗宪主持了抗倭大计，维护了国土安全。他手下有文武二人，亦誉满天下。武是抗倭英雄戚继光；文是徐渭，他是青藤画派的鼻祖，被誉为“有明一代才人”。胡宗宪有大功于中华民族，然而，他却被诬陷自杀而死，留下“宝剑埋冤狱，忠魂绕白云”的不屈声音。瞻仰胡氏祠堂，缅怀胡宗宪事迹，感慨万端。这里也是明代户部尚书胡福、清朝红顶商人胡光镛的族祠。故土因名人而生辉，龙川出了这么几个大名人，成为旅游景点也是顺理成章的事。

仁里离龙川十多里，是一个千年古村。据旅游材料介绍：仁里是一个天理、地理、物理和谐统一的千年古村，一幅天道、人道、商道色彩斑斓的历史画卷，一座古徽州奇风异俗原生态遗存博物馆，一次激动人心的朝圣、问道、品珍之旅。既然说得这样好，那就到仁里看看吧。

仁里确实是一个古色古香的村，徽派特色的古民居、祠堂、牌楼全都有，还有东西南北4座进村城楼。这里也是宋代理学大家程颢、程颐的后人世居之地。有一条大河从村边流过，历史上的仁里是水旱码头、商业重镇，只是近代偏离了火车交通线才冷落下来。村中街道狭窄，有三街十八巷，沿街商铺还保持着旧时风貌，但商业气息已经很淡了，买卖生意清淡，成了旅游环境的一种点缀。只有一处加工出售徽墨的店铺，游客多留步欣赏原始徽墨的制作过程，也有人要买点徽墨作为留念。但小巷深处，时不时会见到门楼边挂着一方牌匾，上面写着某位历史名人的故居，让人肃然起敬。仁里最值得一看的是祠堂，这里的祠堂不同于北方四合院，而是正堂敞开，厢房、走廊连成一体，中间是一方天井。正堂就像戏台，常常作为学堂来使用，正门两边和厢房墙上写着古贤圣人名言和家训。我们走进光启堂，这是仁里程氏的老祠堂，现在成了村史陈列馆，集中介绍了古徽州书院文化、商道文化、水井文化、古祠堂文化，村民和游客们只要进到这里，就可以在祠堂里了解历史，传承古徽州文化。我把祠堂墙上书写的程氏家训抄录下来，大家一起欣赏：同干事勿避劳苦，同饮食勿贪甘美，同行人勿择好路，同睡眠勿占床席。我们知道在封建社会里，乡村一级是没有公务员编制的，朝廷治理乡村靠的是乡贤，而乡贤治家治村的手段重在对族人的道德教育。古人就是通过祠堂文化教育族人立身处世，祠堂就是对族人德育教育的阵地。今天，我们也要发扬以德治国这个优秀的历史文化传统。

我们在村古码头、堤坝走道上行走参观，风景道上的宣传牌也写得很有意味，现抄录三则如下：兴与衰，成与败，进与退，在心态；人一生，难风顺，遇坎坷，敢面对；职不同，责相同，为人民，服好务。仁里文脉深厚，源远流长，不愧是中国最美休闲乡村。

绩溪旅游第一大景点是徽杭古道。从绩溪翻越过古道，杭州就近在眼前。古道全长75公里，游人一般游览18公里后原道返回。沿途有古村落、古关口、古石板路、古桥、古茶亭、古树等。我们走了20多里路，到了下雪堂景点，在儿子的坚持下，我们原道返回了。徽杭古道的景观不错，但比黄山逊色多了。古道的文化内涵十分深厚，游客需要有一定的历史文化知识才能较好地体验和感悟。进山时，遇到当地村民闹事挡路，一群妇女把住进口不让游客进去。我在云南石林、贵州黄果树景区，都遇见过当地村民与景区闹事的事。说实话，我很同情当地村民，人家世世代代居住在这里，景区管理部门在几十里外盖几栋新房就让人家搬走，断了村民的谋生之道，碰上谁都不愿意。可这次不同了，我走到古道上，沿途就没见过耕地，千百年来古道就是公道，从来没有官府、恶霸敢收过路费，山下的村民怎么敢说这条古道是他们村的私产呢？真让人瞠目结舌。

在绩溪走过几个村子，我发现这里的坟墓多修建在山脚旁，像挖窑洞一样将墓穴建在山洞中，树木在墓穴上正常生长，只留一个很小的石刻墓门，墓门前只留两尺空地。有多个墓门就像房间一样紧靠，显然这是家族墓。这里的坟墓没有坟头。这里的乡村路、巷很狭窄，民居多是二层小楼，家家只有很小的院落，门槛高，门脸窄，即使是名人故居，双扇门也不过6尺，与北方农家大院明显不同，难道这里的农家过去不养牛马，不拴车马，不饲养猪、羊、鸡吗？向当地人打听得知，这里八山一路一分田，人多地少，耕地十分珍贵，住宅院落自然不能宽敞，农民也没条件像北方人那样搞家庭养殖业。我问在路边农田里劳动的一位大嫂：你家有几亩地？农妇回答：三口人只有半亩地。看来过去这里农民的生存环境比北方农村更为艰难。

从龙川出来，来到绩溪县城，冒雨参观了胡雪岩纪念馆和绩溪博物馆。绩溪近代两大名人名满天下，一是红顶商人胡雪岩，二是文化大师胡适。由于时间的关系，这次未能去其故居参观，从纪念馆和博物馆了解一下两位的生平事迹也好。

胡雪岩纪念馆是利用一座文昌宫旧址改建的，据程馆长说，胡雪岩曾在此地读过3年书。馆里有关胡雪岩的实物不多，但展板却做得很有水平，把胡雪岩一生功过总结得很到位，有些结论堪称经世名言，比如：正道取才，抱势经营；用人之长，容人之短；不求完人但求能人，遭到人们嫉妒的人多是能干之人；不抢同行盘中餐；八个坛子七个盖，盖来盖去，不穿帮，就是会做生意。徽商和晋商是中国近代两大商帮，他们多有相同之处，比如两地都是人多地少，外出经商是乡人的谋生之路，茶叶都是其大宗生意。但也有所不同，徽商从业人员的文化程度较高，商帮成员拉人是先族人、后村人、再乡亲。多按照儒家理论行事，被称为“儒商”。而晋商从业者多是下层人士出身，文化程度不高，他们是以关云长忠诚义气为人生理念，有介子推那种执拗劲，行事讲究规矩，死守信用，圆滑不够。我是晋商后代，以后有时间，要研究两者之间的文化差别。

胡适是博大精深的学者，博物馆有关胡适的介绍，此文就不谈了，下次去绩溪再重点了解吧。绩溪山川秀美，风水宝地，名人辈出，很值得人们前去参观游览。

浪漫的丽江

墙上有象形文字图案的村镇从车窗闪过，我就知道已经进入纳西族的故里——丽江。导游开始活跃起来，他兴致勃勃地讲述纳西族的民族风情：纳西族女人承担着劳动工作的重任，男人却在一旁游手好闲地品味诗琴书画茶。这让我们这帮惯于当牛做马任凭媳妇吆喝的北方男人精神为之一振，可得好好欣赏品味丽江这个男人的天堂。

丽江是美丽的，四季绿茵，满山都是树，绿水山中流，野花缤纷，大地似锦。滩川稻田顺河流延伸，一望无际，上等的肥田沃土，使得纳西人有着优越的生产生活环境，过着温饱悠闲的生活。纳西族是一个有高度文明的古老民族，纳西象形文字有“文字活化石”之称，列入了联合国世界文化遗产保护；纳西古乐更是祖国音乐的奇葩，它保留了在其他地方已经失传的唐宋古乐曲；《东巴经》是纳西族特有的宗教经典。纳西族既是一个爱好和平的民族，也是一个很聪明的民族，他们以柔克刚，善于在夹缝中生存发展，保持了本民族的独立，民族文化一直延续了几千年。

日落黄昏，车驶进了丽江古城。这座茶马古道上的重镇在历史上就盛极一时。丽江很特别，它不建城墙。据说整个城市的建筑格局是四方形，街巷曲折，堵住城市4个主要出口，就可将入侵之敌聚而歼之。

吃罢晚饭，上街随意行走，无意中进入了丽江古城区。街道两旁多是二层小楼，上层住宿，下层商铺，小楼是宽檐式结构，具有纳西族独有的民族风情特色。家家屋檐下挂大红宫灯，照映出朦胧的红光夜色。环绕全城主要街道的小河哗哗流淌，“城依水存，水随城在”是古城的一大特色。行人漫不经心地在石板路上散步游逛，商店里的旅游商品五光十色、琳琅满目，披肩纱巾最为畅销，不少游人随买随戴，成了街上一景。酒吧、饭店、小吃摊到处都是，散发出诱人的香气。山南海北的名吃都在这里落脚，连内蒙古的焖羊肉都有卖的，据说当地人多把铺面出租给外省人经营，自己坐吃租金。小巷门前树下，摆一小桌，三五居民悠闲地品茶、下棋，或者吹拉弹唱自娱自乐，纳西人过得真是悠闲浪漫的生活。大型酒吧和娱乐场所门口灯火辉煌，笙歌艳舞，招徕顾客。纳西古城是座不夜城，天快亮时才散市。第二天上午9点多钟，商人才懒洋洋地开门接客。丽江古城区街道连环相套，就像迷宫，找不到出口，几次经人指点，我们才转了出去。丽江的夜晚是抒情浪漫的，使人陶醉，令人难忘。

第二天早晨，乘车到玉龙雪山。起初，我对所谓的雪山胜景并不以为然，作为北方人见惯了千里冰封、雪花飘飘的景致，还能对一座雪山好奇吗？可事实告诉我，玉龙雪山的景致不一般。当你在艳阳高照、和风暖人、万木葱茏、花香四溢的绿色大地上，豁然发现远处高山上白雪皑皑、云雾缭绕的景致时，眼前一亮，精神为之一振，这是一种冷与暖、红花绿叶与白雪强烈对比出来的美。玉龙十三峰蜿蜒玲珑，雪山就像绿叶衬托出来的红花，美得炫目。这是北回归线上距赤道最近的一座雪山，虽然由于气候变暖，玉龙雪山上的冰川融化得只剩隐约可见的一小块，上面的积雪已经遮盖不住山体了，但它依然是那样的缥缈神秘。从行进中的车窗往外看，阳光在变化，风在刮，云彩在飘，玉龙雪山是动感的，就像一个神女不断变幻着头上的面纱。忽然一股大风把山顶积雪掀起来，在山峰顶上形成旋风雪尘，使峰顶的景观若隐若现，变幻莫测。同行小于眼疾手快，用数码相机照了雪山变化的景观，我赞扬他的相片可以当作摄影作品去参展——抓住了玉龙雪山的神韵。纳西人的古老传说中说玉龙雪山后面存在一个第三国天堂，这也成为殉情男女跳崖追寻理想天堂的地方。在玉龙雪山脚下的露天大剧场里，正上演张艺谋排演的《印象丽江》，剧中有一幕讲述的就是这个神话故事。坐在剧场望着雪山，随着剧情的起伏，不由得使人浮想联翩。玉龙雪山真是一座神秘浪漫的山，它的主峰虽然只有5596米，但至今还是一座处女峰，撩拨着人们无穷的想象。

玉龙雪山景区融冰雪风光、高原草甸风光、原始森林风光、雪山水域风光为一身，美不胜收，让人惊叹。

浪漫的丽江啊，我期盼下次再走进你多情的怀抱。

千里草原行

酷暑难耐，赖在消夏胜地乌兰察布老家哪都不想去，可难得的是儿子和侄儿同时休假，二弟约我外出旅游，由我选择出行目标，我想了想，那就到锡林郭勒大草原一游吧，那里有元朝皇帝的夏都遗址，想必也是一个凉快的地方。

弟弟开着车，我们一行四人，从集宁区出发，前往锡林郭勒盟元上都遗址。途中经过乌兰察布市察右后旗、商都和化德县地段，路两边大片农田向日葵花正开得热烈，金黄色的花盘，迎着太阳，绽放灿烂的笑脸，成为难得一见的花海盛景，比油菜花田更胜一筹。游人在向日葵花田里流连忘返，笑脸在葵花花盘的衬托下，喜庆，热烈，蓬勃向上，照出的相片最为出彩。15年前，我在卓资县试验引进了向日葵杂交种，发表了《向日葵在乌兰察布市大有可为》的论文，如今，向日葵已经成为乌兰察布市一种重要农作物，深感欣慰。

进入锡林浩特市地界，农田消失不见了，已经到了牧区。走马观花看过去，沿途草原大致有五六种类型，既有绿油油的草滩，又有沼泽草地，高过人身的芨芨草滩、灌木丛的草地，山花五彩缤纷的丘陵草甸草地以及林草混交的山林草地。各种草地风貌独特，美不胜收。

当深入锡林郭勒大草原腹地时，才真正领略到草原的广袤，体味到草原的神韵。这里的草以细叶韭为主，叶片细长，叶色是本真的草绿色，绿得纯粹，绿得动人心扉，千百里大地就像铺上了毛茸茸的绿地毯。而这充满诗情画意的绿地毯铺向了天边，由白云将绿地和蓝天连在一起，一望无际。锡林郭勒大草原上没有农田，没有灌木，没有乔木，没有坟包，看不见村落，公路边也没有行道树，就连牧人也看不到，孤零零的蒙古包散落在草原深处，牧人也许正躲在蒙古包里悠闲地喝酒呢。草原本来也是风的世界，然而，在锡林郭勒大草原上却看不到发电的风塔，而在我的家乡辉腾锡勒草原，草原本来就小，相比锡林郭勒草原只是一个小角落而已，却林立着风塔，草原风貌被破坏得支离破碎，对比起来真是心疼不已。在我的常识世界里，有山就有沟，有沟多有树，山上多有岩石，没有石头能成为山吗？可是在锡林郭勒大草原的部分地段，也会见到丘陵，可那山丘只不过一二百米高，漫缓坡，绿草地毯漫过了山岗，草地山岗都是绿色，就是不见沟壑。山丘就像绿色写意的油画。草原上天空格外地蓝，高空中云层薄厚不一，让人称奇的是，高空云层下面流动着团团白云，白云就像白色骏马在草原上散漫游走。在草原上照相时，发现细叶韭草尖下面，开满了红白小花，这种花叫擦麻麻花，这是内蒙古地道的农家调味品，农家拌凉菜加了油炝擦麻麻花，那才能提起味道。哦，我知道了，都说锡林郭勒的羊肉好吃，原来这里的羊是吃擦麻麻花、沙葱花长大的，这才是真正的绿色优质羊肉。

元上都遗址废墟的土城墙还能看出夏都的轮廓，导游介绍，城墙周长4.4公里，连一个县级小城的规模都没有。城内中轴线上只有3处宫殿建筑，挖掘出来的城砖也显得单薄粗糙。大道上也没有砖石铺地的痕迹，依然是绿草地。元朝可以说是世界历史上版图最大的王朝，可夏都的简陋与王朝的赫赫威名实在是有点不相称，这与蒙古人的游牧文化有关，蒙古人历来是不修城池的。元上都已经列入联合国世界文化遗产名录。元上都遗址内没有一点现代建筑的痕迹，杂草丛生，保持着原始风貌。城外有元朝开国皇帝、元勋的青铜雕塑群像。元上都古迹保护方式好，那种仿古建筑只是赝品，不值得去看。

元上都附近有一处风景独特的草原，盛开金莲花，绿油油的草地上盛开黄灿灿、金红色的金莲花，真是美极了。

我们在大草原上照了不少照片，但近距离的以牛羊群为背景的照片却不多，因为在广阔草地上，牛羊群寥若晨星。为什么会出现畜群稀少的现象呢？我想，地广人稀固然是一个原因，但也许是政府轮休草场的政策和牧民倒场放牧的习惯所致吧，这样很好，草场过度放牧破坏生态，实则是杀鸡取卵的行为。

车使入赤峰地界，才遇到有牛在公路边行走。有一母牛占道，侄儿按喇叭紧催，牛儿满不在乎理也不理。然后，母牛站住了，稀里哗啦地撒起尿来，让人忍俊不禁。汽车从一个牛犊旁驶过，牛犊不服，侧身用牛身、牛头来靠，它碰了钉子，才悻悻地离开，真有一股牛劲。本来大草原是牛羊的世袭领地，牛儿本能地讨厌钢铁怪物的横冲直撞。

走出锡林郭勒大草原，就看到了山脉，山上长满松树，松林密闭，景观大变。虽然平坦的地方还有草原，但农田已经是主体了，这里已经属于赤峰市境内。

我们参观了克什克腾石林地质公园。据资料介绍，公园有9个景区，我们只参观了阿斯哈图景区。这里的石林与其他地方的石林迥然不同，石林位于山顶，一处处石林分散孤立。石林形状独特，有的像鹰，有的像城堡，有的像书册，有的像仙女，形态生动，惟妙惟肖，兀立在山顶草场上。阿斯哈图石林虽然没有云南路南石林规模大，但这里的石林处于高山草甸山花中，石林、桦树林、松林、山花草地融为一体，景观优美，给人一种赏心悦目的感觉。克什克腾旗石林属于花岗岩，石质坚硬，这是古冰川运动形成的，古冰臼、冰斗、冰川“U”形谷、冰川条痕石、侧碛、终碛堤等古冰川遗迹，保存得非常完整，值得一看。

从石林公园到乌兰布统草原有3个小时的路程，这里是康熙皇帝指挥清军大战噶尔丹的旧战场，闻名于世。路上车辆络绎不绝，游人如织。尤其是去往影视外景基地的路上，汽车排成长龙，限于时间关系，我们遗憾地没有前去参观。《还珠格格》《康熙王朝》《射雕英雄传》《汉武大帝》《三国演义》等十余部大片的大部分场景都是在这里拍摄的，难怪影迷蜂拥而至。

乌兰布统处于丘陵与平原交错地带，草原上草种多，草长得高，草和花争奇斗艳，繁花似锦。丘陵上桦树林、松树林与草原交错，可谓一步一景。

乌兰布统门票140元，是我们一路参观收费最高的景点。我们开车直行，走了二三十公里时，又要门票。原来那边是河北塞罕坝景区，两个景区空白地段约有0.5公里，中间有一条河，河道芦苇密布，景观美妙别致，原来这里是滦河的源头，有村民围起栏杆收费，每人5元，我们欣然掏钱，进去照了几张相片留影。出来赶快开车，生怕返回乌兰布统景区再要门票钱。

乌兰布统草原很大，这里原来是军马场，景点很美，流传着美妙的故事，需要用一天的时间来游览，我们只能下次再来了。

千里草原之行，让我领略草原的大美。锡林郭勒大草原真是美，美得让人流连忘返。

青山绿水美丽集宁

集宁是因铁路京包线的兴建而崛起的一个新兴草原城市，不足百年历史。长期以来，城市格局以铁道为界，分为桥东桥西两个城区，局促在老虎山下一角。境内林业先天不足，周围三座山全是荒山秃岭，历史上流传下来一句话：人死了砍一株坟杆也得到山西。榆树湾一株直径不足一尺的榆树竟成了民众膜拜的神树，可见当地大树的稀少和珍贵。中华人民共和国成立以来，集宁区（市）历届政府大力推行植树造林，城市面貌有所改观，恩和路两侧人行道上各有一行大杨树，是那时集宁的一道亮丽风景。然而，集宁的树是杨、柳、榆一统天下，色彩只有绿色，到了冬季树叶凋零，灰漫漫一片，没有生机。在街头，草坪、花圃是见不到的。

2006年以来，集宁城市生态建设进入一个崭新阶段，特别是在2011至2013年，集宁来了一个丑小鸭变天鹅的华丽转身，变化之大之快，让老集宁人都有一种梦幻般的感觉。如今，老虎山、白泉山遍植青松绿树：油松、樟子松、杜松、桧柏、云杉尽展风姿，四季常青；刺柏、侧柏、沙地柏匍匐在地，即使冰天雪地依然顽强地将绿色固守在山坡上；青杨、小叶杨、加杨、北京杨、斯杨、串杨、新疆杨、银白杨、钻天杨……不同品种各有特点，改变了人们对杨树家族的认识。修长俊朗的白桦树挺立山坡，不断繁衍着家族。旱柳、垂柳、馒头柳、龙须柳枝叶随风摇曳，风流潇洒。凤尾树带来南国风情，金叶榆满树金黄，火炬树就像燃烧着的火把，为绿满大地增添了缤纷色彩。山桃、山杏、杜梨、沙枣、海棠、小苹果类、山丁子、山楂、文冠果、紫叶樱等山果树，春夏花朵怒放，五彩缤纷，招蜂引蝶；秋天硕果累累，挂满枝头。丁香、榆叶梅、珍珠梅、绣线菊、金银木、接骨木、柽柳、小叶女贞、连翘、小檗、桃叶卫矛、枸杞、玫瑰、黄刺玫、小叶锦鸡儿、胡枝子、紫穗槐、红瑞木、沙棘、栒子木、金露梅、银露梅、鼠李、金叶莸、锦带等灌木不甘寂寞，舒展着嫩枝绿叶，吐露芬芳，尽展英姿，与乔木平分大地春色秋光。虽然乔灌木是大山的魂，但绿草更称得上是山的主人。集宁山上除了原有的野草外，又新添了百里香、雏菊、岩黄耆、苦马豆、沙打旺、苜蓿、针茅、苔草、龙胆、红三叶、白三叶、石雕柏、牵牛、麦冬、小冠花、黄花矶松、扁宿豆等草种，还引进了草地早熟禾、羊茅、紫羊茅、冰草、黑麦草等草坪类新型草种。各种绿树、嫩草染绿大地，万类霜天竞自由。树花、草花竞相开放，万紫千红，争奇斗艳，为城市增添亮丽色彩。新区道路景观更是让人眼前一亮，马路上修剪整齐、造型别致的灌木带将人车分流，各行其道。马路两旁乔木、灌木丛、草坪、花圃依次递进铺开，高杆杨挺拔，樟子松庄严，云杉、杜松秀丽，垂柳婀娜，山桃秀美，金叶榆富贵，更有景天的花朵就像撒了满地黄金钉。集宁新引进驯化成功了150种树种、30多种草种，绿树、嫩草、鲜花将集宁街头、山川大地装扮得分外美丽、妖娆。众多亭台楼阁、休闲运动场地散布在山林、城市各个角落，掩映在绿荫中。来到集宁，有车在林中行、人在画中游之感。

集宁历来是一个缺水的地方，境内有条小河，平时毫不起眼，一步就可跨过。一旦上游发山洪，河水的脾气立马变得桀骜不驯，横冲直撞不可一世，因此被称为“霸王河”。2011年，市、区两级党委政府启动霸王河综合治理工程，建成霸王河水库大坝及9座拦河工程，已蓄水近500万立方米、水域面积为113万平方米。建成一级滨河路32公里，生态广场13处。如今，霸王河流域波光粼粼，绿树成荫，鲜花盛开，犹如一幅色彩斑斓的山水画卷，成了让人流连忘返的水上乐园。

集宁人猛然发现，短短几年，集宁已经具备美丽大城市的格局和气派，一跃成为生态园林城市。是的，大家感觉不错。2010年，集宁区荣获全国绿化委员会授予的“全国绿化模范县”荣誉称号。市林业局连续多年被市委评为“党建工作先进单位”。2012年，集宁区被评为“自治区园林城市”。2013年，集宁区林业局被林业部等五部委评为“全国沙源治理工程先进集体”。集宁已经名副其实地成为生态园林城市。

集宁由过去的荒山秃岭、沙尘漫天的边塞小城，建成如今绿水青山的美丽山城，成为乌兰察布市中心城区，可谓来之不易，这是市、区两级党委、政府和广大人民群众艰苦奋斗、顽强拼搏的结果。

生态立市，两河三山布新局

乌兰察布市委和政府于2006年提出了“生态立市”的战略决策，2010年提出“三山两河”建设规划，拉开了集宁区植树造林、重整河山的壮举。

集宁区委、政府卓有成效地落实了市委决策，在市林业局的紧密配合和技术指导下，将生态建设放在优先发展的突出地位，按照“发展现代林业、建设生态文明、促进科学发展”的总体要求，在继续加强国家各项重点生态工程建设的同时，更加关注和重视人居环境改善，大力推进身边增绿工程，让森林上山、进城、上路、入村、进校园，确保城乡居民享受更多更好的生态产品，拉开了集宁区“植树造林、绿化家园”的序幕。

老虎山生态公园建设先后投入资金1.76亿元，栽植各类树木6万株（丛），地被植物500平方米，绿篱284平方米，完成绿化面积0.33平方千米。基础设施建设完成彩色沥青园路6181米，广场建设10160平方米，完成集宁碑景区改造，新建汉白玉栏杆128.04米，完成人行道铺装1800平方米，景观挡墙500延长米，摆放景观石300延长米，铺设输水送电管道8万延长米。

白泉山是山体绿化投入资金最多的绿化工程，现已投入资金21亿元，完成绿化面积5平方千米，栽植各类树木300万株（丛），树种达150多种。铺设了15.5万延长米管道。基础建设完成了南入口景观功能区、东入口瀑布区建设，67.5千米的园路建设，景观瞭望塔、观光阁楼、茶院和14个凉亭的建设。兴建了13处广场。

卧龙山水保治理工程从2010年开始建设，投入资金8500万元，建设面积2万亩，共栽植各类苗木2212万株，种草1.67平方千米，修筑工程作业路34公里。2013年，在卧龙山新建义务植树基地8000亩，栽植各类树木11万株，投入资金近1500万元，由市、区两级行政企事业单位完成种植任务。卧龙山生态公园建设工程已启动，主入口广场建设已经完成，一个集休闲、娱乐、健身、野游为一体的郊游公园即将呈现在世人眼前。

霸王河综合治理工程总投资38亿元，目前完成投资33亿元，水库大坝及9座拦河建筑物已全部完工，已蓄水近500万立方米、水域面积为113万平方米，水库大坝至京藏高速段河道蓄水面积已近300万平方米；建成一级滨河路32公里，生态休闲广场13处。建成长14千米、宽约1千米的水域绿化景观带，累计完成绿化面积约800万平方米，栽植各类树木905万株。灌溉工程全部完工。泉玉林水库也加强了维护和绿化，那里已经发展成为一个旅游餐饮的热门景点。

有两组数据可以看出集宁区植树造林、生态建设方面的力度和取得的成绩。1984年，集宁区林业普查，土地总面积125平方千米，林地面积21.25平方千米，其中：有林地面积2.68平方千米，灌木林地0.28平方千米，苗圃地0.55平方千米，森林覆盖率6.2%。2012年，集宁区林业普查，土地总面积526.5平方千米，林地面积173.25平方千米，其中：有林地12.79平方千米，疏林地0.09平方千米，灌木林地60.06平方千米，苗圃地0.15平方千米，森林覆盖率17.43%。林地面积，2012年比1984年增加152平方千米，增加7.2倍；有林地面积增加10.11平方千米，增加3.8倍；森林覆盖率从6.2%提高到17.43%，提高了2.8倍。

以“三山两河”为重点的生态建设，集中体现了市、区两级党委、政府把生态文明建设放在了重要地位，既要金山银山，更要绿水青山，为人民提供绿色美好家园的执政理念，把建设生态园林城市作为最大的民心工程来做的决心和气魄。

科技植树，再造秀美山川

应当说集宁人植树造林改变家乡面貌是付出了艰辛努力的，党政机关、企事业单位的干部职工和广大市民、学生每年都要上山植树造林，60年来从未间断，然而成效却不尽如人意。恶劣的自然条件成为制约林业发展的瓶颈，林木成活率始终在低水平徘徊，即使成活的树木也长势不良，往往长成疙瘤把弯的小老头树。2006年以来，集宁区成功推广使用了一系列抗旱造林新技术，充分发挥了科学技术是第一生产力的威力，极大地提高了造林成活率，走出了造林不见林的怪圈。

从造林整地挖坑上可以看出科技的作用，以前整地挖坑全部使用人工，一个壮劳力一天最多可以挖15个坑，而现在采用小钩机挖坑，每天一台钩机可以挖坑150多个，是人工的10倍，既节省了资金又提高了工作效率，加快了工程进度，特别是对于石质地块效果更佳。为保证树木成活，对石质地块、盐碱地全部换土，回填种植土，保证了树木对土质的需求。

水是树木成活的首要因素。为此，在老虎山和白泉山上铺设了18万延长米的管道，并安排大型拉水车辆不间断地浇水，满足了苗木对水分的要求，从而提高了苗木的成活率。

为了改变造林树种单一的现状，集宁区大力开展了引种驯化工作，成功引入造林新品种150多种，地被植物30多种，极大地丰富了造林绿化的树种，提升了绿化景观效果。在规划设计中，根据气候特点、立地条件和水资源条件，宜乔则乔，宜灌则灌，宜草则草，乔、灌、草结合。在措施配置上，坚持生物多样性原则，做到生物措施和工程措施相结合。在工程实施过程中，以蓄水保水、恢复植被为目的，采用坡顶挖鱼鳞坑、坡中水平沟、坡底台田整地。普遍推广了抗旱造林技术、灌草模式化种植技术、ABT生根粉和保水剂、营养液、树盘覆膜、种子包衣、大苗全株浸泡、小苗蘸泥浆等应用技术。大力推广容器苗、冬贮苗造林等林业适用新技术，喷洒抑制蒸腾剂，从源头上保证了林木成活率。为了增强树木的抵抗力，在大树移植中，采用吊针输液和灌根方式增加树木的营养，促进树木生长。与内蒙古农业大学联合开展的大树移植技术课题研究，获得巨大成功，大树移植技术已得到广泛应用。

在造林绿化机制上大胆创新，引入市场机制，科学化管理。一是重点绿化工程全面推行招投标机制和监理制度。重点造林项目工程资金管理中严格执行“四制三专一封闭”制度，资金使用在纪检、监察、财政、审计等部门的监督下进行，实行建设资金审算制度，确保资金安全运行。完善工程各项管理制度，保证工程顺利进行。特别是白泉山主题公园建设工程，首次在工程设计阶段就引入招标机制，确保了工程设计质量，为全面实施奠定了基础。工程款支付采取4：3：3方式，3年包成活，验收后兑现工程款，杜绝了过去只管造林不管成活现象的发生。二是承包制，由林业部门组成绿化专业队，按项目预算核定基数，承包绿化。三是合同制，由乡镇组织实施。四是单位绿化制，由单位自行组织实施。五是家庭联责制，对退耕还林项目验收不合格的，不予发放补贴，由退耕户补植达标后再予补贴。

在造林地块的落实方面，因地制宜，创造了很多好的方法。一是参照退耕还林国家补贴标准落实了造林用地，地方政府每亩每年向农民补贴160元，补贴8年后，再参照国家补贴方式补贴农民；二是政府直接征用，政府每亩出资1万元将土地征收作为绿化用地；三是协商租赁，政府每亩每年出资100元租赁农民旱坡地进行绿化。

推行林业科技特派员承包制，狠抓林业科技推广项目，起到了较好的科技示范带头作用。举办各类林业新技术培训班，加强技术人员和农牧民的培训，使大批林业科研成果和先进技术迅速推广应用在造林绿化工作中。

发展日光温室设施林业，提高林产品效益，集宁区新建育苗育花温室大棚20多栋，为造林绿化培育了大批合格苗木。

2012年，市林业局承担的《乌兰察布市退耕还林低产低效林改造技术示范》项目获得了自治区农牧业丰收一等奖。《乌兰察布市春尺蠖核型多角体病毒人工林间扩繁试验与防治应用》和《乌兰察布市落叶松毛虫防治技术推广应用与研究》分别获得了自治区林业厅和林学会科技贡献一等奖和三等奖。2011至2012年两年中，刘杰、张建功、牛金如等6人受到林业部、2人受到自治区林业厅等部门的表彰。

2012年，自治区林业厅督察组对乌兰察布市造林工作总体评价为“四个前所未有”，即地方投资力度前所未有、造林质量前所未有、机制活化前所未有、禁牧保护前所未有。

全民动员，生态文明深入人心

胡锦涛同志在十八大报告中提出：“建设生态文明，是关系人民福祉、关乎民族未来的长远大计。”将生态文明理念深入宣传到每个公民中，各级地方政府真正把生态文明建设放在了突出地位，这是搞好林业工作的根本所在。

市林业局和集宁区林业局网站编排林业宣传文章，制作电视宣传片、标语、口号，及时更新内容。林业部门干部和科技人员下乡进社区开讲座、开培训班进行林业科普活动，广泛宣传造林绿化的重要性，普及造林绿化知识，在公园、广场、街道、社区、村庄悬挂宣传标语，培养市民爱绿护绿的意识和习惯，形成全社会参与生态绿化的良好氛围。市林业局每年与《乌兰察布日报》合作，搞林业有奖征文活动，编发稿件80多份。全市每年在报纸、杂志、广播、电视等媒体发表林业方面的文章、信息300多份，全方位、多角度地深度报道集宁区生态建设所取得的成效。

每年利用清明、五一、防灾减灾日、地球日、环境日等节假日开展林业知识宣传，特别是大力开展防火宣传，使宣传工作深入每个乡镇、社区。同时，加强园林绿化技能培训，每年市林业局都聘请北京园林局专家到集宁进行授课，开展至少二期培训，每期10天，对园林绿化技术人员、养护人员进行轮流培训，逐步提高他们的业务技能。

群众性造林绿化主要以义务植树的方式全面开展。每届领导班子都十分重视全民义务植树活动。每到植树季节，领导带头，广大干部和人民群众积极参与植树活动，谱写了全民植树造林、绿化家园的壮丽诗篇。义务植树活动已经成为适龄公民履行法定义务、投身国土绿化事业的有效途径。据统计，30多年来集宁区共有640万人参加义务植树活动，植树3200多万株，尽责率90%以上。随着社会的不断发展，义务植树的形式也不断丰富。由单纯的挖坑栽树向植树、管护、认建、认养等全过程、多模式转变，由零散组织向基地化、规模化转变，并逐步向以资代劳、捐资造林等方面发展。为保证新建开发项目的绿地面积，采取收取绿化保证金的方式，保证绿地面积达标。目前，集宁区已建有黄家村、白泉山、卧龙山、军民共建大型义务植树基地4处，面积达10.5万亩。建有“三八林”“光明林”“青少年生态林”“青年林”等生态文化建设基地10多处。

美丽集宁，宜居安乐家园

城市绿化是城市基础设施建设的重要组成部分。在规划设计中将园林小品、园路、瀑布、阁、楼、亭、台、榭、水体、灌溉、照明、广场等多种元素与绿化景观有机结合在一起，特别是将蒙元文化融入景观绿化中，浑然一体，相得益彰。同时，采取见缝插绿、回填造绿、立体植绿等方式开展绿色村庄、绿色社区、绿色园区、绿色机关、绿色学校“五个一”绿色家园创建活动，大幅增加绿地面积，提升城市品位。各个重要景观区风格迥异，各具特色，从而将集宁这座塞外小城建成一座富有民族地域风情的美丽城市。

白泉山公园内的敖包广场富有草原风情特色，体现了平民生活小憩即安的境界。它位于110国道与西主路交会的西南侧，与跨国道生态桥及西侧的南区主广场形成三角景观带，占地6000平方米，包含敖包、单臂廊架、下沉广场等景点，并提供停车场地。该广场有5米宽的环路环绕，形成相对独立的休闲及健身景观区。茶院是又一个景观区，位于白泉山北区南段，东主路西侧，是人们日常闲暇时的休闲之所，以品茗为主，辅以其他较为静谧的室内活动，为人们提供修身养性的环境，是闹市中的一方净土。望城阁屹立山顶，古香古色，高达24米，站在望城阁上远眺，天高云淡，绿海无涯，松涛阵阵，集宁新城一览无余。

霸王河是水上乐园景观，飞鸟在水面湿地上盘旋鸣叫，垂柳轻扬，曲径通幽，有江南水乡的情调。老虎山以人民英雄纪念碑广场为中心，这里曾是著名的集宁战役主战场。游人登高怀古，追念英雄先烈业绩，更加珍惜今天的美好。达尔登大道的部分路段，路边绿化带宽100多米，坡度造型，青松、绿树、灌木、草坪、花圃精心布局，自喷水装置，建有凉亭、小品雕塑、小广场，十分现代、气派。

区政府成立了公园管理处，实行建设与管理并重的原则。街道、绿地绿化管护由绿化管护监察大队负责，每年养护投入资金约5000多万元。养护方面，在各项绿化施工过程中，各施工单位都采取打支架、支防风帐、遮阴篷、喷淋等措施保护新植树木。在没有水源的地方新打机电井，合理调配车辆及时为新植树木浇水，并及时锄草、修枝。有条件的地方，埋设输水管道，采用喷灌等节水灌溉新技术，适时对树木进行病虫害防治，提高新植树木的成活率。

经过务林人的不懈努力，如今的集宁已焕然一新，以前黄沙漫天的景象不再出现，区域小气候已经形成，人居环境得到明显改善，城市品位得到提升，市民幸福指数不断提高。老虎山、白泉山生态公园，霸王河、泉玉林水上乐园，成了市民休闲娱乐的好场所。从早到晚，游人络绎不绝，跳舞的、唱歌的、健身的，自得其乐，市民文化体育活动异彩纷呈。

栽下梧桐树，引来金凤凰。优美的生态环境，宽松的发展环境，和谐的社会环境为招商引资创造了条件。国内外大型企业纷至沓来，在集宁安营扎寨。各方人才汇聚集宁，建功立业，为集宁的发展增添了无限活力，我们有理由相信集宁的明天会更加美好！

化德，德行天下

晚秋时节，我随市作家采风团踏上了化德县的土地，虽然采访座谈只有短短一天的时间，但化德县新容貌、新风尚、新观念、新事业依然给我留下深刻的印象，使我深受感动。化德县的变化真大！似乎只能用翻天覆地一词来形容它旧貌换新颜。

化德县在全市来讲，是无霜期最短、降雨量最少、土地最瘠薄、人口最少的旗县，因此，长期以来化德县是全市最贫困落后的地方，是有名的国贫县。1998年，我来化德县开会，那时化德县城内一条大街横贯东西，马路两旁都是低矮建筑，几座政府机构办公楼的水泥外墙没有瓷砖贴面，树木稀少，整个县城是一个灰黄的色调。散会的那天晚上，天降大雨，第二天上午我们乘坐的大巴竟然走不出县城西山小坡，当时的县委书记与我们一起推车，那时化德县还没有柏油公路通向外面。

这次我乘坐的面包车一驶进西山，就给了我一个强烈的视觉震撼。昔日乱石荒山、泥泞山路不见了，迎面是一个高大的宝鼎造型，从宝鼎往东，一道仿古长城顺山势蜿蜒，三座气势恢宏的石牌楼先后排列在长城道上，山顶建有凉亭和观景塔，巨石和人造塑石组成了假山石林景观，先进的滴灌系统养育着树木花草，光能、风能两用灯为西山提供着璀璨的光明。昔日的荒山野坡成了生态公园，真是化腐朽为神奇，巧夺天工。

金山路穿越旧城新区，是新旧区的连接线。大街上，绿荫带分外宽阔，绿树成荫，花香草绿。人民广场坐落在大街中央南侧，东西长430米，南北宽230米，占地面积近10万平方米，是全市范围内最大的广场。入住宾馆当晚我没有走出房间，第二天吃早餐时，同行的一位老作家对我说，人民广场晚上灯光璀璨，变光莲花灯、中国节灯、梅花立柱灯、中华灯、草坪灯、龙柱灯、槐花灯、樱花灯等各种造型灯把广场打造得如梦如幻，有走进花园城市的感觉。老作家绘声绘色的描述，让我异常懊悔，只怪自己懒惰，丧失了欣赏化德夜景的机会。中午，我特意去人民广场转了一圈。这个广场确切地来说应该称为公园才对，绿化约占了广场一多半的面积，种植着56种树，按照树木开花时间排列，分为桃花园、梅花园、玫瑰园等8个园区，做到了四季有绿、三季有花。广场上设置有运动场、农家园、植物园、欧式长廊、英式榆树迷宫、文化长廊等别具特色的景观园区。南面一道微型长城与马路隔开。一条小河与微型长城同行延伸，河水汇集到一个人工湖里。人工湖是按化德县地形图以1：1000的比例建造的，面积2568平方米。再用电泵将湖水抽到假山上，形成一道微型瀑布，另有一股水从仿生大树树干上溢出往下流，山、水、树融为一体，形成一个奇妙的景观，真是独具匠心。中央广场上矗立着一座高达21米的主体雕塑——百德柱，由103块不同形体的“德”字石雕组成。百德柱成为广场的灵魂，代表了化德人的精神风貌。百德柱后面的4个龙灯柱中间放置一个直径为2米的吉祥镂空球；西侧是高9米、宽7米的大型LED显示屏，正在播放电视新闻节目；前面是音乐彩灯喷泉；正面出口有一块奇特砂岩巨石，上面铭刻着时任全国政协副主席王光英的题词：人民广场。

人民广场是在弃耕荒地荒滩上建成的，这个集文化、健身、休闲、娱乐于一体的多功能生态广场的建成，一下子提升了化德县城的品位，同时也打开了化德县城的发展空间。广场对面原来是一片荒地荒滩，如今已经成为高楼林立的现代化新城。化德县城建设没有走大拆大建的老套路，城市改建成本不高。一问果不其然，新区主要是靠社会资金力量建设的。化德县过去一穷二白，就像一张白纸，化德县党政一班人在新时期带领全县人民就在这张白纸上绘出最新最美的图画，显示出高超的领导智慧。

化德人爱讲德，人民广场上建有全国独一无二的百德柱；西山宝鼎前面刻着“德行天下”，宝鼎后面刻着“厚德载物”；领导讲话强调德治，要以德服人，以德创业，以德闯天下；企业家喜欢以“德”字来给公司命名，如汇德风电公司、劲德公司、德盛公司等；人名中含“德”字的也不少，德文化在化德大行其道。“德”，既是一个人的道德修养，也是一个地区、一个单位的精神文明风貌，同时也是一种生产力，因为只有具有高尚道德修养的人才能干出崇高的事业，建成一流的工厂企业，干出一流的业绩。乌兰察布市是全国畜产品的重要产地，打造皮毛产业链一直是各级政府的心愿，可是这个愿望却让地处偏僻的化德县最先实现了。如今，化德县服装加工企业异军突起，有200多家服装生产企业，其中生产驼绒、羊绒絮片的企业就有26家，年生产以絮片为主的服装2000多万件。化德县生产的驼绒、羊绒絮片已经成为市场知名品牌，畅销全国29个省市，化德县被誉为“草原上的服装城”。想当初，集宁“熊猫”牌皮衣已经是全国响当当的知名品牌，可随后假冒伪劣的仿制品一哄而起，集宁想建成北方皮都的构想也就落空了。化德县服装产业的成功经验有千万条，我看其中最主要的一条就是讲诚信，以质量取胜，靠德打天下。

民生是地方政府最大的政治问题，最重要的政务工作，我欣喜地看到化德县的民生工作做得很出色。化德县城常住人口5万多人，从事服装产业的就有2.5万人，做缝纫机工的进城农妇的工资一般都在2000元左右。据有关方面人士讲，全县还有2000机工的缺口，在化德县不存在就业难的问题。

转移农村人口，城乡一体化建设是全市各地正在做的工作，这项工作化德县显然走在了前头。化德县委提出了整合农村资源，实行“三三制”扶贫工程，即在村民自愿的基础上，鼓励村民进县城从事非农产业；愿意留乡务农的农户就近到生产条件好的村坊新农村建设；丧失劳动能力的老人就近集中养老，分户生活。整合拆并生态恶化的“空心村”“老龄村”，打造新农村中心大村。我们参观了长顺镇民建行政村的集中养老社区。社区是一个大院，一排20间正房，每个房间26平方米，可住20户。每户还有一间小凉房，实行统一管理，各家分灶吃饭，政府每年无偿补贴每家1000公斤块煤。该行政村任何一户老人都可以申请入住，不收任何费用，只是要求入住户要将原来的破烂住房拆掉，把宅基地退回村集体。我询问入住老人的生活来源，行政村主任答：老两口农村低保一年有2400元，两亩退耕种林草地政府补贴款300元，国家出台的各种补贴不变，自家的地承包出去也有一点收入。我长期在农村生活，知道这样的经济标准，在乌兰察布市农村是可以维持老人的温饱生活的。值得讲明的是：这不是五保户入住敬老院，入住的只是丧失劳动力的老人，他们都有子女在外务工做生意，通常子女都会给老人一些赡养费，老人们的日子挺好过的。我们知道，农村空巢老人的生活往往十分凄苦，土房漏了没力量维修，家里有事难找人帮忙，有病难就医，就连担水回家也很困难，有很多生活不便的地方。如今，入住该行政村办的养老社区，既满足了老年人不愿离开故土的情结，又实现了老有所居、老有所养、老有所医、老有所乐，这是值得欣慰赞扬的好事。

在县城，我们参观了惠泽移民住宅小区，一期工程已经建起12栋楼房，入住进城农民760户，每户都是50平方米的面积，价格5万元，自家出2万元就可以入住。小区离县政府所在地不远，属于黄金地段。小区设施齐全，外观漂亮，入住的青壮年很方便到附近服装厂、蔬菜企业打工。我看到小区里悠闲的老人聚在一起唠嗑，儿童欢笑追逐，院里还停着不少私家小车。县宣传部王部长对我们讲，移民住宅小区对全县农民敞开，只要符合条件，都可以申请入住，基本可以满足该县农民入住的需求。

化德县的工作多有亮点，比如，恒利农业综合开发公司的高科技智能温室是全市最先进的；化德大白菜已经成为市场品牌，畅销华北地区；风电工业规模属全市第二，5年后光风电一项就可创利税3个亿……化德县政通人和，社会和谐，城乡人民安居乐业，就业充分，生活富裕。在化德县很少发生群体上访事件，信访总量居全市末位。一位政府官员笑着说，穷闹穷闹，穷疯了才瞎闹，大家都忙着挣钱，谁去闹事呢？这话说得有一定的道理。化德县的私家小车在本市上牌的就有2000多辆，加上在北京等地上牌的车，县城平均约20多人就拥有一辆私家小车，远远高出全市其他旗县。来过化德县的人多认同这样一种说法：化德是一个穷财政富百姓的县。

“德”就像和风细雨，没有任何炫耀夸张，于无声处唤醒大地，滋润树木花草葱茏，迎来万紫千红春满园。德政就是以民为本，全心全意为人民服务，让广大人民安居乐业，有尊严地幸福生活。化德县德耀光辉，前程似锦。

天路览胜

火车驶进甘肃省进西宁路段，闯入眼帘的荒山戈壁在烈日照射下蒸腾着紫烟，大地就像刚遭遇了一场大火劫难，寸草不生，连飞禽走兽都不见了踪影，死一样的沉寂。面对苍凉荒芜的景象，我的心头不由得发紧，再往前走，将进入青藏高原，那里的生态如何？不敢想象。

从西宁市坐火车到拉萨市全长1956公里，途经昆仑山、唐古拉山、念青唐古拉山三大山脉，行程约24小时。西藏人民把青藏铁路称作“带来富裕吉祥的天路”。天路一行，沿途所见，令人欣慰，我有几个没想到：一是青藏天路是在海拔3000至5000米的高原上，那里气候寒冷，生态脆弱，但从车窗往外望，满目翠绿，生态保护得这样好，没有想到；二是原以为青藏铁路是在崇山峻岭中穿行，涵洞一定不少，谁知列车多在高原峡谷草地上行驶，两旁连绵不断的山头多为三五百米高而已，山体以土石山居多，极少见到岩石崖头；三是进入青藏线腹地，竟然没有看到一棵树木；四是环境依然保持着原始风貌，车窗外没有见到一个废弃的塑料袋；五是除西宁、拉萨市郊区外，其他地方没有庄稼农田地，更没有工业高烟囱，一色的草原风貌；六是沿途没有看到一座坟头墓碑。青藏天路之行，对我来说，完全是一种崭新的旅行体验。

最没有想到的是，青藏天路美得让人心跳，只有在青藏线上，才能看到连绵近2000公里的原生态大草原。青藏天路沿线多数山坡草原上的草长得十分低矮，小草就像薄薄的一层天鹅绒覆盖在大地上，保护着脆弱的生态环境。青藏线上的草原类型众多，有沙生灌木草原、芨芨草滩草原、马兰花草原、草坨草甸草原、沼泽湿地草原还有融冰雪地草原，风貌各异，景色万千，是其他地方难以见到的奇特自然景观。

青藏高原上河流遍地，湖泊众多，湖畔草地上有牦牛和羊在吃草，牧人毡房孤零零地搭建在草原深处，玛尼堆上插着的经幡、风马旗在风中飘荡，分外醒目。高原太阳放射出万丈光芒，使天最蓝，云最白，草最绿，水最亮，雪山最耀眼，彩虹最壮观美丽。可可西里和唐古拉无人区的野驴、藏羚羊矫健的身姿最能刺激调动你的激情，站在青藏高原才能真切感受到什么是天高地阔、浩渺辽远。

藏族是一个伟大的民族，他们有着追求理想、克制贪欲、忍受苦难、创造文明的高尚精神品质，有着高超的生存智慧。藏族人把大山、湖泊、河流、草原视为神灵。他们敬畏自然，把生态环保意识浸入宗教和生活意识中，爱护着高原上的一草一木。就是人死后，也要回归自然。青藏高原是长江、黄河、澜沧江的发源地，亦是亚洲十大水系的源头，被称作“亚洲的水塔”，是世界的第三极。水是生命之源，这里的生态一旦被破坏，将危及整个亚洲的繁荣兴衰，对全球气候变化也有不可估量的灾害性的影响。全世界的人都应该感谢世世代代藏族人民为我们保护建设了世界屋脊上这块人类生存的绿洲。工业文明给人类带来巨大的财富，同时也给地球带来空前的生态灾难，如今到处都是土壤污染、空气污染、水污染和天气变暖等现象。如果文明进步是以加速毁灭地球为代价，那么这个饮鸩止渴的代价未免太高了，值得全人类反思。全世界各民族都应该向藏族学习环保意识和生存智慧。

青藏铁路建设是维护环保工程的样板。开山取土石是工程建设中司空见惯的现象，但在青藏线上就是没有见到山体剥皮取土石的痕迹。我问一位常年工作在西藏的旅客，他回答：青藏线上的道砟都是从外地拉运过来的，一粒道砟的成本相当于一颗鸡蛋的价值。此人的话未免有点夸大其词，但青藏铁路工程以环保为理念，不惜工程造价却是不争的事实。铁路两旁的植被大多已经恢复，就是荒漠沙地上也有拉来的石片砌成方格来挡风聚土，逐步恢复生态。青藏线上的列车实行供氧全封闭运行，沿途不掉一点垃圾，就连厕所也采用了飞机上的密封技术，杜绝了行车对环境的污染。

回程途中，我拜读了白玛格桑仁波切活佛写的著作，文中写道：蓝天下，桑烟滚滚，佛经悠悠；大地上，慈悲为怀，至尊生命。真是有了虔诚之心，有了雪域的藏民，也就有了不同的信仰和与众不同的风格。我的天路之行，大开眼界，目睹了青藏高原的原始生态美，体验了藏族文明，对生态环保问题有了新的认识，受益匪浅，感受良多，终生难忘。

泰国游记

儿子休假，带上全家人赴泰国一游，让我领略了泰国美丽的异域风情，难以忘怀。我们在泰国只去了两个地方，一是首都曼谷，二是海滨旅游城市芭提雅。

飞机凌晨飞抵曼谷，我们入住市中心21世纪酒店，稍事休息，就上街溜达。曼谷主街道狭窄，不及北京长安街一半宽，但街道建设很有特点，地面上是两层高架桥，最上一层是轻轨火车道，或者是汽车高速路；中间一层是人行道，人行道上到处留有出口，四通八达，有的可直接进入商场大楼。桥上没有红绿灯，即使过十字路口，也是畅通无阻。街道两旁都是临街商铺，外挂遮阳伞，商品琳琅满目，人潮如流。地铁有些陈旧，车厢里挤满了人，安检只过安检门，不检查包，不用探测器检查行人的身体。逛超市也不用寄放包，顾客背上包自由出入。街头有流动小贩，偶尔可见到乞丐。我们在街头走着，过来一个开着敞篷小车的司机揽客，车型类似我国的农用车，车顶挂着遮阳布，只有3个座位，我们6个人挤在上面，招摇过市，也没有交警管，只收100泰铢，折合人民币22元，路途倒是不远。载客摩托车多如蚂蚁，不见自行车，也看不见城管人员的存在。城市建筑的主色调为白色和黄色，低矮的街区中不时冒出现代化高楼和堂皇的寺院建筑群及精美的佛像雕塑，看上去有点不搭调。泰国土地私有，因而城建难以统一规划。街上到处竖立着国王和王后的彩色宣传画。路上行人神态安详，言语平和，不急不躁，没有见到行人争吵的现象。泰国是一个现代化和传统文化并行不悖、全民信仰佛教的国度。

下午租车到郊区水上市场一游。司机主动介绍说，多走几步，就能到铁路市场。这个市场很有名气，我们也听说过，好吧，多走一个景点何乐而不为呢？泰国属于亚热带气候，但路两旁的荒丘荒地上长满灌木丛，农田稀疏，成林椰子树也不多见，乡村很是冷落。

铁道市场建在一条狭窄巷道里，两根铁轨穿行而过，轨道两旁挤满了小铺摊贩，这是一处农贸市场。行人走在轨道上与小贩交易，人挤人，一片嘈杂声。忽然间，铃声响起，摊贩收起了遮阳棚，游人被挤到两边，一辆火车鸣着汽笛，紧挨着游客的身体缓慢开过来了，车上游客招手，车下游客热烈呼应，相机响个不停，毕竟这是难得一见的景致。火车开过去了，人流也就散了。

司机将我们拉到一处摊位，让我们买水上市场的游览票，游览项目有好多种，我们坚持到了市场门口才买，司机很不高兴，但见我们不退让，只好开车拉我们继续走。到了水上市场，一看游览项目的价位，与先前卖的票价相比低了很多，看来宰客现象哪里都有。所谓水上市场不过是在一条浑浊的河道上建了一个类似农家乐的游乐中心，河上有游船，有流动商船，岸上卖饭、卖货的小铺一家挨着一家，商品多是低档次货，价钱倒也不贵，没啥玩头，只是热闹而已，与江苏省西塘古镇相比差远了。但泰国这种人造景致、借地生财来发展旅游商贸的做法，倒值得我们借鉴。

第二天，游览大皇宫。皇宫内佛堂、佛塔金碧辉煌，造型别致，精美绝伦，叹为观止。这里的佛堂屋顶是长三角形的造型，屋脊高耸，屋顶落差大，佛塔高耸入云，与我国寺院建筑有显著的不同。大雄宝殿里不供奉三世佛，只供奉一个玉佛像，这是泰国的国宝。游客要脱鞋光脚进入大殿。殿内有祈福场地，只对本国人开放。让我感到诧异的是，寺院内没有一个僧人，没有敬香的香火炉。在一处佛塔前，可以进献黄色小花环、花串、花朵。孙儿正在顽皮嬉闹，一队警察正步巡逻走了过来，警察相互换岗，礼仪烦琐，孙儿看得入迷。

曼谷四面佛坛名声在外，我们也慕名前往。佛坛位于市中心地段，高架桥下，面积不大，占地约四五亩，场地四周用2米高的铁栅栏围起来，中央场地竖立着工艺精细的花岗岩神龛，供奉着四面佛像。佛像高约4米，正襟危坐，全身金碧辉煌，东南西北都塑同一面孔，同一姿态。据说，此佛掌管人间的一切事务，其四面所求各不相同，分别代表事业、爱情、健康与财运。有求必应，香火极为鼎盛，吸引众多天南海北的信徒进香许愿。入口处有售花串佛香的售货台，花串和佛香献到中央佛座处，香不准点燃。朝北有一个不大的殿堂，没有门窗，香客在售货台交一笔款后领一张纸条，可以跪在殿堂前祈祷或还愿，台上有4个或8个年轻美女，轮流在台上舞蹈咏唱，美女不是尼姑，身份不明。我们出来走到高架步行桥上，忽然听到锣鼓声响，过来一队舞狮队伍，共有8只舞狮，有人说，这是有人许愿成功，来还大愿的。我是无神论者，从不拜佛敬香，但我尊重佛教文化，看到功德箱有时也会捐点零钞。四面佛坛只有一个功德箱，立在场地边角处，好像只为外国人设立，本国人不光顾。

泰国饮食很有特色，食品种类丰富，以咖喱味道为主，嗜辣，价钱很便宜，但是没有馒头、花卷等食品。我们在一个大型超市顶楼用餐，在入口购买一张卡，用卡可随意在六七十家摊位窗口买饭。全家人买了十多种饭菜，火辣辣的食品，用冰块、水果榨出来的果汁来佐餐，这种冰火相容的吃饭方式，我还是第一次经历，平均每人花费不到30元人民币。

到了芭提雅，我们住的房间面朝大海，客房设施很完备，可以自己做饭，但房价比北京的低一半。楼顶天台上有露天游泳池。

第二天，我们参观了位于芭提雅郊区的东芭乐园。这里有着浓郁的泰国风情，景观以亚热带植物和动物雕塑为主，但也有世界其他地方的景致，类似于世界公园。其中一处是恐龙公园，有各种各样的恐龙造型。孙子从小就爱看有关恐龙的画册，能辨别出30多种恐龙，他在恐龙公园玩得十分开心。

随后看了一场东芭剧团的民俗表演，演员表演没激情，舞蹈动作缓慢，在我看来只不过是泰国的服装展示而已，让人昏昏欲睡，好歹熬到结束。又换了一个场地，表演主角是大象。这些大象很有趣，会踢球、投篮，会用鼻子甩标枪，会用它的巨足给人按摩，玩各种游戏。在主人的训练下，大象也会向游客作揖讨钱，让人觉得可爱有趣。

据说这是一个泰国华侨富商的私家园林，有一次主人接待国王来园林作客，国王对园林美景很是欣赏，鼓励他开办了这个游览公园。东芭乐园游客如云，主人财源滚滚。

晚上从东芭乐园回到芭提雅，从水产市场购买了一大堆海鲜，到一家餐馆加工就餐。餐馆制作费用恰好与购物费用相等，一顿海鲜大饱口福，人均50多元人民币，很合算。从餐馆出来打了一辆敞篷车回酒店，司机对路况不熟悉，误闯进酒吧风情一条街。街边站满了美女揽客，白肉红唇，媚眼勾魂，刺伤眼球；脂粉香味直钻鼻孔，迷人心窍；欢声笑语，喧哗音响，直冲耳鼓。泰国旅游城市的夜生活真是火辣刺激，让我看得脸红心跳、目瞪口呆。

芭提雅海滩很开阔，海岸线面对整座城市展开，免费对游人开放，是游人沙滩戏水、散步的好地方。但真正欣赏体验大海的美妙还是要到海岛上去，芭提雅附近的旅游海岛有好几个，这次我们选择了去沙美岛。

沙美岛有美丽的沙滩，细沙成泥，色泽银白，水质清洁，躺在温暖的沙滩上，一波波海浪从脚底涌上来，与你亲吻拥抱，然后轻轻退去，真令人感到舒服惬意。躺久了，爬起来，移到深水区，让海浪从脊背上冲过去，也很刺激。后来我面向大海，坐在沙滩上，张开双臂，拥抱一波波的浪潮，任凭海潮温柔地抚摸，海浪激情地冲撞戏弄，乐此不疲。我第一次与大海这样亲密接触，从心底爱上了大海。迷人的碧海、白浪、沙滩、阳光，让我流连忘返。谁知乐极生悲，回去一星期后，我的皮肤被日光晒得、海浪打得褪掉了一层皮，付出了爱的沉重代价。

临走时，欣赏了一场泰国的特色文化——人妖表演。表演艺术水准很高，演员表演很有激情，舞蹈节奏明快火辣，灯光布景到位，节目也很高雅，以泰语、英语为主，也有中文、日文、韩文、印度文等外文歌曲节目。人妖是男性服用含有激素的药品，身体和行为举止向女性靠拢的特殊人群。他们以卖艺为生，艺术就是他们的生命，我为他们精彩的演出而鼓掌。只是散场后，人妖们站在出口过道旁，邀请游客与他们合影，每合影一次，收游客一二百泰铢小费，这让我心里涌起一阵酸楚，他们有着华丽的舞台形象，却有着悲惨的人生际遇。

这次出游，我们是自由行，没有请导游。我虽然有着丰富的旅行经验，但到了外国，言语不通，遇到问路之类的事就束手无策。我欣喜地看到，儿子能从容地用英语和互联网技术，订旅馆，雇出租车，选择景点路线，吃饭购物。在商场里购物，他看准了商品就用手机照下来，发到网上，就能查找出商品的对比价格，不吃一点亏。就连孙子以他幼儿园的英语水平，也能派上用场。不得不承认，我老了，不太中用了，今后要更多地依靠下一代了。

泰国一游，尽兴而归。

秋游长春

金秋时节，与儿子一家到长春漫游。

沿途在郊野远眺近观，山岗层林尽染，五彩缤纷，美不胜收，比九寨沟的彩林更胜一筹。北方树木具有特有的品格，它是在酷暑严寒、疾风暴雨的环境中成长起来的，自有一种抗争自然的风骨和适应恶劣环境的顽强。长春地区的树林多为混交林，树林里青松挺直，树冠如伞，四季常青。杨树虽然朴实，树叶却已凋谢，但枝丫在空中张牙舞爪，好像是对寒秋无情的抗议。漆树叶片大如手掌，依然翠绿可人。楸树树干如铁，与白洁俊朗的桦树形成鲜明的黑白对比。桦树叶开始由红转黄，潇潇洒洒地往下飘落。条条柳枝依然随风起舞，就像一个不老的情人在与秋天调情。长春是美人松的原产地，美人松树身挺拔，树皮斑驳呈金黄色，树冠如伞似塔，在秋风中亭亭玉立。枫树最为得意张扬，从上到下，像燃烧了一样，满树金红。啊，长春的秋天，万类霜天竞自由，美如画卷。

吉林是祖国的粮仓，我欣喜地看到，在吉林地势稍高的农田里种植的是清一色的玉米，低洼地里是黄色的水稻田。过去漫山遍野种植的大豆、高粱已经不见了踪影，也极少看到撂荒地的现象，大地处处呈现一派丰收景象。这让我很欣慰，粮仓地区的粮食生产不出大的问题，我国粮食生产就有了保障。

第二天，我们参加了长白山两日游，首站是二道白河镇。这是一个林区小镇，但在吉林省享有地区级的待遇，位于长白山下，从长白山天池流下的河水穿镇而过，森林景观绝佳，景点众多。我们只游览了两个景点，魔界漂流和魔界森林公园。

魔界漂流小河长约3.5公里，两人座皮筏。坐上皮筏无须划桨，随着河水缓缓流动，任凭皮筏在森林中自由自在地往下漂流。河水清澈，森林幽静，空气清新，鸟语花香，多彩的秋林美如画，绿草山花惹人醉，拐一道弯，就是一处新景致，游人手中的相机响个不停。看累了就躺在小舟上，什么也不想，什么也不做，随皮筏漂流，寄情山水，丢掉烦恼，真是无比的惬意。据导游介绍，河水是温泉水，冬天也不结冰，两岸树枝挂满了雾凇和树挂，美如仙境。

魔界是一座建在平原黑土上的森林公园，树木生长不缺水分，但也因地下水位高，树根扎不深。常见有大树被大风连根拔起，树身躺在地上，树根就像一个圆盘立了起来。林中的空气也不潮湿，游人行走在森林中，不热、不潮、不燥、不烦，处处景致带来了无穷的乐趣。森林中树木品种繁多，有我没见过的水曲柳、椴木、金银木、栎树、白蜡树、花楸树等树种。我还见识了一株千年老榆树，树身两个人搂抱不住，树身光滑，树干笔直刺向蓝天，榆树还能长成这番模样，让我惊讶，真是长知识了。

傍晚，走进一个朝鲜民族村，领略了朝鲜族风情。村子不大，四五十户人家，村民以种水稻、人参为生。村里的老房子，烟囱是掏空一颗枯树心做成的，瓦片是由烧焦的木片做成，可谓就地取材，别具一格。屋顶四面斜坡结构，非常美观。走进一户人家参观，一个很大的房间，一盘大炕占了房间2/3的面积，大炕上有玻璃推拉门，分割为前后两个房间，朝鲜族人在家里多在炕上活动。

长白山海拔2623米，常年降雨量为1349毫米，为东北地区降雨量最高的地区，因此，长白山常年被笼罩在雨雾中，游人难得一睹其英姿。国庆节那天，晴空万里，难得遇到一个这样好的天气。我们如愿登上了峰顶，一湖碧蓝的天池水呈现在我们面前。天池像一颗巨大的蓝宝石，纹丝不动，有一种神秘的震撼人心的美，让我惊讶得目瞪口呆。湖水边是寸草不生的火山灰分化砂石，山顶怎么会有这么大的一个湖泊呢？据介绍是火山喷发形成的山口，聚水成湖。可水是从哪里涌出的呢？而且向北流出一条小河，千百年来长流不竭，真是天池之水天上来，让人觉得不可思议。难怪长白山流传着那么多的神话传说，满族、朝鲜族和其他多个民族都把长白山视为神山、圣山和民族的发祥地。

从长白山下来，顺道走到小天池。小天池没有入水口，也没有出水口，可千百年来，湖水不增不减。周边是少见的岳桦林。岳桦是白桦的一个变种，树皮白里带红，树身扭曲，枝丫横生，虽然树叶已落，但枝丫上却留有红色的叶芽，远远望去，红云一片。小天池虽然不大，但风景很美，是电视剧孙悟空大战红孩儿的外景地。地下森林是长白山景区海拔最低的原始森林公园，遗憾的是那天没有对游人开放。

回到长春市里，我独自逛了逛雕塑公园。雕塑是能体现一个城市文化品位的艺术作品，而长春建了以雕塑为主题的公园，在全国是独一家。长春雕塑公园，是一座自然山水与人文景观相融的现代城市雕塑公园。公园中心是一湖流动的碧水，沿湖大道随着地形起伏，不规则地转了一个大圆圈。从湖边辐射出多条小道，小道有长有短，曲径通幽，与大道相连。道路两旁，露天摆放着石材、钢材等材质的雕塑作品。公园4角建有4个各具特色的雕塑博物馆，里面摆放着木雕、铜雕等材质的雕塑作品，其中非洲馆最为著名。公园占地面积92万平方米。吉林省通过举办长春国际雕塑作品邀请展等方式，邀请世界各地的雕塑家来长春国际雕塑节参展，雕塑节过后，将来自216个国家和地区的402位雕塑家的452件

（组）雕塑作品留在了雕塑公园里。作品展现了不同国家、民族和地域在不同历史时期的文化特点，材质丰富、风格迥异，堪称世界雕塑的百花园。园中的湖水和绿地更是把公园衬托得如诗如画。我对美术是门外汉，对雕塑艺术更是一窍不通，没资格描绘雕塑公园里雕塑作品的美妙，只能说是享受了一场视觉盛宴，接受了一次雕塑艺术的洗礼。

文化是城市的灵魂。长春市有世界雕塑公园、长影世纪城、关东文化园等特色文化公园，文化气息已经很浓厚了，但最有地方文化特色的应该是刘老根大舞台，这是二人转的传承之地。我与儿子从长白山下来，家没有回，饭没有吃，赶时间直接进了刘老根剧院，1000多人的大剧场已经座无虚席，我们观看了约10组演员的表演。二人转这个剧种出自民间，与老百姓有天然的亲近感，演员在舞台上与观众密切交流，互动性强，好像只有相声有此表演特点。热闹、好看是二人转的一大特色，演员在舞台上插科打诨，笑料迭出，剧场里的笑声此起彼伏，一浪高过一浪。其中有一个“武松杀嫂”的剧目，女演员的表演让人笑得肚子疼，其表演风格用内蒙古土话说，女演员真会“圪产”。她在舞台上装傻卖乖，道白嗲声嗲气，撩拨着观众笑的神经。但这种演出风格，虽然接地气，有观众缘，但毕竟有点低俗的味道，难登电视屏幕。不过话说回来，在剧场里才能真正欣赏到戏剧表演的艺术。二人转演员才艺过人，他们的演出套路有4段，一是向观众展示嘴皮功夫来逗趣、逗乐；二是表演各自的绝活。有的演员从高台上向下劈叉，有的在器乐方面显示身手，有的表演模仿秀，不一而足；三是现代歌曲演唱，其功力不比专业歌唱演员逊色；最后才转回二人转本色表演。二人转是一个最会搞笑的剧种，来到长春，不能不去刘老根大舞台。

净月潭国家森林公园景区就在长春市内，景区面积为96.38平方公里，其中水域面积为5.3平方公里，森林覆盖率96%以上。我想一个城市里有这么大一个森林公园，恐怕在全国来说也是独一无二了。我坐公交车从净月潭公园边走过，听说里面风景很美，限于时间的关系，遗憾地没有进去游览。长春给我留下的初步印象是，这个城市虽然地处内陆，却不缺水，水源供应充足，有了水，绿化自然就容易搞好，水也使城市有了活力和灵气。另外值得一提的是，这里物价较低，吃自助餐每人只收13元，菜品有20多种，其中有鱼、炖排骨等。

长春，我还会回来与你亲近。

家乡赞歌

我爱乌兰察布

我爱乌兰察布，没有理由。因为，我就是在这片土地上吃着莜面山药蛋长大的，不管外面的山珍海味多么珍贵，我最忘不了的还是家乡的饭菜香。我就是在这片土地上接受家乡人的教诲成长起来的，家乡的水渗进我的血液，家乡的风俗人情、处事方式成为我下意识的行为，家乡人吃苦耐劳、拼搏奋进的精神融入我的灵魂，我就是一个乌兰察布人，岂能不爱自己的家乡？我在这片土地上生活工作了60多年，家乡点点滴滴的进步牵挂着我的心，我为家乡遭遇的灾难痛心，我为家乡取得的成就欢呼，我与家乡的山山水水融为一体。我把爱倾注在家乡，就像孩子爱母亲一样爱着乌兰察布。

我是发自内心地爱乌兰察布，这种爱没有道理可讲，是不讲道理的爱。但是，当我到了异地他乡，与朋友们说起自己的家乡好，人家就会问，你说你的家乡好，好在哪里？是呀，爱不是空洞抽象的，爱要用具体的事例来表达，要说出一个子丑寅卯才对。于是我认真回想，找出了我爱乌兰察布的四大理由。

一、天堂草原避暑胜地

乌兰察布市总面积5.4万平方公里，比丹麦、荷兰等国的面积都大。这片辽阔的土地给人的印象就是蓝天白云绿草地，羊肥牛壮，牧歌悠扬。这里有两处草原最为著名，一是杜尔百特草原，牧草茂盛，绿海无边，丘陵起伏，广袤辽远，这里是神舟降落的地方；二是辉腾锡勒草原，山花在绿草丛中竞相开放，五彩缤纷，这里是国内最有代表性的高山草甸草原，山花的海洋。辉腾锡勒草原上风塔林立，号称“风电三峡”。草原上还有一处有名的景致——黄花沟，沟里怪石林立，风景独特。此外还有察右后旗火山群草原，由一连串的火山、大小湖泊和绿草地组成。被称为“炼丹炉”的主火山，与日本的富士山极为相近，山体一角已为开矿挖开，整座山体都是由空心浮石组成，极为壮观，在这里拍摄的照片荣登《中国地理杂志》的封面。

凉城县的岱海被誉为“草原上的明珠”，它是内蒙古第二大内陆湖。此外，还有兴和县的察尔湖、苏木山景区，卓资县的红召景区，集宁区的老虎山、卧龙山、霸王河、泉玉林等景区，都是独具异彩的景致。近年市委、市政府推动开展全景旅游，全市旅游点星罗棋布，美不胜收。

当然还有独具特色的美食吸引着游客，草原上的烤全羊、手把肉、焖羊肉、奶茶、奶酒享有盛名。卓资山的熏鸡被评为全国三大名鸡之一，丰镇月饼是名牌产品，四子王旗的羊杂碎分外好吃，莜面马铃薯全席宴只有乌兰察布才有。

乌兰察布气候凉爽，冬无严寒，夏无酷暑，空气清新，生活在这里的人们不知雾霾是一个啥味道，这里被国家气象学会批准为避暑胜地。这里通往北京的火车、汽车只有5个小时的路程，高铁开通后，到北京只用两个小时。每年夏季，来乌兰察布旅游的人络绎不绝，这里被誉为北京的后花园，是名副其实的天堂草原，避暑胜地。

二、家乡三宝名不虚传

过去说起乌兰察布有三宝——莜面、山药、羊皮袄，随着时代的变迁，莜面、山药还是宝，羊皮袄这一宝却被胡麻油所取代了，也有说是被羔羊肉取代了。

乌兰察布市是全国传统的最大莜麦产区，年度最高播种面积曾上过1000多万亩，近年虽然面积大幅度下降，但依然是全国莜麦最大产区。莜麦性喜冷凉气候，耐旱、耐瘠薄，是乌兰察布市的地方生产优势作物。营养与保健是当代人们对膳食的基本要求。莜麦作为谷物中最好的全价营养食品，恰恰能满足这两方面的需要。与其他谷物相比，莜麦具有抗血脂成分、高水溶性胶体、营养平衡的蛋白质，它对提高人类健康水平有着异常重要的价值。莜麦含蛋白质15.6%，含脂肪8.5%，在谷物中其蛋白质和脂肪的含量均居首位，尤其是人体必需的8种氨基酸的含量基本上均居首位。燕麦也含有其他谷物粮食中所没有的皂苷，可与植物纤维结合，吸取胆汁酸，促使肝脏中的胆固醇转变为胆汁酸随粪便排走，间接降低血清胆固醇。常食莜面具有降低胆固醇、血脂、血糖以及通便、减肥的保健作用。据最新报道，莜麦还有预防癌症的功效。

马铃薯，俗称山药蛋。马铃薯也是性喜冷凉气候，适宜在疏松的土壤上栽培。乌兰察布市马铃薯年度播种面积400万亩，约占全国总播面积的1/7，是闻名全国的“薯都”。说马铃薯是一宝，指的是种植马铃薯二高一大：产量高，营养价值高，经济效益大。每百克马铃薯含能量79千卡，蛋白质2.6克，脂肪0.2克，碳水化合物17.8克，膳食纤维1.2克，钾347毫克，镁24毫克。马铃薯所含B族维生素相当于胡萝卜的2倍，苹果的4倍，维生素C更是胡萝卜的10倍。因此，马铃薯被称为十全十美的食物，植物之王。马铃薯也是保健食品，其高含膳食纤维可促进胃肠蠕动，预防结肠癌和心脏病；钾含量高可降低血压；镁对心脏有保护作用。同时，马铃薯也是减肥食品，它是低热量作物，马铃薯淀粉在体内吸收缓慢，一般不会导致血糖升高，马铃薯高含膳食纤维，食后产生饱腹感，可以有效控制体重。

胡麻分布面积主要集中在华北、西北山旱地区，耐旱、耐瘠薄，是乌兰察布市当家油料经济作物。胡麻油是一种优质食用油，富含亚麻酸及各种不饱和脂肪酸，其中亚油酸16.7%，亚麻酸40%～60%，这是深海鱼油的主要成分。胡麻油中还含有人体必需的18种氨基酸，3种维生素（A、E、B1）和8种微量元素。胡麻油具有降血压、降血脂、促进人体智能、强身健脑、防止心血管疾病、预防冠心病、抑制疾病基因等重要作用。胡麻中还含有较多的木酚素，木酚素SDG可有效预防糖尿病和肿瘤的增长，目前在临床上被广泛应用。国内外营养保健专家把胡麻油誉为“高山上的深海鱼油”。

用马铃薯、莜面、胡麻油做成的饭食——炒块垒，可以称得上是“草原三宝饭”，营养保健，是最具有乡土特色的饭食。乌兰察布市有一道名菜叫“草原吉祥三宝”，是将羊肉炖马铃薯加上莜面窝窝一锅出，吃过难忘。

三、蒙汉融合的文化特色

乌兰察布市是农牧交错、蒙汉杂居之地，游牧文化和农耕文化相互交锋、相互融合，造就了乌兰察布文明的大格局、大气场。

在这里可以听到蒙古长调的悠扬，蒙古四胡说书老人道出的沧桑；可以看到草原姑娘跳舞的美妙身姿，察哈尔蒙古族婚礼的豪华排场；可以听到东路二人台婉转嘹亮的歌声，漫瀚调、爬山调的高亢激越；还可以看到正月十五闹秧歌的红火，乌兰牧骑的精彩演出。

这方热土上的文人雅士各有千秋，他们奉献出赏心悦目的文学和艺术作品。满都麦被称作“草原生态文学之父”，他的文学作品反映了蒙古族游牧文明的博大精深，再现了草原人民百年苦难历史，塑造了蒙古族阿爸、额吉等众多劳动人民的光辉形象。王玉水是全市文学领军人物，他笔耕不辍，著述丰富，已出版了十几本书，连续获得自治区精神文明建设“五个一工程”大奖，他的文学作品全方位反映了乌兰察布近代历史进程，值得一读。任致中在文学事业方面成名很早，30年前就以《漩涡》小说闻名全区，该小说连夺自治区两项文学大奖。他在文化事业上的最大贡献是编写了《集宁战役》一书，主持筹建了集宁战役纪念馆，该馆已是全市爱党爱国红色文化教育基地，也是旅游热点，成为乌兰察布市的一张文化名片。赵文亮领导的乌兰察布诗歌协会，十分活跃，带领出一支颇能战斗的诗歌队伍，诗人们不断在全市、全国诗歌大赛中取得好成绩，成就突出。在文艺人才方面，闻名全国的笑星武利平、歌星王凤云的事业就是在乌兰察布起步的，他们是家乡的骄子。书画家郝存祥、王永鑫、梁能伟、王云山、苏彪等人的书画艺术在全国都享有一定的知名度。乌兰察布市文学艺术人才辈出，作品精彩纷呈。在乌兰察布，有这么一群文雅人士陪伴在你身边，成为你的良师益友，文化生活是多么丰富和充实呀。

四、五城联创城乡巨变

在市委、市政府生态立市，特别是近年提出的“积极争创优秀旅游城市、国家卫生城市、国家园林城市、国家生态城市，全国文明城市”五城联创的战略决策指引下，十几年来全市人民团结一心，拼搏奋斗，取得了极其显著的成效。乌兰察布市已经陆续获得了全国避暑胜地、全国最具幸福感城市、国家园林城市、中国十佳食品安全城市、全国生态文明示范工程试点、人居环境示范奖、马铃薯之都等国家级荣誉。

乌兰察布市城市建设日新月异，旧貌换新颜。在集宁区，昔日老虎山上只长着稀疏的杨树、榆树、老头树，卧龙山还是一片荒芜，如今已是郁郁葱葱的城市公园。霸王河当年还是一条两岸堆满垃圾的小河，如今已是风景如画的游览胜地。卓资山镇的南山过去是一个乱坟岗，如今成为让市民流连忘返的休闲锻炼的公园。全市每个旗县的县城都发生了翻天覆地的大变化。棚户区改造、安居工程的实施，使经济比较困难的市民都住进了舒适的楼房。市区里大楼多了，街道宽了，绿化、美化了，城市漂亮多了。农村实施了十个全覆盖工程，全市约有1/3的农村进行了大规模的改造，农民翻修或新建了新房，村道硬化了，安装了路灯，建了广场，增添了体育锻炼健身器材，广播电视实现了村村通，这种变化可以说是史无前例的。

老实说，近年乌兰察布市城乡面貌的巨大变化，让我这个老乌兰察布人想都不敢想，想也想不到。我们只能是更爱家乡乌兰察布。

乌兰察布的美好说不完道不尽，有的只能意会不可言传。我对乌兰察布的爱，也是刻在心底，流淌在血液中，难以诉说，秃笔难以表达情感的万分之一，就此搁笔吧。最后大声喊一句来抒发情感吧：乌兰察布，我爱你！

卓资山名小吃——杂碎面

侄儿从山西来，谢绝到饭店吃宴请，提出要到火车站附近的小饭馆吃杂碎面。我只好随他意，领他吃杂碎面。杂碎面一大碗，每碗5元，侄儿一口气吃了两碗，吃得满头是汗，直喊香。我不觉得好笑，侄儿在优越的生活环境下长大，特别挑食，想吃杂碎面自有他的道理。因为杂碎面真是好，吃了就忘不了，不管天南海北的人，只要再来卓资山，必定还要吃杂碎面，杂碎面已经成了卓资山的名小吃。

卓资山杂碎面出了名，是因为它配料独特，造就了特有的品质风味。杂碎面是刀削面。刀削面不稀奇，全国各地都有卖刀削面的饭馆，而把猪杂碎、马铃薯条条当成刀削面的配料臊子来做，是卓资山人的创举。内蒙古人吃面不像兰州人吃拉面，不喜欢那种清汤的味道；也不像北京人吃炸酱面，那是用酱干拌着面配新鲜蔬菜吃。内蒙古人吃面讲究一个“糊”，代表面食就是搁锅面，要想让面食的汤糊起来，那就一定要加马铃薯。马铃薯中的淀粉化在汤里，汤就糊了。自古马铃薯就是内蒙古的三宝之一，现代科学更认为马铃薯是十全十美的食品，营养价值高。猪杂碎配马铃薯条做成的臊子，再加上碧绿的香菜，鲜红的辣椒面，使筋道、有咬头的刀削面风味独特。

近年来乌兰察布各地饭店也引进了卓资山杂碎面来卖，但味道总不如卓资山的好。这是因为卓资山杂碎面还有两个独特的地方是别人学不走的，一是卓资县是熏鸡之乡，要做好熏鸡，首先要把鸡卤制好，卓资山卤制鸡的技艺是别的地方没法比的。其实用卤制熏鸡的汤和方法来卤制、熏制熟肉，做杂碎也是卓资山的一绝，不比熏鸡差，只是外地人不了解罢了。用卤制、熏制出的杂碎做成的杂碎面具有独特的熏香风味。二是把卤煮鸡的鸡油鸡汤加在杂碎面的面汤里，风味独特。

卓资山杂碎面是由在火车站开大众酒家的刘宝珍和佳美饭馆的康云前创制的，他们开的杂碎面馆一家在火车站东头，一家在西头。东头那家的规模稍大，开始做杂碎面的时间是1990年，究竟是哪家先做起的，一时不好弄清楚，清楚的一点是在这两家饭馆的带动下，卓资山杂碎面做成了地方名小吃。

元宵节，红火不过卓资山

元宵节是中华民族的传统盛大节日，地不分南北，人不分老小，人人或亲身参与，或观赏花灯、舞龙灯、扭秧歌、垒旺火等民俗娱乐活动，举国狂欢。然而，元宵节毕竟是农耕时代流传下来的产物，进入了新时代，受到电影、体育比赛、歌舞晚会等新事物的影响，多数地方已经难见昔日节庆风光。卓资县最近几届县委、县政府将文化育县作为治县一大方略，刻意打造文化卓资山，把传统元宵节作为“吉祥九曲，美丽卓资文化节”来创办，继承传统，推陈出新，发扬光大，成效斐然。2019年，卓资山镇元宵节办得隆重热烈，全镇居民倾城而出，外地观众闻风而至，热闹非凡，节庆活动得到了全县人民群众的交口称赞。上级电视台专程前来录制专题片，所制作的专题片在新华视频、腾讯视频播出，受到观众的广泛好评。元宵文化节已经成为卓资县一张亮丽的文化品牌，社会影响越来越大。

卓资山镇元宵节民俗文艺活动内容丰富，彩车、秧歌队在正月十三、十四、十五连续3天上街表演；正月十四晚上，举办九曲黄河阵开阵仪式；正月十五晚上，放烟花；正月十六上午举办唢呐比赛，下午举办秧歌比赛，足足狂欢4天。

卓资县元宵节有五大创新亮点。一是创新提升了九曲灯布展形式，档次之高，规模之大，独步华北；二是九曲黄河阵开阵仪式气势非凡，独领风骚；三是旺火点火仪式，赋予了神圣的寓意；四是唢呐比赛，精彩纷呈；五是秧歌队比赛，激励了社会各界参与文化节的热情。本文重点谈游九曲和黄河阵开阵仪式。

九曲灯又叫九曲黄河阵，起源于明代，流行于华北，与黄河九曲弯和八卦阵图有关，寄托着万民欢乐、祈祷丰年、平安吉祥、安康和顺的寓意。传统九曲黄河阵纵横19排，横竖成行、对角成线，共树立361根杆，杆料为木棍、鞭杆。每根灯杆上有灯托，上面放一盏灯，中间竖立一根高杆，也叫老杆，灯杆之间用作物秸秆或麻绳连接，挡成9个回环，留一条通道为疏导九宫方阵。行进必经九曲十八阵，共96处长短不等的拐角，入口处设大型五彩牌坊。九曲灯的制作工艺复杂，费工费钱，过去只有富裕的大村镇才能办得起，但也不是每年都办，三五年才轮办一次。近几年，各地办九曲灯的越来越少。

卓资县在龙胜公园里专门建了一个九曲广场，用三色石质地板铺出了九曲走道，地上预留安装灯柱的接口，平时是广场，节庆期间安装灯柱。灯柱采用钢制圆筒，两米多高，柱身涂鲜红颜色，中间镂空，里面装灯管，灯柱顶端安装黄色十二生肖头像，内置灯光。灯柱之间用铁质画板悬窗连接，画面是本县摄影家拍摄的当地精美风光照片和民俗普及宣传知识。老杆高耸入云，金龙盘旋在红色老杆上。入夜，老杆顶端灯盘华光四射，4条悬挂着一串串红灯笼的线从老杆拉到四角，下面361根灯柱光明灿烂，九曲黄河灯阵一派金碧辉煌。九曲阵里游人如织，欢声笑语响彻夜空，宛如人间仙境。这种把黄河灯阵图建成九曲公园广场，用现代科学技术打造，使黄河灯阵的规模、档次之高，可谓超越古人，独步华北。“九宫八卦黄河灯，火树银花通夜明”，卓资县老百姓图个喜气吉祥，只要能走得动，都要来转九曲，这已成为县里的风俗。卓资山镇九曲灯已经列入了市级非物质文化遗产保护名录中。

卓资山元宵节最有创意的是九曲黄河阵开阵仪式。开阵场地就设在公园登山台阶路北入口处。公园入口处的设计颇具匠心，像一只凤凰展翅，凤头就是山顶公园入口的高大牌楼，主路108级石台阶，台阶路上还设置了6处平台。主路两侧建成了3层梯式走廊通道，配置了精雕细琢的白石栏杆，梯式辅助登山廊道就像凤凰展开的两翼。辅助登山入口，将山下山上的广场相连接，相互通达又相互独立，既是交通走道、景观景点，又是大型群众性文化活动的演出平台和观景平台。山顶公园牌楼东西两边靠下方还建了两座仿古圆形建筑，内有圆形走廊，但是中间没有顶，中间空地是施放焰火礼花的地方。这两处圆形仿古建筑和正门牌楼所在地，组建成“品”字形灯光、焰火施放点。开阵仪式的舞台占尽了地理优势，最具特色，为演出提供了绝佳的场地。

正月十四晚上，九曲黄河阵演出现场，吉祥白雪铺盖大地，山顶上，牌楼花灯璀璨，探照灯彩色光柱不断射向夜空，扫向四野。东西两座仿古建筑顶闪烁着红红绿绿的霓虹灯，不断变幻着色彩图案。登山路两侧的景观树上挂满了一色红灯笼，白雪红灯，分外妖娆。树与树之间拉起一串串小红灯笼，犹如宝石项链。灯光下的“吉祥九曲美丽卓资”两条标语很是醒目。入夜，山下、山上花灯齐放光明，宛如星河下凡，仙境洞开。主路各级台阶上站着俊男靓女，身披彩衣，翩翩起舞。两侧梯式走廊上群众演员敲锣击鼓、跳舞、挥彩旗，热闹非凡。演出期间，焰火冲天，礼花绽放。焰火在高台上，宛如在雪地上盛开的姹紫嫣红百花园；仰望天空，礼花像五彩斑斓的流星雨划过夜空；尤其是牌楼前绽放的大型烟花，就像金凤凰展翅，金星四溅，辉煌壮丽，光彩炫目，真是美极了。这是一场灯光秀、焰火秀、舞台秀融为一体的文化大餐盛宴，让卓资县人民一饱眼福。

开阵演出时，首先是一群穿着金猪装的儿童舞蹈。随后是县委书记致辞。接着是点燃旺火、圣火的仪式，由12名来自各行各业的劳动模范和先进工作者及青少年代表组成的火炬手，分两排从广场上跑下来，传递圣火，最后把火把递到县委书记和县长手中，由他俩点燃披着五色彩带约6米高的大旺火，象征着卓资县各行各业人民紧密配合，团结奋斗，在县委和县政府的领导下，开创新一年红火的局面，各项工作事业像旺火一样兴旺。

文艺演出共有4组。

第一组歌手，是来自内蒙古以唱漫瀚调驰名的小甜瓜等4位名家，演唱了歌曲《天下黄河》。

接着是盛世鼓舞表演。30多位威武的鼓手使劲抡锤，30多位铜镲手站在一级级台阶上用力拍镲，鼓镲声震天响起，后面有众多彩旗手挥舞彩旗，助威呐喊，威风八面。

国内当红歌星王二妮惊艳亮相，她演唱了《吉祥中国年》《荞麦花》和《东方红》，受到观众的热烈欢迎。

最后出场的是一对男女歌手，男歌手叫乔宇杰，他俩演唱了一首为这次节庆特意打造的歌曲——《九曲弯弯绕团圆》，很有家乡的味道。

整个开阵演出约40分钟，演出效果精致、精彩、完美。然后就是秧歌队、舞龙队登山，打头阵游九曲，天上礼花银蛇狂舞，爆竹连天，九曲黄河阵里金龙游动，灯光璀璨，笑声沸腾，真是人间大狂欢，盛况空前。游九曲的人群持续到深夜。需要说明的是，元宵节节庆活动的开销都是来自该县企业家的赞助。

绕九曲转梦圆，转出一个美美幸福年；绕九曲转梦圆，转出一个快乐满满卓资山。歌手唱出了卓资人民美好的心愿。

唢呐欢声庆新春

一过正月十五，乌兰察布市多数地方红火热闹的元宵节就结束了，唯有卓资山镇要在正月十六举办民间吹打乐邀请赛，精彩的比赛演出，将红火热闹推向了节日的高潮。

民间吹打乐比赛现场设在九曲山公园北登山口，台阶路上搭建了一个演出平台，居高临下。迎宾大道实行交通临时管制封闭，大道东西两头，和正对公园口北面的那段路和广场，成了观众观看的场地。唢呐是内蒙古老百姓最喜爱的民间娱乐，有着深厚的群众基础。卓资山市民都来看这场比赛演出，把大道挤得满满当当，可黑压压的人群却鸦雀无声，大家都仰着头忘情地观看，只是在每队表演完毕，才爆发出阵阵喝彩鼓掌声。

比赛以卓资山镇8个社区为参赛单位，各唢呐班子代表社区参赛，另外邀请了外地的支队为表演演出。唢呐班子一般配置为6人，一个唢呐手，两个笙吹奏手，一个鼓手，两个铙钹手。有的是将一个铙钹手或笙演奏手换成晋胡演奏手。演奏的曲目为二人台民间小调或流行歌曲，每队表演8分钟，超时扣分。由12个评委组成评委会，分8项打分标准，现场打分，决出胜负。

东街社区郭俊娃队，器乐演奏得行云流水，口哨尤其了得，队员配合密切，唢呐吹奏间歇期间，队员相互应答，烘托了气氛，现场效果好，获得了二等奖。河南社区队由7人组成，6个男士穿着黄色表演服，一个女士穿本色服装，她的表演以演唱为主，演出中有舞台造型，女队员骑在男队员的肩膀上对唱表演，表演有创新，该队也获得了二等奖。南窑社区丑丑演出队，唢呐手是一个年轻美女，唢呐吹得义薄云天，口哨吹得花俏婉转，尤其是她与一个铙钹手口哨对吹，激情四溅，该队技高一筹，摘得桂冠。值得一提的是，8支队伍全以青年人为主，卓资县文艺事业后继有人，可喜可贺。

表演赛，由内蒙古二牡丹唢呐演艺团首先出场。二牡丹是一个80后女子，托县人，出生于民间艺人世家。二牡丹穿一身白色演出服，小小女子却有着惊人的能量，她一吹唢呐，便发出了惊天动地的声响。她的演出队不光唢呐亮，鼓声高，铙钹声脆，音乐动听悦耳，而且队员表演具有舞蹈性质，唢呐手、铙钹手、鼓手动作夸张，随着音乐节奏，身体前俯后仰、左右摇摆，6个队员配合得天衣无缝，现场感染力极强。

内蒙古二姑娘唢呐演艺团，班主二姑娘，也出生于民间艺人世家，她十几岁就吹唢呐出了名，又在内蒙古艺术学院进修过，很有艺术修养。她在台上将一首《青藏高原》一口气吹完，观众感觉不到她演出过程换过气，真是一气呵成，名不虚传。可以感觉到，这个队演出的曲目以抒情、民族风情见长。

山西省定襄县史利萍女子打击乐艺术团，由6位年轻美女组成。鼓手史利萍从艺术学院毕业，由她牵头。这个队有着独特的演出风格，与内蒙古打击乐的艺术风格明显不同。这个队的配置也一反常规，鼓，不是传统的牛皮鼓，而是电子鼓，能打出鼓声、铙钹声、板声；没有铙钹手，而是增添了一个梆子手，一个晋胡手。器乐一响，鼓声响亮，梆子声清脆，晋胡声悠扬，一听就感觉出晋剧的韵味，让人耳目一新。唢呐手开场一吹，一声长调气贯长虹，紧紧地揪住了观众的心。演出过程中，唢呐手放下了唢呐，唱起了晋剧。内蒙古老乡多数是晋剧迷，这正对多数观众的胃口。这个艺术团的艺术水平高超，女唢呐手有时两把唢呐同时吹，能吹能唱，一专多能。定襄县史利萍女子艺术团，你们的精湛技艺，让卓资县的观众大饱眼福，难以忘怀。

时任卓资县政府常务副县长王玉威对我说，吹唢呐是内蒙古老百姓喜闻乐见的民间娱乐，尤其鼓匠班子对台比赛更让老百姓津津乐道，唢呐只有比，才能出精彩。卓资县政府顺应民意，深入挖掘民间文化资源，培养文艺青年人才，传承文脉，鼓励民企投入文化事业，为他们搭建一个奉献社会、娱乐民众的平台。这次民间吹打乐邀请赛，全由旧资县民企老总梁堂赞助，梁堂本人喜欢听鼓匠班子演奏唢呐，他是旧资县民间打击乐协会会长。这次一等奖就由梁堂来颁发，体现了政府对企业家的尊重和感谢。据估计，全城居民有半数到演出现场，现场却没有躁动杂音，下午一点多才结束，由此可见，演员的表演非常精彩，观众欣赏得专注投入。事后好评如潮，这真是盛况空前。政府的责任就是让老百姓过得幸福，过得快乐，就是做让老百姓满意的事。正月十六举办的民间吹打乐邀请赛，会继续办下去，一年要比一年办得好。

我听了很感欣慰，文化育县是历届县委、县政府治县的一大方略，文艺不仅可以带给人民娱乐，陶冶人们的情操，舒畅人心，提升人们的文化档次，而且也是一种生产力，卓资县全境旅游开展得如火如荼，卓资县文学文艺的繁荣也起到了积极的促进作用。

九曲公园新貌

2005年，我曾写过一篇《生态公园生态游》的文章，赞扬县政府化腐朽为神奇，将卓资山镇南山乱坟岗改造成大花园，为全镇人民办了一件好事。

2016年秋，时隔十年，我重登九曲山公园，满目苍翠，鸟语花香，亭台楼阁，游人如织，真是今非昔比，更上一层楼。九曲山公园已经由青涩少女成长为风姿绰约的青春靓女了，大有名园风范。

当年的九曲山公园只有北面一处登山台阶入口，如今106级石台阶还在，只是两边加宽了，新配了精雕细琢的白玉石栏杆。最大的变化是过去台阶两边巨石乱砌的风景不在了，而是将台阶两侧建成了梯式走廊通道，作为公园的辅助入口，将山下、山上的广场相连接，相互通达又相互独立，既是交通走道、景观景点，又成为大型群众性文化活动的演出平台和观景平台，使公园景观和城市景观融为一体。通道边青松挺立，绿树成荫，两侧斜坡上绿草茵茵，犹如挂毯，中央用红绿花草秀出几个大字，一侧是“吉祥九曲”，一侧是“美丽卓资”。行走在半山走道中，犹如人在画中游，景随人行走。山下广场竖立了一个公鸡草花景观造型，突出了卓资山的熏鸡文化。一座壮观宏伟的牌坊，雕梁画栋，矗立在台阶尽头，上书“九曲神韵”4个鎏金大字。山顶九曲广场上有由361根彩色灯柱连贯的九曲灯会走道。中间一根老杆高耸入云，杆身通红，金龙盘旋在上面，呈现出富贵堂皇的气派。顶部一圈明灯围绕中央灯柱，入夜放射出万丈光芒。九曲山公园北入口整体造型犹如雄鹰展翅。这里已成为卓资山镇的一个地标式的建筑。

离登山台阶北入口平行约200米处，另有行车入口，牌坊上书“九曲山公园”，两边建有仿古高屋。西边也建有石阶登山入口。九曲山公园改造工程，使公园更加大气，更具有艺术气质，更有地方特色，功能更加完善，更加通达宽敞。

如今，传统民间文化日渐式微，就连中国人传承几千年的狂欢节——正月十五赏灯闹元宵也不那么红火了，过去北方遍布城乡的转九曲灯也难见踪影了，唯有卓资县九曲山公园灯会发扬光大，被县政府列入地方节庆项目。每年正月十五，由县政府出面组织，在九曲山公园转九曲。灯会期间，人山人海，连呼和浩特市、集宁等地的游客也赶赴灯会，全民狂欢。特别是2016年，县政府在九曲山公园北入口举办游九曲开园仪式，旺火燃烧，锣鼓喧天，彩旗飞扬，烟花爆竹闪耀天空，演员放声高唱，秧歌队尽情欢扭，广场、路边成为全民欢乐的海洋。现场情况通过微信圈，传播到了四面八方，轰动一时。如今，九曲山北门入口改造工程完工，为正月十五闹元宵、游九曲创造了更为宽广的群体文艺表演平台，未来的正月十五游九曲必将办得更为精彩，我们期待着。九曲山公园承载了九曲灯会民俗文化传统，整体提升了公园的文化品质。

穿过九曲广场，西边建有两排动物观赏处，铁栏杆、网笼里养着梅花鹿、骆驼、稀有品种野羊、鸵鸟、孔雀等，这里是儿童的乐园，吸引了大批儿童和家长。亲近动物，喜爱花草，贴近自然，是培养儿童健康成长的一个重要方面。公园里设动物观赏处，真是一件功德无量的好事。建议再养几个猴子，儿童最喜欢猴子的活泼调皮。

再往南走，是西登山入口广场，也是体育健身的地方，广场上的少男少女川流不息地滑旱冰。四边凉亭里，笙歌嘹亮，聚集着不同文艺爱好者群体。有的中老年人在唱二人台曲目，白胡子老人眯缝着眼拉胡吹笛，怡然自得；艳妆女性高歌亮嗓，颇有文艺范。唱红歌的人另成一伙。还有三五小青年身挎吉他，远离人群，唱歌传情。这里早晚是中老年人打太极、跳广场舞的场地。

再往南望，是希望广场，占地面积6万平方米，由两个圆形广场组成，中间用两个仿生生态池连接，造型典雅别致。上面广场中央竖立灯塔一座，四边安置健身器材，南面花圃中建有长廊一处；下面广场竖立贺龙骑马铜像一座，高5.8

米，铜像基座用黑色大理石制作，纪念解放战争时期，贺龙指挥的卓资山战役。落款是卓资县委、政府，时间为2011年5月。广场东西两边各有5面橱窗，东面陈列了卓资山战役经过的画面，西面介绍了革命元勋来卓资故地视察的图片。橱窗墙体用铜浮雕描绘了革命将士浴血奋战的场面。这里是红色革命教育基地，寓教于乐，培养青少年继承先烈遗志，爱国、爱党、爱人民，将中国社会主义伟大事业建设得更加美好。

顺着希望广场曲径小路往东走，一湖碧水呈现在眼前，湖面约一万平方米。湖面上轻舟漫游，儿童欢笑四溢，湖里的小金鱼摇头摆尾，悠然自得。沿湖的走道上安置箱式花坛，一坛一花，百花盛开，争奇斗艳，浓香扑鼻。长廊凉亭里游人坐着谈天说地，恬淡悠闲。湖水护坡侧柏青青，黄花明艳。再往上看，青松、岸柳、垂榆、金榆等观赏树四周环抱。忽然间，音乐声响起，湖底冒起高低不同的水柱，随着乐曲声调强弱变换着造型，时而波峰汹涌，刺破青天；时而高跌低跃，泉水叮咚；时而瀑布涌现，欢快酣畅；时而万马奔腾，一泻千里，变化多端。尤其到了夜晚，月朗星稀，天上的星光与地上的灯火争相辉映，音乐喷泉披上了霓虹色彩，如梦如幻。这里是九曲山公园的水上乐园。

九曲山公园的布局随形就势，南高北低，大部分区域保持着原始风貌，青草野花，多是原住“公民”，所以被称为生态公园。只是在路边集中栽花种草。花是花园的精灵。九曲广场下面是老来红花圃，秆叶花都是炫目的火红，就像火烧云般美丽。稍靠东，种植的是一片大丽花，株高约2米，从上到下全是大红花，颇为壮观。从九曲广场到水上乐园，用五色花草拼出花地草坪，红花红得耀眼，蓝花淡雅幽远，万寿菊明黄艳丽，凤仙花颤颤悠悠惹人怜，景天开的黄花就像撒满绿草地的金色钉子，拐角处开着像向日葵一样的新品花朵，精致典雅分外好看。格桑花自生自长，在路边空地见缝插针扎下根，五彩花朵迎风怒放。东面的孔雀造型花坛吸引了留影的人群。

树是公园的脸面，九曲山公园的树木是丰富多彩的，据林业局的同志介绍，九曲山上种植了100多种树木，传统的杨树有青杨、小叶杨、加杨、北京杨、新疆杨、银白杨、钻天杨等；柳树有旱柳、垂柳、柽柳、水曲柳等；榆树新品种垂榆、金叶榆已为市民所熟悉；松树家族中的油松、樟子松、杜松、桧柏、云杉尽展风姿，四季常青；刺柏、侧柏、沙地柏匍匐在地，即使冰天雪地依然顽强地将绿色固守在山坡上；就连修长俊朗的白桦树也在一处沟凹地扎下了根；火炬树、凤尾树带来南国风情，为绿满大地增添了缤纷色彩。山桃、山杏、海棠、山丁子等山果树，春夏花朵怒放，五彩缤纷，招蜂引蝶；秋天硕果累累，挂满枝头。丁香、枸杞、玫瑰、黄刺玫、小叶锦鸡儿、胡枝子、紫穗槐、红瑞木、沙棘、金露梅、银露梅、鼠李、金叶莸、锦带等灌木不甘寂寞，舒展嫩枝绿叶，吐露芬芳，尽展英姿，与乔木平分大地春色秋光。九曲山公园已经形成了春有花、夏有荫，秋有果、冬有青的生态环境，这里是县林业局引种树种的试验区。

九曲山环山柏油路约有2.5公里长，沿途安装宫廷路灯，是市民散步健身的好去处，早晚人群络绎不绝。主要游览干道，采用了先进的彩色透水整体路面，走上去很舒服，路灯采用了太阳能照明。九曲山公园已经成为卓资山市民休闲健身的首选场地。我与几位在九曲山公园休闲散步的老卓资山人随意漫谈，有位老者说，谁能想到卓资山变得这样美丽，就是做梦也梦不到，生活在这样的环境中真叫幸福。是的，卓资山镇建成区绿地率已达30.44%，建成区绿化覆盖率已达35.12%，建成区人均公园绿地面积达21.14平方米，优美的环境提升了市民的生活质量，提高了市民的幸福感。

其实九曲山公园与东边一路之隔的郊野公园均属国家龙胜生态森林的一部分。20世纪70年代，已经在卓资山镇东南山区，即大苏计、小苏计、草场沟一带种树造林，绿化荒山，县城机关事业单位也把这里作为造林绿化基地，经过卓资县人民40多年的奋斗，荒山变成了林区。特别是卓资县委、政府提出的五大治县方略，其中3条是生态绿县、文化育县、旅游活县，这3种提法在全市来说是独树一帜的，由于县委、县政府的高瞻远瞩，抓生态建设措施得力，常抓不懈，全县人民大干苦干，卓资县绿化造林取得了历史性的突破，山川面貌有了很大的变化。1984年，全县林业二类资源清查，全县森林覆盖率11.8%；2010年，提高到21.5%，提升了近一倍。卓资山镇东南荒山绿化就是一个成功的典型，这里的林木已经郁郁葱葱，生态植被保护得很好。几年前，我曾到苏计山一带深处采摘蘑菇，山林以松树为主，已经有了森林的感觉。2014年3月，国家林业局准予卓资县设立龙胜国家级森林公园，定名为“内蒙古龙胜国家森林公园”。这是卓资县人民在荒山秃岭中人工植树造林建成的国家森林公园；这是全县林业工作上的一项重大突破，成就显著；这是国家林业局对卓资县林业工作的一种肯定和褒奖。卓资县于2016年力争全面完成自治区园林城市创建工作，2020年前创建成为国家级园林城市。

内蒙古龙胜国家森林公园经营面积10.77平方千米。我看过公园的规划图，这里将建有森林体验区和民俗文化、蒙古风情、仿生莲花等景区，重点建设揽翠亭、林间栈道、观景台、林荫大道、鸟鸣谷、吊索桥、儿童乐园等景点。规划很快就要实施。

乌兰察布市有3处国家森林公园。龙胜国家森林公园与凉城县二龙山森林公园、兴和县苏木山森林公园相比，地处乌兰察布市草原旅游中转地段，占有交通地理优势，它紧靠卓资山镇，京藏国道、高速和科左公路在这里交会而过，大黑河从山脚下流过，距呼和浩特市100公里，距集宁70公里，发展旅游事业大有可为。龙胜森林公园必将建设得更加美好，为卓资山人提供一个良好的生态环境，成为休闲娱乐、健身锻炼的乐园，成为全县旅游产业支柱型园区，造福于卓资县人民。

美丽卓资，放飞梦想

梦想是希望，是奋斗的方向。梦想催生斗志干劲，激发智慧想象。实现梦想的路，就是改革创新、享受新生活的过程。梦想使人生富有诗情画意，梦想使事业绚丽多彩，梦想使社会和谐美好，蓬勃向前。

改革开放以来，22万卓资人民在县委、县政府的带领下，拼搏奋斗，不断实现了一个个梦想，又不断放飞一个个新的梦想。卓资大地旧貌换新颜，工农业生产突飞猛进，人民生活蒸蒸日上，县城从昔日脏乱差的只有3万人的小镇，发展到现在有8万常住人口的园林化城市。

2010年，卓资县委、政府提出新的五大治县方略：农业富民、工业强县、生态绿县、文化育县、旅游兴县。2012年底，新的一届政府组成，王文县长向人代会做政府工作报告，报告中提出：推进“四带”建设（呼集经济隆起带、呼集卫星城镇带、呼集生态长廊带和呼集文化崛起带），构筑“四个基地”（特色蔬菜生产基地、蛋鸡养殖加工基地、化工基地、风光能源基地），实现四个“翻番”（到2017年，全县GDP翻一番多、财政收入力争翻两番、城乡居民收入翻一番、五年固定资产投资总额翻一番），经济跃居全市前列，文化软实力显著增强，生态明显改善，社会更加和谐，为全面建成小康社会奠定坚实的基础。报告赢得了代表们热烈的掌声。

几年过去了，让我们看看卓资人民在寻梦路上走了多远。

生态绿县，建设美好家园

卓资县历史上属于农牧交错区，林业先天不足，有的乡村方圆几十里见不到一株树，生态环境十分恶劣。春季刮起大黄风，看不见对面人影。中华人民共和国成立以来，历届政府都把植树造林当作一项基础性工作来抓。特别是进入21世纪，卓资县实施了“三北”防护林工程、生态环境建设工程、退耕还林工程、京津风沙源治理工程、天然林保护工程、种苗基地建设项目。经过六大林业工程的治理，卓资大地青山绿水，山川秀美，成为呼集区域的生态屏障。公路干道两旁全部实现了绿化、美化，将卓资打造成了连接呼和浩特、集宁的绿色长廊。“按照城中有绿、绿中有城、城市建在园林中”的思路，精心雕琢园林景观，推进街区绿化，完善城市生态景观体系，加快了生态城镇建设步伐。单位庭院和居住小区绿化，适地适树、见缝插绿、拆旧造绿、常年见绿，逐步达到“点上成景、线上成荫、片上成林”的绿化效果。机关单位、公民个人义务植树造林建起的九曲山生态公园，面积7.53平方公里，栽种各类树木100多种，形成了春有花、夏有荫、秋有果、冬有青的生态环境，成为县城人民群众休闲娱乐的主要活动场所。2014年，九曲山公园被国家林业局批准成为国家森林公园。由九曲山公园扩展的郊野公园，规划面积10平方千米，2014年建成部分景区，已对市民开放。富有诗意的卓资山体育公园、湿地公园建设提上了日程。全县森林覆盖率由2007年的14.7%提高到现在的23.5%。

大黑河穿县城而过，过去以脏、乱、差闻名，垃圾成堆，臭气熏天。卓资县政府先后投资2718万元进行了治理，采用翻板闸门技术，聚河成湖，7公里长的湖面波光粼粼，亭阁雕栏画栋，两岸绿树成荫，柳丝轻扬，是情侣最佳散步谈情的好地方，成为卓资山镇的一大景观区。

卓资山镇依山傍水，山是森林公园，沿河是十几里长的游廊，城在绿荫花丛中。晚上最为迷人，山上太阳能景观灯沿着卓资山山体勾勒出一条飞龙景观。山上的点点灯光、高楼上变幻的霓虹灯和天上闪烁的星光，在大黑河水面上交相辉映，把游人带入梦幻般的美景中。美丽卓资，天蓝地绿水净，园林化的城市建设，提升了市民的幸福指数。

文化育县，构建和谐社会

文化是前进的旗帜，文化是支撑社会的骨骼。卓资县委、政府把文化育县列入五大治县方略中，充分发挥文化如水、滋润万物的作用。

县里建立了完备的公共文化服务体系，县城建有文化馆、图书馆、青少年活动中心、老年活动中心和多处体育活动场所。乡镇建有综合文化站，村委会建有村文化室、草原书屋。

城乡节庆活动十分活跃。游九曲灯本来是内蒙古民间传统习俗活动，可如今在全市范围几近失传。卓资山镇建立了九曲广场，“正月十五游九曲灯”已列入了县级节庆活动，规模宏大，每年参加游客10万人次以上，吸引了呼和浩特、集宁等地的游客参加。该项目列入了市级非物质文化遗产保护名录，已经成为卓资县的一张节庆品牌。

每年七八月间，县政府举办广场文化节，在中心广场举办一周群众文艺演出活动，由县乌兰牧骑和各单位社区群众演出团体进行演出。秋天举办斗金山登山节活动，每年还举办春节文艺晚会。2014年，举办了“我要上县春晚”的选拔活动，激发了群众参与文艺演出的积极性，社会反响强烈。正月十四，举办吹唢呐大赛。县宣传部举办的“美德大课堂”活动走进了社区乡村。群众性广场舞，常年不懈。秧歌队四季活跃。

县政府在2010年出台了《卓资县文艺创作奖励条例》，这也是自治区第一个县级政府文艺奖励条例。在县委、县政府的大力扶持下，全县文艺创作活动空前活跃，涌现出一大批文艺人才。近6年来，有一部图书获得自治区精神文明建设“五个一”工程优秀作品奖，有3部图书2首歌曲获得了市级“五个一工程”奖。一批书画作品参加全国、自治区级的展览。县政府正积极申报“中国书法之乡”，争取让卓资县成为中国书画创作基地，打造书画文化。

文化育人，党和政府与群众的心贴近了，市民文化素质有了显著提升，社会风气有了明显改善。社会正能量发挥作用，卓资县公共场所的设施很少有被破坏的，群体闹事现象也很少发生。

工业强县，经济插上腾飞翅膀

卓资县委、政府把工业强县作为重点工作中的重点来抓，紧紧依托县域区位、交通、资源等优势，以建设产业园区为突破口，激活政府、市场、社会三方面的力量，构建政府为主导、市场为主体、全社会广泛参与的招商引资格局。广开招商之门，笑迎八面来客，大力培育电力、化工、冶金、建材、农畜产品加工和矿产品采选为核心的六大产业，形成了相关产业并存、多点支持、大中小型梯次发展、体系完善、富有特色、充满生机的新型工业化格局。目前，全县规模以上工业企业已达34家，工业增加值占地区生产总值的比重逐年增加。2013年，全年实施各类投资项目55个，全年固定资产投资完成46亿元，实现工业增加值37亿元，增长25.4%。

全县已建成旗下营、卓资山、十八台3个工业园区，其中旗下营工业园区规划面积15平方千米，形成以化工为主的产业群，营业收入要率先超百亿元，现已建成占地面积9.5平方千米的厂区，入驻企业13家，已投入资金70亿元，正在申报自治区沿黄沿线重点工业园区。卓资山工业园区规划面积10平方千米，已建成6.58平方千米，入驻企业24家。

工业园区的建成，为全县招商引资搭建起产业集聚的平台，为全县经济实现腾飞奠定了良好的环境基础。

农业富民，改革创新再上新台阶

进入21世纪以来，农民大批进城转产务工已成了大趋势，村里耕地出现撂荒现象，农业越来越成为弱势产业。卓资县委、政府以创新改革的思路，破解三农工作中出现的新问题。

一、转变农业生产经营方式。大力支持各种形式的新型农业合作组织建设，全县培育组建了400多个农民专业合作社和家庭农场；加大招商引资力度，引进一批带动作用强的农业龙头企业；充分发挥合作组织、专业大户、龙头企业的辐射带动作用；推进农村土地经营权流转，全县70%的土地已经流转到新型农业经营组织中，从而提高了农业经营的组织化、集约化程度；推进了农业生产现代化的步伐。

二、调整农业产业结构，发展优质高产高效特色产业，提高农业产值效益。

全县冷凉蔬菜发展到4万亩，草莓种植面积达到1000亩，建成种薯繁育基地1.8万亩；千亩以上的设施农业园区发展到15处，设施农业面积累计突破10万亩。全县2/3的土地种植效益高的优质马铃薯、玉米和甜菜。规模养殖小区发展到25处，生猪、蛋、肉鸡饲养量分别达到10万口、200万只。高新农业的发展，使不少农业规模经营者挣到了钱，农民直接受益，逐步使农业成为朝阳产业。

三、完善农业社会化服务体系，推行科技特派员制度。县乡农业科技人员下到农业生产第一线开展工作科技推广服务。不断完善科技服务、金融信贷、保险服务、疫病防控等农业服务体系，增强农业抵御市场风险的能力。建设农业标准化示范基地，扩大良种普及率。健全农畜产品质量安全监管体系，增加无公害、绿色、有机产品认证数量，加强农产品产地认证工作，提升农畜产品市场竞争力。积极推广“农商对接、农超对接、农贸对接”，减少农产品流通环节，提高农业经营者和农民的收入。

虽然2014年全县耕地面积比2000年减少了一半，但农业总产值却提升了一倍多。

旅游兴县，新型产业方兴未艾

卓资县境内的旅游资源丰富，西有山水草原风光、蒙古族风情、佛教文化、红色文化汇聚的红召九龙湾；南有原始生态森林草原景区明星沟，京蒙古道大榆树，以及富有特色的大榆树乡牛角川生态园、芦草沟狍子寨、桃源山庄等农家乐；东有生态休闲旅游为主的二龙山、草莓园；北有高山草甸草原山花海洋辉腾锡勒；中有急待开发的大平顶山景区，该景区东西长10公里，南北宽1公里，顶上一马平川，土壤肥厚，自然植被良好，风光独特。梨花镇武要古城和卧佛山，紧靠京藏大道。县城卓资山顶公园、九曲山公园和郊野公园已经成为市民消闲远足胜地。

卓资县委、政府将旅游业作为一项支柱性产业来发展，编制了“卓资县旅游产业发展规划和重点景区详规”，出版了《美丽卓资》画册等宣传品，紧紧围绕“熏鸡之都、图书之城、田径之乡、休闲之地”主题定位，主动融入乌兰察布“一心两翼”三大景区的旅游大格局中，打造卓资县“辉腾锡勒草原——金三角熏鸡、图书——聚多源草莓——集宁皮件城”精品旅游线路。县里已经有5家旅行社进驻，开发了红召1日游、2日游，辉腾锡勒1日游、2日游，大榆树1日游，县城1日游6条旅游线路。红召九龙湾引进北京旅游公司2.2亿元资金，已经实施新的一轮开发，到2015年底竣工。2017年7月，县里举办了首届红召旅游文化节。十八台镇二龙山农耕文化影视旅游村项目，总投资5000万元，由本县成功人士与外省客商合作开发，规划打造集乡村旅游、农耕文化、影视拍摄于一体的旅游景区。

2013年，全县完成接待游客34.3万人次，实现旅游收入5488万元，旅游业实现总收入2.5亿元。今年，卓资县旅游业计划接待游客任务是39.4万人次，实现旅游收入6300万元。截至7月底，已完成接待游客22.5万人次，实现旅游收入3600万元。力争到2017年，旅游综合收入达到5.6亿元。

七月草原花烂漫

辉腾锡勒草原是山花的海洋，生长着500多种草种，山花从春到秋渐次绽放，每隔十天半月，不同的花为草原重新梳妆打扮一番，使草原日新月异，常见常新。

7月18日，卓资县草原站站长张雄要到辉腾锡勒草原部署防治蝗虫工作，邀请我一同前往。路上他告诉我，7月下旬到8月初是草原山花烂漫盛开的旺季，这是草原最美的时期。

辉腾锡勒草原由于过度开发，加上风电、光电对旅游景区的挤占，已经很难看到原始草原风貌了。这次张站长领我们到了九十九泉旅游景点。20年前，这里在辉腾锡勒草原属于高端接待景点，它拥有辉腾锡勒草原上最大的两个湖泊——狼素海子和清水海子，后来因为气候干旱，海子干涸了，景点又偏离了草原核心景区——黄花沟，因此冷落了下来。结果反而因祸得福，此处正保留了辉腾锡勒草原的原始风貌：火山喷发遗留下来的湖泊，像一口倒扣的锅，草坡从湖底蔓延上来，宽广壮观，多彩多姿，是草原上的一种特殊类型。此时，这片草原上的山花以白色和蓝色花为主，极少的红花很是醒目，风景也很美。

返程路上，遇到一片黄花开得正艳，美得让人心花怒放。我们赶快停下车走进了黄花草滩。说来我在灰腾梁下生活和工作了40多年，可从来没有见过草原上的黄花这样盛开，就像在绿草地上布满了黄金花朵，美得富丽堂皇。开黄花的草种主要有3种：一是委陵菜，俗名“河备苏”，花开5瓣，花朵为一元硬币大小，花朵中心有20几个雄花蕊，也是黄色，叶长呈锯齿形；二是柴胡，花碎而密，就像草地上遍撒了金钉子，这也是一种有名的中药材；三是野罂粟，俗称“洋烟花”，高高的枝干上高挑着几朵黄色伞盖，在微风中颤颤悠悠地摇动，显得既高贵又风流。还有蒲公英，俗称“姑姑英”，花朵就像鲜黄的太阳盛开怒放。在一片黄花丛中，有地榆花，花序就像鲜红的红枣高高冒出草丛；有低矮的石竹花，开6瓣，鲜红的花瓣上点缀着暗红金点，分外妖娆；有狐尾蓼开着白色花，花型像棒槌；还有地椒椒串地开花，紫色碎花浓香扑鼻。各色花朵点缀在黄色海洋中，为花海增添了迷人的色调。最让游人兴奋的是，草花底下，不时冒出朵朵白色蘑菇，给游人以惊喜。草原上的蘑菇，那是山珍中的精品，风味独特，人人喜爱。

远处农田里有大片油菜花，明黄得耀眼。7月中旬的辉腾锡勒草原，黄色成了草原主色调，黄花烂漫，百花争艳，乃是草原最美的时候。快来草原吧，这里草绿花黄，花香四溢，凉风习习，蓝天上飘着朵朵白云，真是避暑消夏的胜地。

昔日乌盟农民的主餐

在20世纪80年代前，乌盟农民日常吃什么？中午饭五花八门，不一而论，然而早饭和晚饭却都是莜面糊糊煮山药蛋，另加炒面。人们把糊糊喝个半饱，碗底留点糊糊和几块山药蛋，用筷子把山药蛋搅成泥，添加几勺炒面，转着碗，把山药蛋和炒面搅拌成细块粒状，大家就吃这种稀硬结合的饭，无论贫富，几乎家家如此，天天不变。贫富家庭的区别在于：富裕人家的莜面糊糊里加小米，炒面是用纯莜麦面炒出来的；穷困人家的莜麦糊糊里没小米，炒面里除莜面外还添加了草籽面，农闲时只喝糊糊，没有炒面。赤贫人家甚至糊糊里连咸盐都没得加。

过去的乌盟农民为啥一日三餐中有两顿喝糊糊？首先是因为那时候莜麦是乌盟主要作物，莜麦播种面积占农田面积的一半还多，只好种啥吃啥。最根本的原因还是农民穷。那时候农民没钱买煤炭，全靠搂柴拾粪、作物秸秆来做燃料，煮莜面糊糊的水一烧开，撒几把莜面，饭就做好了，最省燃料。煮莜面糊糊时不用加油，即使没加咸盐也能吃。莜面糊糊稀汤灌大肚，节约粮食，这是穷人家的饭。喝糊糊还有好处，那时候暖瓶是紧俏物品，农民随便买不到，我当年下乡的公社就有一半的人家没暖瓶，人们喝了糊糊就省下晚上喝开水。家人把喝剩下的糊糊倒进泡软、煮软的莜麦秸皮壳中，就是猪狗吃的食，一举多得。

农村实行包产到户责任制后，农民解决了温饱问题，饮食有了很大的改善。而且随着农业科学技术的进步，小麦取代了莜麦的种植地位，小麦面粉取代了莜面，成为农民的主粮。莜面糊糊拌炒面逐渐退出了农民的饭桌，但老年农民还是喜欢喝莜面糊糊。

莜面糊糊拌炒面其实是一种健康科学的饮食。莜麦具有抗血脂成分，蛋白质含量高且营养均衡，富含亚油酸，释放的热量和钙高于其他粮食作物，特别是含有其他谷物所没有的皂苷，能够降低血清胆固醇，因此莜面是降血脂、血糖、通便、减肥的食品。山药蛋更是被誉为十全十美的食品，富含钾、镁和维生素。过去乌盟穷，农民常年吃莜面糊糊煮山药蛋，加点家腌咸菜，就保持了基本的饮食营养，那时候的农民很少得心血管病、糖尿病和癌症。现代科学饮食要求人们减少油脂、糖和咸盐的食量，从营养健康的角度出发，家庭中不妨每个星期喝几顿莜面糊糊煮山药蛋，这是谁都会做的饭。

昔日乌盟农村社会世相

岁月长河缓缓流过，遗留下一路珍珠。回首俯视，每一颗珍珠都是历史文化沉淀的结晶，被祖祖辈辈辛勤的汗水和悲欢交织的泪水所浸透，凝聚着百姓人生悲欢离合的生动故事。让我捡拾起几颗，来揭示二十世纪六七十年代乌兰察布农村的世相百态吧。

先从农民的住宅说起。农村住房基本上分为两种类型，一是黄泥土房，二是窑洞。家境好的农家，住房是正房三间，一堂两屋，东屋住人，西屋放粮食和杂物。如果所建的住房属于穿鞋戴帽、砖铺地、有仰尘、满面门窗的类型，那就是豪宅了。所谓“穿鞋戴帽”是指：房屋底层砌着3层或5层过河砖，墙的4角顶部有砖砌屋檐头，山墙沿着两层砖边。普通人家屋里是泥地，椽檩裸露，蛛丝灰尘成串，人们吃饭时，灰尘串掉到碗里是常见的事。因此，砖铺地、有仰尘（纸糊顶棚）就属于高档装修了。窗户下面一层安装玻璃，窗棂上糊一层白麻纸。冬天为了防寒，晚上用胡麻杆编成草帘挂在窗户上，挡风保暖。窑洞不是山西、陕西靠山挖出的那种，而是用土坯或石头砌成的。乌盟不属于黄土高原，绝大多数地方无厚黄土层可挖，只好用土坯砌窑洞。石砌窑洞比较少见，因为修建成本高。

生产队的粮食籽种多放在土坯砌成的圪洞里储存，圪洞就像蒙古包一样，中腰窝开口，用一块块木板插入边框槽里，作为门窗。遇上丰收年，粮食多了，往往采取院里挖坑，就地窖起来。

乌盟农村比较穷困，农家屋里的常规摆设是大红躺柜，几个大缸，正面墙上张贴着年画，挂着相框。有些人家经济困难，置办不起躺柜，但穷人有穷办法。有人发明用铁丝做架，水泥砂浆成板，再用细砂浆抹面，干后再涂红油漆，就成了漂亮的家具。这种水泥柜在农村曾风行一时。不少人家除了水缸是必需品外，再无钱买缸，而缸又是农家生活的必需物品，用来储存面和杂粮等，于是，农民的聪明智慧又派上用场了，办法是脱泥缸。用瓦缸做模型，把和好的草泥用手拍在缸上，干后脱下来，就成了泥缸。泥缸外边刷白泥，里面表麻纸，缸里放白面、莜面，干燥不霉坏，比瓦缸都好。那时候农村木材奇缺，农民只能就地取材，因陋就简了。就连水桶也有是用铁丝、铁条将多块两寸多宽的木板箍在一起，空桶都是沉沉的。

爱美是人的天性，那时候的农民虽然温饱还没有解决，但依然追求屋里的装饰美观。过年时，家家都要在粉刷一新的墙壁上贴年画，直到再过年时才替换下来。屋里正面墙上多数人家都挂着相框，把家人和亲朋好友的照片放进去。外人来家串门，往往都要先看相框里的相片，引发一番家长里短的唠嗑。有品位的人家，墙上挂玻璃画。玻璃画是乡村画师在长方形的玻璃背面用油彩画风景，制作成本5元多钱一幅。卓资县十八台公社青年农民王晋就是画玻璃画的高手。他是一个很聪明的人，玻璃画和鼻烟壶都是从背面用笔勾着画，他去北京看到北京古玩店卖鼻烟壶，就无师自通地画开了鼻烟壶，成了一代鼻烟壶画名师。他的鼻烟壶作品，早在1980年就获得过自治区金奖，开创了鼻烟壶画内蒙古流派。最受农民喜爱的是炕围画。炕围画也是油画，画面多以花鸟风景为主，也有像连环画一样画人物故事。这是纯粹的农民画，里面真有不少佳作，可惜随着房屋改造，都被毁掉了。

农家炕上铺席，席上有毛毡的就算好人家。毛毡容易脏，于是20世纪70年代开始流行开铺油布。油布是在白布上刷漆油，再画上油画风景。这在农村属于奢侈品了。

吃的方面，农民口粮标准全自治区统一，丰年成人每人180公斤原粮，灾年140公斤，生产队生产下的粮食，达不到140公斤分配标准，国家负责返销。12岁以下的儿童按成人标准的70%供应。每人分3分自留地。社员普遍不够吃，半稀半稠度光景。农民家常饭是：早上莜面糊糊拌炒面，中午莜面顿顿，晚上莜面糊糊，莜面糊糊里面放点小米，煮几颗山药蛋，那就是好茶饭了。生产队分配的口粮中，小麦限制在每人20公斤以内，白面稀缺，农民只能以莜面为主食。农家早晚都煮莜面糊糊，是有道理的，一是省粮，稀汤能灌饱大肚。二是省烧火柴，农家普遍买不起煤，自己搂柴拾粪用来烧火，燃料来之不易，自当节省。三是喝了稀饭，省下喝开水，暖壶不是家家都能有的东西。我作为知青下乡时，开上知青办的介绍信，与售货员吵了一架，才买了一个暖壶。四是煮糊糊的洗锅水就是喂猪、狗、鸡的精饲料。那时农家喂猪，饲料是地里的野菜和粉碎的作物秸秆，粮食就像做饭的调料一样用。

下乡知青编了一个顺口溜来形容乌盟："上炕水烟袋，喝水就咸菜，厕所掩不住膝盖，娶个姑娘800块。"茶在农村是奢侈品，有钱也难买到。只有蒙古族牧民凭证一年可以买到半块、一块砖茶。因此，喝水就咸菜成了农家待客礼数，也有农家往水碗里放几粒糖精，让你甜美一回。十个农民九个抽烟，但他们抽不起纸烟，抽的是自己种的小兰花烟叶，人人备有烟袋烟锅。有些青年不愿用烟锅抽，就用旧报纸撕成条，卷烟抽。相比之下，抽水烟那就是高级享受了。水烟枪是在羊腿棒上安一个子弹壳，把子弹壳底部压下去穿孔做成的，一次只能装黄豆大的一团烟丝。烟民伴着如豆的油灯，装一锅烟，就着油灯点着，深吸一口，噗的一声吐出烟灰，再装烟，乐此不疲，很是陶醉享受。乌盟农村历来男多女少，村里的光棍汉很多。儿子一出生，父母就开始为儿子攒钱娶媳妇。农民认为娶媳妇出彩礼钱天经地义。

生产队是集体生活，人多自然火红。田间地头，后生、姑娘起哄取乐，笑骂声一片。小伙子们更是摔跤打闹逞强，来取悦姑娘。老爷们抽着烟锅，海阔天空地吹牛海聊，妇女们家长里短吵吵嚷嚷地说个不停。农闲时，政治夜校也恢复了，大家聚在一起，听下乡干部和队里的学习辅导员读报讲课，学唱歌曲。正月里村村都办秧歌队，男女老少一起狂欢。每个大队都办有文艺宣传队。大队宣传队演出剧目里竟然有《沙家浜》《红灯记》等样板戏，你说厉害不厉害。有一年，我所在的小队竟然组建剧团，上演自编的剧目，而我也是编剧之一，至今想起来仍然觉得惊叹。县里还不时举办文艺会演、体育比赛等文体活动，各公社都要派人参与。

二十世纪六七十年代，乌盟农民的物质生活还比较贫困，但精神文化生活却丰富多彩。农民穷而有乐，乐观向上，精神饱满。

人物写真

张楚县长二三事

今天，朋友圈传来一条微信说张楚去世了，只有66岁。我的心情十分沉重悲伤，不由得想起了张楚县长的一些往事。张楚于1984至1991年在卓资县当了8年县长，任上大力推进改革，使卓资县成为当时全国3个改革试点县之一。当年卓资县卖政府、卖干部、卖公车、卖户口等一系列改革措施名噪全国，轰动一时。

张楚推进改革的目标是政府精兵简政，实现廉洁小政府，让利于民，鼓励干部下海，促进民营企业成长，推进市场化。所谓“卖政府”，是把处于县城黄金地段的县政府大院拍卖给民营企业、金融单位，促进民营企业成长。“卖干部”是指鼓励干部下海，按干部工龄职务付给下海人员一定的经济补偿，脱离行政事业机关。全县第一批下海干部共有10人，比如县共青团书记，下海补贴了5万元。“卖户口”是指农民交3000多元城市建设费，就可落户县城转产工商业，加强小城镇建设。还有在全国第一个取消了市民粮食供应本，每月按人口给一点补贴，市民到市场上自由买粮食吃。那时，市民每人每月供应15公斤成品粮，其中小麦面粉等细粮只占30%。现在回过头来看，这些改革措施全国各地多有效仿，有的已经成为正常现象，不足为奇了，但不应该忘记这是卓资县第一个带头破题的。

有些改革直到现在还属于超前阶段，比如精兵简政。当时全县只留下8个科局级单位，全县吃财政饭的干部不足千人，而同等人口的相邻旗县有科局级单位五六十个，干部人数五六千人之多。我当时在哈达图乡政府工作，全乡干部最多时有18人，而相邻的外旗县乡政府却有七八十人。张楚当政时，奠定了卓资县财政人员低于编制基数的底子，使卓资县后来的发展能够轻装上阵。

张楚把全县各单位的公车，除了给县公安局留了两辆之外，其余都收回拍卖了，领导干部下乡或外出用车都得到车市里雇。公车过度使用已经成为一大社会问题，以习近平为总书记的党中央，大力整顿公车的使用，收回了干部超编用车，受到社会一致好评。而卓资县早在1985年，就取消了政府公车的使用，令人敬佩。

张楚廉洁奉公，亲民爱民，平易近人。他常年穿一身旧军装，冬天披一件黄颜色的军大衣，每天都要在街头转几圈，没有任何陪同人员，市民可以随便与他在街头说话。听说他的母亲带着张楚的子女来县里看他，招待所安排了一桌丰盛的酒席，结果张楚妈妈把张楚骂哭了。张楚刚当县长时，县里国有企业招工，张楚主张实行社会公开招考，这是全县历史上第一次公开招工考试，我邻居家的姑娘顺利考上了。邻居高兴地对我说，咱一个搬运工没有一点后门，子女能招考进国企，这真是沾了张楚的光。县科技组（相当于后来的科技局）有一个副组长搞了一个林业科研项目，申请一点科技经费。张楚说，你要搞研究，就调到县林业站、林场去搞吧，管项目、管钱的人不能自己搞科研项目花钱，这是一条原则。管钱的人花自己管理的科研经费，是政府机关的顽疾，张楚早就意识到这种行为容易产生腐败。

张楚属于改革强人，有明显的人治色彩，一旦有人“惹”着了张楚，那个人的麻烦就大了。国营良种场是我原来工作过的地方，县农业局的一位员工写了一篇表扬良种场的新闻报道，发表在《乌兰察布日报》上，引起张楚的关注。有一天，张楚到十八台乡政府检查工作，他骑了一辆叮零乱响的旧自行车，没有让人陪同，一个人直接去良种场了。乡政府离良种场有9公里路。场长姓刘，中年人，平时就有点吊儿郎当，他坐在良种场后院的一堵半截砖墙上，就着花生米，喝着半瓶烧酒，张楚从身边骑车过来，特意盯着他看，可他理也没理。张楚进了办公室，会计正在喝茶看报。张楚说找场长，这个会计看张楚穿一身旧军装，骑一辆破自行车，就有点小瞧他，还打官腔说：“有啥事？场长是你见的？”张楚说：“我是县长张楚，你把场长找来。”小会计吓坏了，赶快把刘场长找来。张楚一见就是骑在墙上喝酒的那个人，脸一下子黑了下来，当场也没有过分发火骂人，只是问了几个数据。张楚回去以后，县政府下了文件，良种场改制下马了，刘场长与职工一样分了十多亩地，变成了庄稼人了。张楚搞改革，真砸人的铁饭碗。

张楚在卓资县得罪了很多人，因此，在卓资县有关张楚的谣言满天飞，但是从来没有一条谣言能落实在具体的事或哪个人身上。张楚临调走那一年，开科局级大会时落泪了，他说卓资县改革，实际上是自我剥夺了政府机关的一些权力，剥夺了当官的人的一些特权，比如让大家没车坐，没有了公款请客的机会，连子女都没有安排工作，相比其他旗县，让大家跟着他受苦吃亏了。卓资县在全盟最先出台了招商引资政策，可是成效并不大。

有一年，盟里领导去山西省参观回来，决定在全盟大张旗鼓地推广100万亩丰产沟栽培。这是包产到户以来，乌盟的第一项大型农技推广项目。我认为这项技术不符合乌盟的实际情况，不宜推广，写了6条反对意见。张楚县长和朱宣书记看到后，向我了解情况，并向县里农业科技人员和乡村干部做调查了解，指示各乡镇都要积极试验示范，但大面积推广一定要因地制宜。结果这项技术在卓资县可以说是按兵不动，其他旗县搞了两年之后，不了了之。

张楚从政光明正大，不喜欢玩手段。县里选县人大代表，历来县长作为推荐代表，都要分配到乡下选区去选举，一般来说都可以稳获高票当选。可张楚却在县直机关参加竞选，又定了县政协办公室主任陈英久作为竞选对手。陈英久是一个深得民心的好人，结果张楚只比陈英久多了30多票。事后有些老同志说，张楚这人一方面可以说太自信了，另一方面也可以说他缺乏从政经验。张楚反对干部无事下乡扰民，反对搞形式主义。他说农民比干部更用心种地，也更会种地，反对向农民乱摊派。在他当政期间，全县农民负担是最轻的。当年我种的4亩承包地，税费只有26元，后来涨到60多元。农民都说张楚好。

张楚重视科技工作。我记得我向县农业部门的领导汇报我新育成的京卓一号大麦新品种，张楚知道了，找到我说去试验田看一看。他当即在市场上租了一辆车就走，县里农业部门和广播电视站的人听说后赶快在后面开车紧追。一个县长就这样下乡去了，现在说出来恐怕大家信也不敢信。有一次，我险乎挨了张楚的批评。那一年，我们乡里普遍种植了我刚育出的一个小麦新品种，又遇上风调雨顺的年景，小麦长势特别好，只是小麦出穗后，遇到了黏虫问题。县政府紧急布置安排村民灭虫。我们乡政府有一位领导问我，如果黏虫把小麦叶子都吃光了，会是一个什么样的情况，我说能够造成减产17%。张楚来到我们乡检查工作，这位乡领导大大咧咧地对张楚说，智广俊说了，即使黏虫把小麦叶子都吃了，也顶多减产17%。张楚听后大怒，说智广俊说话太不负责，减产这么严重都不当回事，还当什么农业科技人员。在场的另一位乡领导赶紧解释说，智广俊不是反对灭虫，他本人刚背着喷雾器下地喷农药去了。这才消了张楚的怒气。1986年，“文革”后首次评选自治区劳模，县里科技部门把我推荐上去了。我当时自费育成内蒙古第一个莜麦品种，育出的旱地新品种80混2已经在县里示范推广，可谓科研成果突出。但我好给领导提意见，当时自治区农委刚以正式文件转发了我对全区种子工作的一封批评信，惹出了不少麻烦。因此，县委、县政府开会商定推荐劳模的名单时，有人明确提出反对推荐我当劳模。事后有工会干部对我说，你能当上劳模，是因为幸运地遇到了张楚这样开明的领导。

张楚走了，卓资县人民怀念你。

永志不忘的缅怀

得知甘铁生老师于2018年7月17日去世的消息，我深感悲痛。我与甘老师仅有两面之交，但他给予我文学上的指点和小说作品出版上的帮助，永志不忘。

2015年，我完成了长篇小说《麦颂》，因为小说写的是知青和人民公社的事，当时属于敏感题材，找了几家出版社，都不愿接手，出版遇到了困难。

2016年8月，集宁区文联邀请中国作家协会的几位老师来集宁讲学交流。内蒙古文联原副主席满都麦给我打来电话，让我来集宁一趟，他要领我见北京来的几位老师。我兴冲冲地来到了集宁的宾馆，见到了王巨才、柳萌、其其格和甘铁生等老师。满都麦向北京来的老师推荐了我，重点说我写了一部知青小说，面临出版困难。那几位老师让甘老师先看，我把书稿交给了甘老师，就回去了。过了三四天，满主席给我打来电话，说甘老师约我见面，谈书稿的事。我从卓资山赶到集宁已经是下午5点多了。甘老师很热情地接待了我，他已读完我的书稿，对我的书稿给予了肯定，说已经达到了公费出版的标准。我连遭挫折，心有余悸，就说，不敢奢望公费出版，能自费出就很满足了。甘老师笑了笑说，那就比较容易办到了。他给了我一个电话号码，让我到北京，找中国文联出版社的一位主任编辑，他晚上会给那位老师打电话做介绍。甘老师还对我的书稿写了评语，现抄录如下：1.充分肯定《种魂》（原名）的主题旨趣；2.其中揭示的矛盾具有现实意义，如官僚主义、结伙营私、造伪钓誉，以及压制良善能人；3.知青描写真切感人，的确是知青的真实写照，我读罢很感动；4.题记及封底用语很欣赏，赞同；5.不足之处，以叙述为主，冲淡了可读性。建议：以视觉画面来描述，将色彩、场面、人物鲜明的个性……有冲击力地表现出来。特别要注意每个人的个性语言。甘铁生，2016年8月5日。

甘老师是台湾人，在北京出生、上学。1968年，在山西省太谷县知青插队下乡，在农村待了多年。在以阶级斗争为纲的年代，我想甘老师的家庭出身，是免不了要吃点苦、受点委屈的。但甘老师没有对我说一句消极的话，而是兴致勃勃地谈起下乡时的往事，他把苦难当作趣事来谈，充满了乐观精神。他说我写的这部小说，真实地再现了当年知青的生活，就是那么回事。我们交流了对几本具有代表性的知青小说的看法。他说，你写知青与其他人不同，可谓独树一帜，充满励志色彩，积极向上，这也是我看好你这本书的原因。他说他很了解我的小说内容，不像一些人对腐败问题一味地夸夸其谈，以骂来逞能，而是客观理性地谈了对腐败问题的看法，表现了一个爱国爱人民的知识分子的胸怀和气度。晚饭是我与甘老师、满主席等同志一桌吃的，我要结账，被甘老师拦住了，说有接待办负责，你个人就不要花费了。我没有请甘老师吃一顿饭，反而蹭了一顿饭，真是太不够意思了。

我的儿子在北京工作，春节前我到北京，想见甘老师一面，打电话他不接。我与我的书的责任编辑联系，她告诉我甘老师得了肺癌，闭门谢客。我说，寄点东西总可以吧？责任编辑说，甘老师是一个自尊自重的人，一般不愿接受别人的礼物，我无法帮助你。我只能抱憾终身了。

文学是薪火传承的事业，甘老师走了，我要接过他手中燃烧的火把，在文学的道路上继续前进，争取多出成绩，来告慰甘老师。

瓦窑巷里的女同学

瓦窑是卓资山镇东街的一条巷。小时候我到东完小上学，路过瓦窑巷口，总要往巷里瞄几眼。巷里住着几位女同学，她们是吕佩枝、连成英、赵桂荣、马荣丽和巷口的徐克弟。她们像美丽的蝴蝶一样飞出，吸引着少年的我。巷里只有一位男同学，叫闫二万，腼腆得就像一个姑娘，他像护花使者一样跟在女同学身后。

花季少年情窦初开，男女同学产生了神秘的好奇感，但披着一张“封建”的盔甲，想说而不敢说，想接近却自我划了一条界线，因为，一有风吹草动，身边的同学就要围观起哄，下场不堪。我与徐克弟同桌，开始两人相处和谐，当有了会心一笑的感觉的时候，我就开始自我保护了。有一次，徐克弟写字时胳膊肘子探过了书桌这边，我不客气地给了她一肘子，她哭了。这件事让我在毕业操行评语上落下了一条老师鉴定：与女同学团结较差。这件事让我后悔了很多年，小学毕业后，我再也没见过徐克弟，我早想当面向她道个歉。

那时候，男女同学在班里一般是不说话的，但也有例外，麻明珍和吕佩枝情商特别高，她俩就打破了“封建”界线，我们男同学很自然地与她俩交往。麻明珍担任少先队大队长，男同学对她有一种天然的尊敬。吕佩枝有一段时间坐在我背后。我那时比较调皮捣蛋，常常用后背顶课桌，欺负女同学。但我从来没有顶过吕佩枝的课桌。我们每次完成课堂作业，吕佩枝总要与我们前后桌的同学对答案，有了疑难题，相互间也要讨论，这就避免了我粗心做错作业，使我受益匪浅。吕佩枝后来走上社会，如鱼得水，颇有成就，是我们同学中的富婆。这证明了情商高的人更能适应社会，更能有所作为。

连成英的智商在我们班里最高，思维敏捷，每次考试都名列前茅，是我在班上学习的强劲对手。但她自视清高，不屑理睬比她差的同学。临毕业时分发个人照片，南窑子村来的同学田文玉的座位就坐在她前面，田文玉向她索要一张照片，她就不给。结果田文玉不管不顾，抢了连成英一张照片，连成英追着要，把教室里的课桌摔得稀里哗啦，同学们笑得前仰后合。时隔多年，我与田文玉说起这件事。田文玉现在都佩服自己当时的勇气，但他有点后怕，留下了心病，直到现在他都怕见连成英，连同学聚会都不敢出席。我打趣说，连成英，你应该主动向田文玉示好，谁让你当年那么优秀，你不能“残酷”对待男同学对你的仰慕之情。

赵桂荣从小腰杆就挺直，一本正经的样子，不苟言笑。她比我们都懂政治，有股霸气。应了一句老话，性格就是命运，她是我们班唯一的大学本科生，第一个加入中国共产党，后来分配到中学教书，教的是政治课，还当了中学的副校长。但她不满足于给学生娃娃讲政治，主动要求到警校讲课，把人们敬畏的警官训得一愣一愣的。这次同学聚会照相，她是指挥者，天生有股巾帼不让须眉的劲。

我与马荣丽不在一个班，相互没有说过话，但她给我留下了较深的印象。她那时常穿列宁上装，头上戴个蝴蝶结，亭亭玉立。她聪明好学，是乙班的学习尖子。在这次聚会上，有一个同学说起，某某同学曾说自己想娶马荣丽，还闹出一起风波。某某同学面不改色地说，马荣丽聪明漂亮，那是班里男同学的共同心理。姐不在江湖，江湖还流传着姐的传说。马荣丽，你想到了吗？你的魅力至今还在。

联欢会上，赵桂荣、吕佩枝和连成英的歌唱得都很精彩。赵桂荣、吕佩枝唱得大气磅礴，连成英唱得韵味十足，给了我震撼的感觉。瓦窑巷里的女同学就是厉害，你们活得精彩，我为你们鼓掌。

山花烂漫时，他在丛中笑

察右前旗文学艺术创作异军突起，呈现百花盛开、异彩纷呈的景象。2007年以来，共出版文学图书8部，填补了旗里50多年没有出版过文学图书的空白，其中两部图书获得乌兰察布市精神文明建设“五个一工程”奖。去年以来，旗书画艺术界13名作者的37幅作品分别参加市、自治区和全国书画作品展，旗美协主席孔庆权的国画《妙峰秋韵》获第六届中国当代山水画展作品入选奖，并被评为中国当代山水画300家；《秀美山河》获全区第四届中国画展三等奖。武景剑、赵介忠的国画也多次在自治区级的画展中展出并获奖。旗书协主席赵龙的书法、篆刻入选了“海西杯”全国书法篆刻大展，并获奖。苏少灵十字绣《清明上河图》获得全市首届民间工艺美术展一等奖，并受邀在自治区首届文化艺术精品展现场演示。刺绣和布老虎民间工艺已经在旗里实现产业化开发。哈斯、孟淑珍、张芳的剪纸在全市崭露头角。旗摄影家协会主席王耀华有29幅摄影作品被有关图书选用。全旗文联共发展旗级协会会员227名，有1人加入中国书协，11人分别加入自治区作协、书协、美协，33人加入了市文联各级协会。

前旗文艺队伍逐年壮大，文学艺术事业蓬勃发展，极大地活跃了全旗人民的精神文化生活，为全旗“两个文明”建设做了突出贡献。社会各界人士普遍认为，这些成绩的取得，离不开旗文联的领导、组织工作。旗文联主席张斌被公认为是旗里文化艺术事业的领军人物。

张斌是一个人才。他通过自考拥有两个本科学历，工作上的每一次重要变动都是通过公开竞争考试取得的。旗农委公开选拔秘书，张斌以优异的成绩入选；旗委办公开选拔秘书，他又入选；盟组织部公开选拔青年副处级干部，张斌入围，并被选派到清华大学人文学院进修，可那批入围干部都没安排，张斌只能继续待在文联这个看似清闲的单位。是金子在哪里都要闪光，是骏马到哪里都要奔驰，张斌在这个单位工作照样干得风生云起，有声有色。

搞好文化艺术工作，关键在人才，人才在哪里？对一个国贫旗来说，外地人才引不来，只能就地挖掘培养。张斌就当起了发现培养人才的伯乐。他待人真诚热情，礼貌周到，温文尔雅，唯才是举，旗里的几位出书的作者如陈俊香、武建国、常耀宗、李林艾，都离不开张斌的鼓励与支持。张斌是他们作品的第一位审稿人，为他们的创作出谋划策，提出改稿意见。武建国的长篇小说《惊蛰》，原稿60多万字，张斌帮助他压缩了十几万字，使作品更加精炼，并为他写了长篇序言，积极宣传介绍。王耀华是一个开照相馆的农民，有摄影天赋，张斌鼓励并引导他往摄影艺术创作的道路上走，使他在摄影艺术创作上取得不俗的成绩，并提名他当了旗摄影家协会主席。南国忠是一个个体户，有很高的漫画天赋，作品多次在国家级报刊上发表，最近张斌正积极帮助他出版《南国忠漫画集》。旗文联连续主办了8届全旗性大型书画作品展，为全旗书画艺术人才搭起了展示他们才艺的舞台。

2007年，张斌与旗文联同志经过多方争取，终于获得旗领导的支持，由旗文联创办了《黄旗海》文学期刊，他担任主编。这份杂志办得大气漂亮，大16开本，每期发表10多万字的文章，配有书画作品彩色插页等，在全市文学刊物中独树一帜，获得广泛好评，全旗各界人士争相传阅收藏。《黄旗海》期刊已出版9期，发表了100多万字的文学作品。他为这份刊物浸透了大量心血，篇篇文章都要反复审阅修改，到处联系作者组稿。通过这份刊物培养、团结了一大批作者和文学艺术爱好者。

张斌本人才华横溢，书法作品飘逸大气，自成一格，多次参加区、市书画展，他是自治区书协会员。他的散文真实感人，厚重励志，多次在市级、自治区级报刊上发表。《生命的重量》一文被全国性知名刊物《青年文摘》转载。《感念清华》一文收录在《乌兰察布散文选》一书中，他还主编出版了《察哈尔右翼前旗风土》一书。2009年，他发表了《察右前旗城镇形象的民族特色塑造与系统构建》和《规模、特色、资源和人文集成的优势与产业》两篇论文，体现了他较高的理论素养和把握宏观大局的视野及能力，令人耳目一新，受到旗领导的重视和社会的好评。

去年，旗里召开全市“两个文明”建设现场会，张斌参与了电视专题片、宣传画册、专场文艺晚会、解说词等文稿的撰写，受到有关方面的肯定和好评，他被旗委、旗政府评为全旗首届十佳公务员。在自治区文联召开的经验交流会上，他作为乌兰察布市唯一大会发言代表，介绍了如何开展旗县文联工作的经验。

如果张斌能够专注文学、书法创作，必然能获得更大的成绩，可是他却把大量的精力和时间用在了培养作者、帮助其他作者的创作上了。他每天有看不完的书稿，谈不完的话。我对他不能专心致志搞创作表示遗憾时，他却大度地对我说：一花独秀不是春，万紫千红春满园。我曾与他进行过有关事业与人生的对话，他仅用两个极简单而通俗的词做了概括，就是责任、信心。我想，这就是他的人生观的真实写照。

张斌有着“待到山花烂漫时，她在丛中笑”的广阔胸怀，以当一个文学艺术园地的园丁为乐。

执着追求前程远

他出身于普通工人家庭，高中毕业后，在社会上打工，经历坎坷，生活曾一度陷于困境。但他在文化事业上开辟了新领地，在新闻天地里干出了大事业，新闻写作、文学创作颇丰。他的散文集整理完毕，即将要出版。他是日常生活中的穷汉，文化知识上的富翁。

他貌不惊人，穿戴不讲究，一副憨厚的面孔，一脸谦恭的笑容，朴实地像一个民工。但他有着天下风云尽收眼底的视野，写得一手华美文章，全旗的大事、要事通过他的笔端见诸报刊，世人通过他的文章随时了解认识前旗，他也因此成为全旗、全市的知名人士。

他就是常耀宗，34岁的年轻人，察右前旗宣工委的借调人员，《察右前旗报》的主笔和主编，《黄旗海》杂志的特约编辑，市作家协会理事。曾被评为察右前旗十佳青年，全市宣传思想工作先进工作者。

常耀宗自幼爱好文学，虽然在读高中时就显露了文学才华，但严重的偏科使他没有走进大学的校门。他只好进工厂干活、开车，出外打工，干过多种行当。但是不论打工生涯多苦多累，他都没有放弃对文学的爱好。他嗜书如命，到处借书阅读，自己订阅《读者文摘》等书报，刻苦自学。在自学的同时，他尝试向报刊投稿。1996年，《乌兰察布日报》发表了他的散文处女作《思念》，从此一发不可收拾，常见到他的散文和新闻报道出现在《乌兰察布日报》上，省级报刊也登载了他的文章稿件，一个文学新人崭露头角。

2001年3月，由宣工委主办的《察右前旗报》复刊，这也是前旗旗委的机关报，常耀宗从陶瓷厂借调到报社。报社连社长在内只有3个人，常耀宗他们3个人风风火火地把报纸办起来了。常耀宗的身份是编外人员，社内的苦累活自然是由他来干。投来的稿件先由他审阅初选，接着由社长审阅定稿，再由常耀宗抄写校对，然后编辑排版，再送往市印刷厂排版出清样，常耀宗再三校对无误后付印，期期如此。《察右前旗报》复刊后，共出了210期，期期凝聚了常耀宗的心血。4年后，社长和另一位编辑调走了，常耀宗一个人承担了出报的全部工作，时间长达3年多，直到去年底报社才增添了人员。常耀宗不光编报，还经常被派出采访、组稿、摄影、写稿，期期报纸都有常耀宗的文章，他逐渐成为报社的首席记者，写一些重要文章。旗里组织大型文体活动，也由常耀宗来撰写解说词。同时，他采写的新闻稿大量地被市报、自治区级报刊采用，他连续5年被《乌兰察布日报》评为优秀通讯员一等奖，两次获得市新闻奖三等奖，连续3年被旗委、旗政府授予"新闻工作先进个人"。2007年，被团市委等部门授予首届"乌兰察布青年科技创新二等奖"的荣誉称号。

作为一个新闻工作者，虽然工作忙碌紧张，有时甚至是十分的疲惫劳累，但工作能够出业绩，这是值得欣慰的事。谁知在这风光的背后，却隐藏着常耀宗个人的心酸与无奈。从2001至2006年，常耀宗只是报社借调过来的一名临时工，每月工资450元。起始阶段更是只有200元，这点钱还不及一个民工月工资的1/3。他干的是牛马活，做出一流的成绩，突出的贡献，却只能享受"少料缺草"的待遇。所在单位的领导和同事都为他转正的事积极奔走，可是一名临时工要想成为政府宣传部门的机关工作人员，谈何容易。常耀宗挣这点钱，连养活一个人都很困难，而他还得养家糊口，还有父母双亲需要他去孝敬，常耀宗真是如牛负重。为了谋生，常耀宗在工作之余揽上了给户家配送煤气罐的差事，早、中、晚的时间，常耀宗扛着煤气罐奔走在大街小巷，楼道平房，风尘颠簸，艰难谋生。

常耀宗的身上有一股永不放弃、执着追求的精神，无论生活多么困苦，遭遇如何不公，身上始终洋溢着乐观的情绪，永远积极向上。他安贫乐道，在困境中依然潜心自学，发愤创作，勤奋工作。有道是：顽强拼搏路自通，执着追求前程远。常耀宗终于感动了“上帝”，前旗政府公开招聘电视台工作人员，常耀宗以出色的成绩，如愿应聘，成为政府事业单位的工作人员。宣工委以借调的形式，让他继续回到报社编《察右前旗报》，同时兼摄影、外宣工作。

常耀宗写新闻的特点是：视野开阔，情况了解得扎实，上能吃透中央精神，下能反映民间实情。因此，文章立意高，新闻敏感度强，言之有物，稿件常为报刊所采用。就以2008年他采写的稿件来说，《察哈尔工业区成为农民致富的聚宝盆》在《光明日报》上发表；《李明玲回家探亲不忘为家乡美容》的新闻稿，反映了一位女大学生有强烈的环保意识，暑假回家到公园捡塑料袋垃圾的故事，上了《内蒙古日报》的社会新闻头条。常耀宗写重大题材的新闻得心应手，掌控自如，屡出佳作。他写的《风正一帆悬》《走在工业大道上》《出海扬帆正当时》《走上跨越之路》等重点文章，几乎把察右前旗工作的主要亮点都写到了。笔者写一篇有关前旗的文章，去有关单位落实情况，询问数据，一时得不到准确的答复，结果常耀宗随口就说了出来，核实无误。笔者惊叹他比部门秘书掌握的情况还熟。他说这是职业养成的习惯。他对察右前旗的事，事事留意，处处关心，简直就是一部前旗的活字典。

《察右前旗报》办得很活跃，有着良好的声誉，深受全旗人民的喜爱。报上开辟有《改革开放三十周年巡礼》《科学发展，各抒己见》《现场新闻》《感悟生活》等栏目。副刊办得尤其出色，上面既有外地名家赐稿，更多的是本旗作者的作品。副刊成了察右前旗文坛的一块阵地，团结培养了一大批文学事业爱好者，繁荣了前旗的文化生活，为全旗人民提供了健康的精神食粮。在长达8年的时间里，常耀宗一直担任副刊的编辑，最近刚由新人接手。常耀宗为此付出了巨大的心血，功不可没，在前旗文坛起到了一个伯乐的作用，他是前旗作家协会副主席兼秘书长。相当长的一段时间内，常耀宗很穷，是单位的编外人员，很没地位，但他却获得了许多人的敬重，许多德高望重的长辈及县级、科级领导都称他为常老师。

常耀宗擅长写散文。他不写那种无病呻吟、儿女情长的无聊之作，他的作品散发着一种积极健康的清新气息，比如《放弃》《真诚》《告别》等作品，哲理性很强，读来富有教益。其中，创作的四条格言被收录进《中外哲理名言》文集中，有两篇言论收录进《党魂耀中华》文集中。

常耀宗在文学批评上很有建树，他对市里作家的作品多有点评，对闫曼丽、丰建国、张斌、中流、王晓平、王裕熙、韩永宾等人的作品都发表过评论文章。他写的文学评论，言之有物，分析透彻。他提倡一种干预生活、联系现实、积极健康的创作主张，受到作家与读者的好评，被誉为市里文学批评领域里的一匹黑马。

常耀宗与去年播放的优秀电视剧《士兵突击》里的主人公许三多有几分相似，那就是有一股不放弃、不抛弃的劲头，大智若愚，执着地往前走。当然常耀宗是一个文人，他比许三多有着更多的灵性和才气，他将会走得更远，攀登的目标更高。

把美留住

我几乎天天上土贵山锻炼。站在土贵山上四下瞭望，土贵乌拉镇全貌一览无余，也许是司空见惯的原因，我对小镇风景没有什么特别的感觉。有一期《黄旗海》杂志的封底登载了一幅《土贵秋色》的摄影作品，令我耳目一新。该作品把土贵乌拉镇秋天最美的一瞬间留了下来，给人一种美的艺术享受。这幅摄影作品让我感叹：艺术作品确实是源于生活，又高于生活。我记住了摄影作者的名字：王耀华。我奇怪的是：望海楼是土贵山上最高的建筑，可照片上却有望海楼图景，把土贵镇环山全貌都照了进来，镜头的广角该有多大，莫非是乘坐直升机拍摄的？

后来我翻阅《察右前旗志》《风采察右前旗》画册等资料，得知其中不少历史图片和摄影作品都出自王耀华。向人询问才知，王耀华是一位50多岁的农民，在镇里开一家“艺华照相”馆。一位老农民开照相馆，拍摄出如此出色的艺术风景照作品，实在令人惊奇。

乌兰察布市召开第一届文代会，我在会上认识了王耀华，他作为前旗摄影家协会主席也参加了会议。王耀华高高的个子，白净的面孔，留着短胡髭，戴黑边框眼镜，一幅儒雅气派，谈吐更是不俗，哪有丝毫老农民的影子。只有经过深入交谈，才会发现他的骨子里还保持着农民纯朴、善良、自尊自强的品性。

我去照相馆拜访王耀华。上楼推开照相馆大门，迎面走廊墙上张贴着王耀华的摄影作品，比《土贵秋色》更长更大的作品还有两幅。一幅是磨子山瞻礼百年纪念图，把瞻礼活动全景照了下来，可以作为史料来保存；第二幅是土贵乌拉镇全貌，长1.8米，把土贵乌拉镇全部囊括进来，连通过的火车车厢上的字体都看得出来，也不知作者是站在什么角度拍摄的这样立体的大景观照片。墙上还张贴着动物、花木风景艺术照，更多的是人物肖像照。人物肖像照才是王耀华摄影的最强项，养家糊口的真本事。

我在与王耀华的交谈中，首先问他没有乘坐直升机的条件，咋照出像《土贵秋色》《土贵乌拉镇全貌》等大景观照片？王耀华得意地透露了秘密：“《土贵秋色》是我爬上山顶上移动公司立的电信接收钢塔上照的，由7张照片拼接而成。《土贵乌拉镇全貌》是爬上西山顶移动通讯塔照的，由6张相片拼接而成。我把秘密告诉给来前旗采风的摄影家，可谁也不敢爬钢塔摄影，所以我拍的这几张土贵乌拉大景观的照片就成了孤品，成为旗政府等有关部门宣传前旗的首选照片。”一个50多岁的人为了摄影艺术爬上五六十米的高塔上照相，是得有点胆略和勇气的，难怪他能拍出别人难以企及的艺术照。

我问他，你作为一个农民，咋能抓拍到国家教委、自治区、市领导视察前旗的新闻照片呢？王耀华告给我，那是被视察单位特意请去拍照的。王耀华的摄影技术在前旗家喻户晓，单位、企业以及家庭有重大活动，常常请王耀华去拍照。王耀华自尊自强、不卑不亢，虽然是农民身份，但在众多记者群中照样积极抢抓镜头，往往照出一流的新闻照片，有的入选了察右前旗档案馆，成为旗里永久史料。市史志办也曾征集选用了他拍的照片。

有人说，摄影是一门遗憾的技术，有些景致时过境迁，不能重现，一旦抓拍不到，难以弥补，空留遗憾。有人说，照相是一门最难获得顾客认同和满意的行当，原因是人们往往有自负的心理，即使本人相貌丑，也总认为是摄影师技艺不高，相片把自己丑化了。我在王耀华工作室漫谈期间，王耀华一边给顾客照相一边与我谈话。他给顾客随照随打印，顾客面对照片往往会露出满意的微笑。我仔细端详王耀华照出的照片，发现他特别注重对人的眼神的抓拍，这是他拍的照片能够取得出彩传神效果的一个原因。他还有一手过硬的照片整修技术，可以随意消除脸上的黑斑小疙瘩，调换相片背景。薛立恒出文集，选用的就是王耀华拍的照片。薛老意气风发地站在青岛海滩边上，特别精神。我赞美这张照片照得好。薛老说，还是王耀华移花接木的水平高，人像是在王耀华照相馆拍照的，海滩背景是王耀华给置换的。王耀华照人物肖像确实有一手，2009年，察右前旗召开“两个文明”现场会，出一本宣传画册，特意聘请著名摄影师采风拍照。这位聘请来的摄影师是王耀华的好朋友，他在画册中选用了王耀华23张摄影作品，其中时任旗委书记陶克涛的肖像就出自王耀华之手。

在漫谈中我了解到，王耀华身世坎坷，他凭着一股不服输的勇气打拼出如今的事业。王耀华于1954年出生在察右前旗大纳令沟村，家庭成分是小土地出租。“文化大革命”时期他在村里小学读书，他的父亲是一位天主教徒。造反派把他的父亲作为牛鬼蛇神来批斗，他所在的小学由老师带队参加批斗会，他的班主任老师硬是拉起王耀华的胳膊让他跟着喊打倒他爸爸的口号。王耀华哭着不肯喊，挣脱老师的拉扯，离开了学校。从此，他结束了最爱的读书生涯，成为生产队的一名小社员。作为一名家庭出身不好的人，他只能老老实实地干活，一直待在村里劳动。王耀华在22岁那年，公社从各大队抽调几个修公路的借勤民工，他经过争取抓住了这个外出劳动的机会。所谓借勤工就是上级无偿抽调生产队的劳力修公路，生产队给外出借勤工照样记工分，但工地给借勤工每天补助6毛钱，6毛钱对当时的农民来说也是一笔不小的收入。王耀华暂时离开让他窒息的山村，就像鱼儿放入了大海，很快就显示出他的才华和能量。带队公社干部看他可靠能干，就委任他为小排长。修完公路，他带领的队获得了一面“先进集体”的旌旗，本人也获得了“先进个人模范”。大队领导很高兴，就把他抽调到大队水利专业队劳动，并委任他当了水利队的会计。王耀华虽然小学都没毕业，但他好学爱琢磨，喜欢搞点小发明，尤其对电无师自通。王耀华被下乡的旗武装部部长看中，抽调他在旗武装部搞“夜间射击闪光器”和“夜间自动报靶器”。王耀华用了两个月时间，成功发明了“夜间射击闪光器”，受到武装部领导和民兵们的欢迎。

正当他开展“夜间自动报靶器”研究时，赏识他的那位部长调走了，新来的领导抓别的项目，王耀华只好回生产队劳动。

王耀华虽然回了村里，但他的心已经“野”了，时刻琢磨想干点属于自己的事。这时，村里有一位从呼和浩特市随父亲下放农村的青年，已经29岁了，还没娶媳妇。这位青年从呼和浩特市买回一个照相机，用以排解精神苦闷，也想给人照相挣点钱。他找王耀华帮忙做一个能自动调节曝光时间的印相箱。这是王耀华第一次接触照相机，并在给那位青年朋友帮忙中学会了洗相技术。照相机对王耀华的吸引力实在是太大了，他就筹款借钱，花了105.20元买了一个珠江牌照相机。卖照相机的售货员教给他简单的操作技术，他便开始了照相生涯。

王耀华买照相机的目的很明确，那就是要靠照相谋求一条生活之路。王耀华开始给村里和周围村里人照相，人家对照出的相片满意了，他就收取微薄的报酬，不满意就只好赔钱白干。王耀华是那种钻研用心的人，他的照相技术很快就有了很大的提高，在周围村里有了名气，有些结婚办喜事的人家会请他上门照相。那时候，生产队劳动管理开始有些松动，王耀华能够借口走亲戚外出。王耀华骑一辆破自行车带上自制的照相、洗相设备跑遍了察右前旗的每个山村，为村民上门照相。他是白天照，晚上就在当地洗出来，村民满意了，才拿相片收钱，两张相片一张底版收五角钱。由于技术过硬，很受村民欢迎。为村民收费照相，在当时属于自发走资本主义道路的行为，是政府的打击对象。有一次，王耀华在十一洲村照相时，遇上了工商管理人员，人家要没收他的相机，王耀华挣脱工商人员的拉扯，骑上自行车一口气跑了50多里地，寒冬腊月险些把手指冻掉。

传统照相主要有四项技术：一是摄影，二是暗室洗相，三是整修，四是着色。前两项王耀华已经很好地掌握了，可就是不会整修着色。王耀华是一个精益求精的人，为了掌握整修技术，他去集宁国营照相馆拜安庆玉为师，学习并掌握了整修着色技术。他技艺高超，有的顾客瞎了一只眼，他能给用传统的手工整修法补上一只明亮的眼睛，以假乱真，真假眼谁也看不出来。他还为一位患甲状腺的病人在相片上把粗脖子去掉，换成正常人脖子。有些孝子为过世亲人洗遗像，为了去掉脸部的缺陷，特意找王耀华整修相片。一些发黄陈旧的相片，经过他的整修，焕然一新。《前旗史志》等书中的历史照片大多是经过他整修的。王耀华的摄影技术已经在全盟照相行业里属于一流，集宁国营桥东照相馆经理安庆禄在1986年就想聘请他为馆内摄影师，但王耀华决定在土贵乌拉镇开办属于自己的照相馆。

王耀华开办的“艺华照相”馆红火了十几年，却遇到了照相行业突飞猛进的新技术冲击。彩色、数码摄影很快就淘汰了传统照相技术，照相老艺人不得不退出照相行业。王耀华也一样，他所掌握的技术已经成为屠龙之技，没有了用处。但王耀华可不是一个服输的人，他开始从头学习电脑，学习数码照相技术，这个连小学都没毕业的人，没用多久就熟练地掌握了电脑和数码照相技术，新掌握的技术使他的摄影艺术如虎添翼，更上一层楼。

摄影是王耀华谋生的职业，但他是一个有追求、有品位的人，他不满足于只做一个能挣钱的照相技师、手艺人，他有着摄影艺术上的追求。他想方设法结交摄影界的老师、朋友，订阅有关摄影的图书杂志，积极参加全市摄影爱好者的采风活动。有一年，大群天鹅飞临黄旗海，遭遇冰冻受困，他不顾寒冷，前去摄影，留下了前旗人救助天鹅的珍贵照片。1992年，他争取机会参加了乌兰察布盟报社组织的摄影培训班，听取了5位外省来的教授专家的讲课。2005年，他到呼和浩特市参加了自治区摄影家协会与内蒙古农业大学联合举办的摄影骨干培训班，听取了被誉为全国十大摄影家之一的于云天老师的讲课。执着的艺术追求，使王耀华从照相师傅超越为农民摄影艺术家。王耀华用相机拍摄了不少风景、肖像艺术照和新闻照片，不仅把美留住，还为察右前旗留下了珍贵的历史图片。《察右前旗史志》采用了他拍的56张彩照，书中约有70多幅黑白照片插图，多数出自王耀华之手。《草原骄子——纪松龄》《风采察右前旗》等有关前旗的书籍大量采用了他的照片，他为察右前旗的文化历史做出了贡献。

王耀华是一位受人尊敬的农民摄影艺术家。

无限风光在险峰

乌兰察布市摄影家协会网站近日上传了一组玫瑰营古镇的全景图，4平方公里的城区尽收眼底，房屋道路清晰可见。网友们很好奇，这张精美的照片是怎样拍成的，难道是采用航拍技术？大家纷纷向拍摄这张照片的王耀华老师请教。王老师得意地回答：我是爬上75米高的电信发射塔拍摄的。网友们无不惊讶，一位

61岁的老人，敢爬那么高的塔，想一想腿肚子就发软。

王耀华是一个地道的农民，只念过4年书，在他二十几岁时，村里来了一个下放干部，下放干部的儿子摆弄一台海鸥牌的照相机，引起了王耀华对照相机强烈的好奇心。王耀华很快学会了照相、洗相技术，并向亲友借款买了一台照相机，开始走村串户给农民照相，走上了以照相谋生的路。后来他在土贵乌拉镇开办了一个艺华照相馆，摄影技术闻名遐迩，生意火爆。王耀华就靠摄影这门手艺发家致富，培养了两个大学生，购置了一座门脸楼房。

摄影对王耀华来说，不仅是谋生的手段，更是人生事业的追求。他从不满足于开照相馆挣钱，总会忙里偷闲下农村、进工厂、郊游、旅游，四下采风摄影。王耀华舍得花钱，不断添置高档照相器材，自费参加摄影讲座，到处求学拜师，他的摄影技术越来越精湛，不断拍出精品佳作。察右前旗先后出了3本画册，其中选用王耀华拍的照片在1/3以上，察右前旗历年举办的大型文体活动、大型会议，以及民间高档婚庆都请王耀华去摄影。

王耀华对摄影艺术痴迷追求，为了取得最佳摄影角度，他把土贵乌拉镇附近的几座电信高塔都攀登过了。我曾经问他，登高塔怕不怕。王耀华说攀到半空中，低头往下看，老鹰在脚底盘旋，塔架在风中发抖吱吱地叫，不由地浑身冷汗直流，腿肚子抽筋，心都悬在嗓子眼里啦，哪能不怕，不过心一硬，就攀上顶了，顶上有四五平方米的一个平台，站在平台顶端一望，真是无限风光在险峰。在察右前旗只有我拥有空中拍摄的县城全景图，为了摄影艺术冒一点险还是很值得的。有一年春天，黄旗海来了一群白天鹅，被一场大风雪困在湖面上，王耀华不畏风寒，赶到现场拍摄了一上午天鹅照片，天鹅受困照片在乌兰察布市报上发表后，引来不少环保爱鸟人士对白天鹅展开救援活动。去常人不敢去的地方，采用独到的摄影角度，发现不为常人所见的美，用相机把美留下来，这就是摄影艺术的魅力所在，这也是王耀华在摄影发烧友中能够卓尔不群的秘密所在。

只有不畏艰险，走常人没走过的路，独辟蹊径，勇攀高峰，才能获得不凡的摄影艺术成就，察右前旗摄影家协会主席、农民摄影家王耀华就是一个这样的人。

夕阳晚霞红满天

对乌兰察布市爱读报的人来说，薛立恒这个名字肯定不陌生，他几十年来不断有文章和摄影图片在报刊上发表。我来到察右前旗后，以文会友，第一个登门拜访的就是薛立恒老人。

薛老满头银发，身体精瘦硬朗，眼不花，耳不聋，头脑清楚，谈吐敏捷，说起家事、地方事、天下事滔滔不绝。他已经73岁了，却像一个37岁的中年人，充满了对事业的激情，每天还是忙忙碌碌，奔走在机关单位、街头小巷。他用手中的笔写成稿件，反映社情民意；用手中的相机，记录下社会世情百态和时代发展进步的历程。这是一位令人肃然起敬的老人。

薛立恒是前旗公安局的退休干部，现在还担任着公安局退休干部党支部书记。他过去在工作期间，多次创造先进经验，在县、盟级会议作为典型经验介绍发言。但薛立恒给世人留下印象最深的还是他写的新闻稿件、新闻图片和杂文评论。他从1958年开始，不间断地往报刊上投稿。据不完全统计，从1990至2008年的18年间，他向报刊投稿件、图片1180篇（幅），被采用了718篇（幅），采用率60%以上。他曾多次被乌兰察布盟报社评为优秀通讯员，作品多次获得好新闻奖，还获得了“益民杯”大奖赛二等奖。《畏法者快活》和《医德与红包》两篇文章入选察右前旗的旗志上。最近，乌兰察布市日报社举行50周年大庆，特邀了4位基层通讯员参加，其中就有薛立恒。

薛老的文章多以新闻报道为主。他就像一只四处忙碌飞翔的蜜蜂，哪里有花香哪里就有他，采得百花成蜜后，奉献甘甜于人间。察右前旗各行各业的先进经验、先进事迹薛立恒都报道过。对社会上的假丑恶现象，他也常写批评报道，更多的是以杂文、评论的形式发出尖矛利刺，进行抨击。有一件事留给我的印象很深。有一次，《乌兰察布电视报》上发表了李录的一篇报道，说的是集宁有一位出租车司机过一条街道时，冷不防地跑出一条狗，钻到后车轮被碾死了，随后出来一位衣着华美的中年妇女，抱住鲜血淋漓的死犬，呼天抢地的痛哭，骂司机压死了她的女儿，要司机赔千元以上的损失，双方为此发生了争执。这件事引起了社会的关注。薛立恒给《乌兰察布电视报》寄出一篇评论，题目是《狗不享有路权》，引用了天津高院审理的一起死狗案例，说明狗没有在马路上任意行走的权利，司机不慎压死狗，是免责行为。这篇文章法理严明，论证有力，说理透彻，很快平息了这场争论。许多人看后说：读了这篇文章等于上了一堂法制宣讲课。薛立恒常写这类文章。

薛立恒早在1958年就加入了中国共产党。那时候干部队伍中能写文章的人很吃香，与薛立恒一起写稿的同志中，不少人被提拔当了官，而薛立恒临到退休时还是一个普通干部。我曾向有关人士了解过薛立恒过去工作的情况，人们告给我，薛立恒是一个会写能干的人，走到哪个工作岗位都是领导依靠的骨干，干什么都能做出成绩。但他的亲属社会关系中有不少是地主、富农成分，在强调阶级斗争的年代里，这些因素影响了组织上对薛立恒的提拔使用。更主要的是这个人“官念”淡薄，一心干事，不追名逐利。

我与薛立恒相处两年时间，发现薛老身上优点十分突出，虽然他已经退休了10年时间，但他退而不休，一直关心时事，留心政治，热心社会公众、公益事业，活跃在社会活动事务中。察右前旗人大常委会曾经3次邀请他列席人大常委会会议，听取他的意见。旗政府关心下一代工作委员会聘他为委员。中共察右前旗旗委聘他为“特约信息员”。他积极向旗委、旗人大、旗政府有关部门反映社情民意，建言献策。难能可贵的是，薛老能够与时俱进，思想超前。他不像一些退休老干部这也看不惯，那也看不对，到处发牢骚骂街。薛立恒从来不背后骂人。他说，发现了问题，骂人解决不了，应该积极向政府组织反映，不能忘记自己是名共产党员，要自觉地维护党和人民政府的威信。旗公安局政教办于2007年7月1日在市报上发表了题为《工作离了岗，思想紧跟党》的报道，对薛立恒同志退休后的社会工作予以肯定和赞扬。虽然他是退休人员，可近年来他连续8年被旗公安局和旗委评为优秀共产党员。薛立恒以“老牛自知夕阳短，不用扬鞭自奋蹄”的精神，继续做着社会工作，写着稿件，奉献着余热。

生花妙笔记征程

捧读《方进东新闻作品集》后，我对作者方进东的敬佩之情油然而生。这部沉甸甸的60余万字的新闻作品集，共计608篇，全是报纸、杂志登载过的文章，由乌兰察布市委常委、宣传部长云淮作序。这部新闻作品集饱含方进东大半生心血，是他从事党的新闻事业30年辛勤写作的劳动结晶，体现了一位基层新闻工作者对党的新闻事业的忠诚和挚爱，彰显了一位共产党员敬业奉献的精神风采。

几十年笔耕不辍，几十年执着追求，几十年含辛茹苦，方进东用生花妙笔写下了他的无悔人生，写下了一篇无愧于优秀新闻工作者称号的骄人答卷。

方进东的新闻作品集，分为16个篇章，涵盖了卓资县党、政、军、农牧林水、精神文明建设、扶贫济困等方方面面的工作。报道了130多个先进人物的感人事迹，反映了几十年来党和政府带领卓资县全县人民艰苦奋斗、可圈可点的不凡历程，讴歌了各条战线的劳动建设者忘我工作奋斗的业绩，荟萃了卓资县近20多年来经济社会发展的巨大成就与宝贵经验。这部作品集不是史料胜似史料，是卓资县鲜活历史的全记录。该书发行后，获得了全县各界人士的普遍赞誉，县档案馆和图书馆都收藏了这部作品。

方进东出身于偏僻的乡村农家，父母亲都是农民。他生不逢时，上学时遇上了“文革”，学校连课本都没有。好在他家有他的姑姑方文芝在丰镇师范学校读书时留下的《国文》《中国历史》等课本，以及一本《四角号码字典》，方进东就从这些书籍中学习文化，汲取知识营养。后来，他又从村里下放改造的原国民党上校蒋子元那里借到了《三国演义》《西游记》《包公案》等古典书籍，还从村俱乐部借到了《林海雪原》《保卫延安》《党的女儿》《东风》等书籍来阅读。广泛的自学苦读，使他奠定了一定的文化功底。20世纪70年代，教育工作开始恢复正常，他进入了后房子乡西壕堑中学当了一名“插班生”。高中毕业后，因语文成绩好，被家乡一所中学破例招聘为语文代课教师。其间，他边教学边涉足新闻写作，业余当了一名“泥腿子”记者，常常就身边乡村发生的事情写成文章，投稿报刊，逐渐成了乡里闻名的“土秀才”。1992年，乡里筹建文化站，方进东以农民身份进入乡文化站工作，他一专多能，几天学会了电影放映技术，用自行车载着放映设备，给老百姓放映电影。他兼做图书管理员，还借助下乡的机会采写新闻稿件。乡政府给一点微薄的生活补贴，待遇虽然很低，但方进东干劲十足。有了文化站这个能够施展身手的平台，他就能把人生事业演绎出彩。方进东成了乡政府的大忙人、大能人，而他工作的重点还是新闻报道。乡里哪个村的工作做出了成绩，方进东就及时赶去采访总结，写成新闻报道稿寄出去，稿子见报后，干部和群众都很高兴，对方进东赞誉有加。此外，乡政府有关文字工作也多由方进东来代劳。他负责的文化站工作更是做得有声有色，被乌兰察布盟委、卓资县委评为先进单位，他本人多次被评为先进工作者。

幸运惠顾勤劳人。1993年，乌兰察布盟在全盟招考公务员编制的文化干部，方进东以全县考试第一名的好成绩转正，结束了“农”字号身份，跻身于公务员行列。1997年，卓资县充实新闻写作队伍，把他调入县委宣传部，专职搞新闻宣传报道工作。

方进东采写新闻报道稿很有特点，那就是接地气，密切联系群众。他常常深入基层一线去采访，就像一个内行掘金人，通过沙里澄金的艰苦劳动，把有价值的新闻素材挖掘报道出去，把“埋没”在民间的先进人物事迹介绍、宣传出去。他写的《责任田里话丰收》《实干部》《绿色理想》《黄沙坝上军民情》等多篇反映联产承包责任制，反映绿化祖国，反映军爱民、民拥军的报道稿件，引起了社会反响，弘扬了基层人物的先进事迹，传播了社会主义核心价值观和正能量。其中，《国策壮歌》里的张鹏举，《把生命融入事业》里的张建峰，都是牺牲在工作岗位上的优秀干部。方进东认真采访他们的事迹，不放过任何感人的细节，追忆他们的先进事迹，然后写出稿件，在市报和全国行业报上登载出来，树立了典型和榜样，对他们的一生奉献给予纪念、缅怀和赞扬。这对逝者的家人和同事也是一种安慰。

方进东就像一只不知疲倦的辛勤工作的蜜蜂，哪里有花香，哪里就有他的身影，酿就蜜香献人间。

方进东是一个善于学习、勇于创新的新闻工作者，他虽然文化程度不高，最高学历是高中，但多年养成的自学习惯和孜孜不倦的进取精神，使他的学问大有长进。更加难得的是他养成了灵敏的新闻嗅觉，能从貌似平凡的小事中挖掘出有价值的新闻。他上能吃透党和政府的大政方针，下对全县各行各业的情况了如指掌，因此他写的新闻稿件，切合时代步伐，见报率很高。有些文章的社会影响很大，群众赞扬他“吹”的是冲锋陷阵的战斗号角，“鼓”的是大众积极向上的正气，“呼”的是人民群众的热切期望。《人民日报》和《人民文学》等都发表过他的稿件，他连续20多年都是市报的“优秀通讯员”，获得了无数次奖励。

方进东写稿求真务实，他常常为文章中的一个细节反复核对斟酌，力求万无一失。他不采用道听途说的二手材料，所写稿件一定要亲自采访。因此，他发表了数百万字的作品，从来没有引发文字纠纷和新闻事故。

方进东的爱人没有工作，他的家庭生活曾经十分困难，为了适应新闻写作的时代要求，他向一个地税部门的领导讨要了一台退役的二手电脑，学习用电脑写作发稿。他为了讨要这台二手电脑，曾征求过我的意见。我当时为他感到很辛酸，别看他文章写得花团锦簇，社会上常热议他发表的文章，谁知他为了新闻写作，连买一个二手电脑都是那样的犯愁。好在他对社会抱有一种感恩的良好心态，从不计较个人得失，默默无闻。他专注新闻采写，心无旁骛，几十年来就为了这个目标，百折不挠地走下去。

方进东虽然出身于“草根”，但他腹有诗书气自华。他身材魁伟，相貌堂堂，一副儒雅气派，待人接物平易近人，不卑不亢，可谓桃李不言下自成蹊。

现在，方进东已经退休，但他为党和人民做好新闻宣传工作的初心始终不变。他受聘于国家农业农村部主办刊物《中国新农村》杂志，并任副主编。他还通过网络考试，考取了《中国纪录》杂志记者。如今，他的写作任务更加繁重了，采访范围也由卓资县扩展到全国各地，去年他在报刊上发表了多篇在山西、陕西、江苏，以及内蒙古的锡林浩特市、巴彦淖尔市、乌海市等地的采访稿件。

老牛自知夕阳短，不用扬鞭自奋蹄。方进东用他的生花妙笔继续在新闻战线上奋斗着，谱写着新的人生篇章。我为方进东的出彩人生喝彩。

别开生面绽放奇葩

我在友人家看到了一本题为《鼎盛中国》的精美书画册。该书画册收录了6个人的作品，分别是沈鹏，中国书协原主席；刘大为，中国画协原主席；韦远柏教授；欧阳中石教授；靳尚谊，中央美术学院原院长。这5人都属于国内书画界顶尖大佬，鼎鼎有名。让我惊奇的是，卓资县书画家祁育文的书画作品并列其中，而且他的画还被选作封面，这是多厉害的事呀！

在这本书画册中，选用了12幅祁育文书画作品，是用彩色铅笔和钢笔画的人物肖像画，画的是毛泽东、刘少奇、朱德、邓小平、胡锦涛、江泽民的肖像。哦，你也许猜到了其中的秘密：祁育文画的题材是领袖人物画，画种是少见的钢笔画和彩色铅笔画。物以稀为贵，事以创新为奇，这也许就是祁育文这位民间草根画家能够与顶尖一流书画家的作品并列一册的原因吧。

祁育文是卓资县的书画名家，无人不识。从20世纪70年代起，卓资县历年举办的大型展览、书画展，祁育文都参与其中，并是主要策划制作者。他画毛泽东肖像最为有名，“文革”中卓资山镇街头墙上的毛泽东画像、宣传标语多出其手。如今，卓资山同乐广场上大理石浮雕的题字及百福篆字的造型设计也出自祁育文之手。我作为一个老卓资山人，自然早就认识祁育文，可我不懂书画，也就没有与祁育文深谈过。《鼎盛中国》书画册激起我的好奇心，我特意登门拜访了祁育文。

祁育文画室里的书画作品塞得满满当当，奖状、奖杯琳琅满目。其中，引人注目的是一本《中国书画家》挂历，该挂历选用了12位当今中国最为有名的书画名家的作品，包括了范曾、黄永玉等大家，祁育文的领袖人物画也在其中。我了解到，祁育文的作品被多种挂历所选用。上海世博会也将祁育文的作品制作成明信片来发行。祁育文拿出200多张中外领袖、名人明星肖像画，让我欣赏，全是用钢笔和彩色铅笔画出来的，我不懂书画，难以给出艺术上的鉴赏评价。但直观感觉到，祁育文的人物肖像作品画出了人物的独特个性。爱因斯坦专注的目光，展示了科学家探求事物真相的精神风采；萨达姆脸上刚劲的线条，表现出其狂傲不驯的个性；斯琴高娃亲切的笑容，刻画出她的艺术灵性。我知道祁育文肖像画很有名气，有很多外地人找上门来请他画像。祁育文的水墨画以梅花著称，2013年，国家计生委举办书画展，祁育文的画的梅花得了金奖。2011年，呼和浩特市委、政府举办的昭君节书画大赛，祁育文的隶书书法得了金奖。祁育文的隶书和篆书作品艺术品位高，是卓资县公共场所和家庭客厅张挂书法作品的首选。

钢笔画是一个外来的画种，其特点是用笔果断，线条刚劲流畅，黑白调子对比强烈，画面具有立体感，印刷出来的画面和照片好像比原作效果还好。人物素描多用铅笔画，如果用钢笔来画，难出层次，也难以修改，在创作上有所限制，因此钢笔画成了一个稀有的画种。祁育文在文化馆等基层单位工作多年，事务繁杂，美术创作空间逼仄，时间零碎。而祁育文是一个有心勤奋的人，工作稍有空隙，或在旅途中，他就拿出钢笔随手在纸上涂抹，三笔两画就把一个人物肖像刻画出来了。日积月累，祁育文修炼出不同凡响的钢笔画功底，作品脱颖而出，跻身于书画大家的行列。

祁育文的个性像水，随和低调。他的书画艺术起点其实不低。虽然他念的是农牧中专学校，可他自幼酷爱美术。在农牧学校里时，他就以美术专长大显身手，由他主创制作的校内板报非常精美，吸引了校内外的目光。他担任了学校学生会的宣传部长，学生时代就参与了盟级大型展览制作。毕业后分配到乌兰察布盟委工作，是二十世纪六七十年代乌兰察布地区政治宣传展板的主要制作人之一。后来参与筹建乌兰察布市群艺馆，与市里书画大家郝存祥、魏泉深是同事。他还在乌兰察布市日报社当过一阵子美编。人们常说：人往高处走，水往低处流。祁育文却相反，他放弃了在盟委工作的优越条件和已经拥有的书画艺术名望，主动要求调回卓资山，为的是照顾在卓资山生活的父母亲和老婆孩子。因为他是个孝子，还很顾家。水虽然低调，但水滴石穿。祁育文虽然长期工作生活在基层，但他像水一样长流不息，在书画艺术上不懈追求，终于取得了显著的艺术成就。他是中国书画家协会会员，作品入选《新中国美术家选集》等多种书画册，被北京、长沙等地多家书画社团聘为院士，入编了《中国书画家》等多部词典，获得奖项无数。

祁育文是卓资县书画界的一株大树，自成一方风景。他担任过县文化局局长、档案局局长，培养了一批批书法美术人才，使卓资县书画艺术队伍蔚然成林。杨志凌是他的学生，其美术作品曾获得自治区“萨日纳”奖，是活跃在北京的文化企业家。青年农民画家王晋，画玻璃画出身，后转画鼻烟壶内画，他得到了祁育文的悉心指导。王晋创作的水浒一百〇八将鼻烟壶内画，获得了内蒙古首届工艺美术金奖。如今，王晋在北京等地开画廊卖画，很有名气。他培养了旗下营青山村一批农民业余书画作者，并于1999年成立了青山农民书画社。青山书画社农民书画作品两次参加了自治区书画展，获得了广泛好评。

如今，祁育文还是笔墨随身，走到哪画到哪。无论走到卓资县哪个角落，都有他的学生。他在书画领域，老当益壮，辛勤耕耘，别开生面，不拘一格，不断创作出优秀的书画作品来。

山野奇葩

在卓资山镇龙山山脊上，常常可以看到一个老人在上面行走。老人有60多岁，中等身材，穿陈旧黑裤黑皮上衣，领口乌黑，长发垂肩，大嘴褐牙，但面容和善，一双大眼炯炯有神。他手拄一根乌黑拐杖，有一只小花猫、一只大公鸡身前身后相随，一副悠然自得、世外仙人的神态。这是一位流浪艺人，叫朱开龙，就住在龙山脚下。

别看此人不修边幅，衣着邋遢，但他却是美的创造者。他精通书画艺术，文学功底深厚，创作的书画作品不拘一格，自有一番风韵。他5年前返乡定居龙山脚下，其书画作品已经为县里书画圈的人所知晓，在县里近年举办的书画展览中已占有一席之地，并多有获奖之作。2016年，县文联主持出版的《黑河风韵》书画集，选录了朱开龙的两幅作品，一幅是篆书，古朴风雅，自成一格；一幅是题为《山平水静》的国画，以桌子平顶山和大黑河为背景。我不懂书画，以一个门外汉的感觉来看，此画的画风意境就是与其他作者不一样，原作已经被同道收藏。在他的陋室里，我还看到了几幅作品，一幅题为《虎踞龙盘》的国画，山以龙山为原型，山峰高扬状如虎踞，山脚的古松躯干曲折犹如龙蟠，很是生动。两幅宣传画，是应县文联主席之命而作，一幅画的是一位农村大嫂打开厨房水龙头洗菜的喜悦情景，反映了“十个全覆盖”为农村送去自来水的事；另外一幅是电业工人为村庄送电的画面，题为“万庄通明”，画面很有立体感，蓝天白云，高耸的电杆，半空中变压器旁一位穿黄装和一位穿蓝装的工人正在安装，脚下是黄墙红瓦的村庄，大道绕山脚而去，一派新农村景象。最让我看好的是一幅宽幅剪纸作品，一位战士骑着昂首奋蹄的战马，高举大刀冲锋向前。战士、战马塑造得栩栩如生，气势十足。这幅剪纸作品一次剪了3幅，其余两幅早让人收藏拿走了。卓资县贺龙纪念馆悬挂的一幅贺龙半身肖像画，也出自朱开龙。我知道他40年来手不离笔，画了不少作品，可他没有保留下多少，都被朋友们索要走了。我责怪他，应该把自己有代表性的作品积累下来才对。

说来话长，我与朱开龙算得上是老朋友了。1972年，我被抽调回城，分配到县国营良种场工作。良种场在梅力盖图公社境内。朱开龙的父亲是良种场的干部，他们一家住在良种场大院里，与我住的宿舍是一排房。朱开龙比我小两岁，爱看书，我们很快就成了朋友。良种场与生产队环境差不多，农工与农民也没多大区别，我随遇而安，安心工作，但我不甘平庸，没事找事，很能折腾。我就以这3块黑板报为阵地，发动几个青年农工办起了黑板报栏，文章多是由我撰写，偶尔也摘抄书报上的文章。我办黑板报遇到了一个极大的困难，就是我们几个青年农工写的粉笔字丑得难看，更别提画美术插图了。而字写不好，画不来美术插图，搞出来的黑板报那是丢人现眼。天无绝人之路，我发现朱开龙不光粉笔字写得好，而且能画画，于是我就拉朱开龙与我们一起办黑板报。朱开龙当时在附近的生产队劳动，农活苦累，而且住的离村远，出工得早走20分钟，他帮我们办黑板报是勉为其难，一是出自朋友情谊，二是他也把画黑板报当作一种艺术上的创作实践，乐在其中。朱开龙为黑板报画的插图，多取自良种场里的情景，随黑板报文字内容的留白，插图可大可小。记得有一次，他画的一幅农工劳作肖像画占了黑板报半版面。我们办的黑板报，颇受场里干部工人的青睐，每期出来，总会受到大家的关注，众人聚在黑板报前评论一番。我心里清楚，我们办的黑板报能够吸引人们的目光，主要靠的是朱开龙的精妙插画，他的插画内容来自生活，画风轻松幽默，常引起工人们会心一笑。我们在黑板报上，常针对场里的事情刊登小评论，有时涉及场领导，惹领导不高兴。现在想起来都觉得好笑，我是自觉自愿办报，还惹麻烦，朱开龙没有分文报酬，我们就那样意气风发地在场里合作办了3年黑板报。

朱开龙这个人的智商特高，情商较差，多才多艺，学啥会啥，往往无师自通。他听说有钢笔画的画种，就拿钢笔作画。我请他用钢笔画了一张画，把自己一句自我激励的话写上去，压在工作台玻璃板底下，作为座右铭。后来我见到祁育文画的正宗钢笔画，才知朱开龙的钢笔画完全是野路子画法。他听说过马头琴，却没见过马头琴，但他凭想象制作了一个马头琴，也能拉出曲子来，周围的人都击掌赞叹。

朱开龙6岁念书，属于69届初中生，小升初考试，他数学考了99分，语文考了95分。我当年也参加了那届考试，据老师说，我两门成绩均在85分以上，属于高分学生，但与朱开龙的成绩相比还是差一大截。由于“文革”已经开始，没有正式公布考试成绩，估计他是卓资县那届小升初的状元。朱开龙先是被卓中录取，后因父亲历史问题，打回后房子学校念书，后来学校停课闹革命，朱开龙就失去了再念书的机会。他的父亲，我们场里人称为老朱，出身行伍，有旧学功底，在傅作义的部队当过电台台长，属于起义人员。他先是在学校教书，“文革”中被赶出教师队伍，发配到良种场。老朱这个人好喝二两烧酒，命运多舛，怀才不遇。他认为是读书害了他，自己也讨厌读书人。而朱开龙却喜欢读书，整天不务正业的冥思幻想。因此，父子间常闹矛盾。3年后，我离开了良种场，听说他们父子俩矛盾越闹越激烈。老朱喝了酒，只要搜到朱开龙看的书就烧毁。后来，父亲做主，为他选了一个没念过一天书的村里姑娘做媳妇，让媳妇管住朱开龙不务农事正业的毛病，朱开龙的婚姻生活过得怎样，可想而知。

包产到户后，朱开龙好歹在村里种了几年地，日子过得马马虎虎，后来实在混不下去了，他也随农民进城打工潮流，抛家进城走了。朱开龙兄妹7人，都在行政事业单位上班，其中5人是大学毕业生，家境均好，弟弟妹妹们出钱让朱开龙媳妇进县城侍候婆婆，朱开龙一家也算进城生活了。

朱开龙流浪到薛家湾，他天生散漫惯了，也不去工地打工，就靠捡破烂糊口。他所住的贫民区，多是拖家带口的打工人家，打工家庭的子女中有想考美术专业的，可补习花不起学费，这为朱开龙带来谋生的机会。朱开龙干起了美术家教，专教打工子女学美术。朱开龙的教学得法，学生成绩提升很快，在薛家湾打工群中小有名气。他10年中教出100多位学生，绝大多数考入了大学，其中有一个叫高东的学生考入天津美院，毕业后留校，已被聘为副教授。另外一个学生毕业后，在深圳立业，事业办得红红火火。其间，朱开龙的画作也在《华夏日报》《内蒙古风采》等报刊上登载过。但他天性散淡，不刻意而为，多数作品都随意送人或者换酒喝了。

母亲病重期间，他回到卓资山。母亲病故后，儿子在呼和浩特市娶妻立业，老伴到那里哄孙女去了，他自由自在一个人生活。

我打听到他在龙山脚下的住家地址，特意前去拜访。他的生活清苦潦倒，没有生活来源，就靠过去积攒下的几个小钱度日，也不愿接受弟弟妹妹们的救济，日子过得散淡随意。每天早晨在寺院旁打一通太极拳，与几个知己好友闲聊一阵；下午领猫带鸡，去龙山顶上转悠一圈，闲暇时读书写字画画。我问他为啥只养一只公鸡，不养母鸡下蛋。他说，为了听公鸡打鸣。真是别有情趣。我鼓励他，你有特殊的人生经历，有特殊的艺术体验，有过人的艺术天分，只要自己克服懒散的毛病，认真搞书画创作，一定会取得一鸣惊人的成绩。他同意我的意见，准备给后人留一点值得纪念的东西来。

朱开龙就是山野中的一株山花，一旦绽放，定会香飘四野，不同凡响，成为书画艺术界的奇葩。我期待着他的爆发。

痴迷收藏，传承民间文化

走进乌兰察布市博物馆新馆，我们饶有兴致地参观了张士儒先生的民间文物收藏展。展览分为“全国各地博物馆（院）”和“各地民俗风情馆”两个主题，用门票、解说词、邮票和火花4种题材3000多枚展品，展示了全国各地博物馆的风貌。流连在展牌前，欣赏各具地方特色的博物馆建筑精美图片，鉴赏各个博物馆的镇馆之宝，细品各个博物馆的解说词，我们仿佛对全国各地的博物馆进行了一次巡礼，感受到中华文明的宏伟博大，深受教益。赞叹之余，我们惊奇张老先生是如何凭一己之力，把全国各地的博物馆和众多民俗风情馆的相关展品收集齐的，这是多么大的工作量呀！

展厅有市博物馆设计的张士儒先生的彩照和事迹介绍，上面是这样写的：张士儒，男，汉族，中共党员，1933年生于山西省原平市一个农民家庭，中华人民共和国成立初期参加工作，退休于乌兰察布市民族艺术学校，业余爱好有收集火花、旅游参观门票、邮票等，藏之致用，服务社会，现已收藏火花等13余万枚（种）邮票以及对联书、报刊物、合订本几百册。张士儒先生从1985年开始举办火花、门票、烟标等展览，几乎每年一次。2009年，被业界评选为“新中国火花收藏名家”之一，填补了内蒙古无此殊荣的空白。他是全国火花协会会员，乌兰察布市收藏名家协会理事，主编《爱国主义教育基地对联选》两部，《盛世赞英模》对联选一部。他的事迹多次被新闻媒体报道，他汇编的作品受到中宣部领导的称赞。

张士儒是全国有影响力的火花、烟标、门票的收藏大家，在内蒙古火花收藏界独树一帜。

把收藏当作毕生的追求

张士儒出身贫寒，是一名普通干部，他的收藏之路十分艰难曲折。张士儒刚参加工作时在商店卖百货，他天性爱美，看到火柴盒、香烟盒上面的图标很美，就收集了起来。后来听别人说，火柴盒上的贴画叫“火花”，香烟盒叫“烟标”，收藏火花、烟标属于民间民俗文化。张士儒认识到了民间收藏的重要性，他说，火花是历史的镜子，门票是地方名片，邮票和人民币是国家名片，他把火花、烟标、门票等的收藏当作自己毕生的追求。

张士儒收藏火花、烟标、门票等民间藏品，主要有4个途径。

一是捡。张士儒出门总要带一个小布袋（后来改用塑料袋）、手套、镊子，走一路瞅一路，看见路上有空火柴盒、香烟盒就捡起来。人们往往把空火柴盒和烟盒扔到垃圾堆里，因此，垃圾场是张士儒常去的地方。张士儒把带污的火花、烟标放到盆里，用清水洗干净，晾干，再用烙铁压平展，然后放进藏品夹保存起来。张士儒捡火柴盒和烟盒时常常遭到路人鄙夷的目光。张士儒最爱去的地方是火车站，那里南来北往，火柴盒和烟盒的品种也多。有一次，他沿着火车道，边走边捡空盒，遇到铁路巡道工，人家用警惕的目光问他在什么，他说集花，人家不懂集花是干什么，误听为稽查，以为他是便衣警察，不再管他。

二是买。对集花的人来说，集的火花多多益善，更为讲究的是，集的火花种类要多，品种要全。比如呼和浩特市火柴厂出了一套反映地方名胜的火花，共计9枚，但是每包火柴只装一种火花，甚至每箱火柴也只有一种图案，因此，要想把这9种图案的火花集齐就有一定的困难。张士儒为了集齐一套火花，买火柴往往只买1盒，而且要挑选火花图案，售货员不厌其烦，常常不给他好脸色看。张士儒只好轮流到各个商店、小卖部去买火柴，他几乎走遍了集宁的商店、小卖部。有一次，他遇到一位热心的售货员。售货员为他挑选火花图案花了两个小时拆开了店里所有的火柴箱。张士儒对这位售货员很感激，特意向百货公司领导写去一封感谢信，谁知公司的一位领导把这个售货员批评了一顿，说他们虽然要求售货员对顾客百拿不厌，但也不能对这种人无底线的服务。

三是托亲朋好友收集。张士儒是一个真诚热心的人，很爱帮助人，大家知道回报张士儒最好的办法就是帮他收集火花、门票之类的东西。张士儒走亲访友，不变的中心话题就是谈收集火花、门票。他眉飞色舞地向我们讲述一次去天津访友的过程，经历虽曲折，但他终于找到了他朋友的家。朋友全家出动，帮他收集火花门票。亲友的帮助，是他收集藏品的一重要途径。

四是利用信函索求。前些年，内蒙古集火花的人不太多，外地收藏家往往通过张士儒的手收集内蒙古产的火花，同时也给他寄来当地的火花品种。张士儒专程到呼和浩特市火柴厂找负责人讲述自己集火花的经历，宣传集火花的意义，感动了有关人员，最后给了他本厂的多套火花，这成了张士儒与外地火花爱好者交换火花的资本。张士儒是一个很讲信义的人，朋友托他办的事往往全力以赴，在全国火花界建起了良好的信誉，他大部分产品都是通过书信交换来的。张士儒平均每天要寄两封信，一年寄出七八百封，这对收入微薄的家庭来说是一笔很大的开支。张士儒平时省吃俭用，硬是用从牙缝里挤出的钱来集火花。张士儒寄信时，往往在信封里装入回邮信封，方便人家给他寄信。上海的季之光是火花收藏大家，他收集的火花种类和数量居世界第三，他是张士儒素未谋面的好朋友。季之光在赠给张士儒的两部书的扉页上都题了词，一部书上写的是：紧握士儒的手，永远是朋友。张士儒专程去乌兰夫纪念馆4趟，收集了几百封乌兰夫纪念馆的解说词、参观门票，这成了张士儒与外地藏友交换门票的重要藏品。为了扩大"集宁战役遗址"的知名度，张士儒主动找市园林管理所建议印制集宁老虎山公园门票（老虎山公园是免费游览公园）5000版，他个人出资多印了3000版，赠送给全国各地公园门票收集爱好者。为了收集香港博物馆的门票，张士儒给香港博物馆、香港公署、新华社香港分社等多家单位寄信索取，都无结果，最后还是通过海南岛的一位藏友找到的。张士儒说，这次博物馆主体展览，如果缺少了香港博物馆的展品，那就是一大缺憾。他笑着对我们说，只要思想不滑坡，办法总比困难多。张士儒有着尽善尽美的收藏情结。

收藏是花钱的事业，往往有钱人才搞，而张士儒一直挣着微薄的工资，家庭收入很不宽裕。张士儒痴迷收藏，弄得家庭生活捉襟见肘，引起老伴的不满。张士儒往往以收藏的火花、烟标将来很值钱来安慰她。可事实上，张士儒的收藏以传承民间文化为目标，从来没想过以收藏来致富。他有些珍贵的收藏品是能卖到好价钱的，但他从来没有卖过。即使有重复的藏品，他也用来与藏家交换。张士儒一直过着清贫的生活，省吃俭用，节约下的钱用来搞收藏。他穿的衣服、鞋多是亲友们退换下来的旧衣服。他脱下鞋当面让我们看他穿的袜子，全是补丁摞补丁。他最为抱歉的是，让老伴跟着他受了一辈子的苦。

张士儒先生幼年只念过3年冬学，农忙时要随家人下地干活。他的文化基础很差，但是他好学不倦，努力钻研，逐渐成长为火花等民间文物收藏和公展大家。他在全国火花界第一个指出，“文革”时呼和浩特市火柴厂出了一套呼和浩特市风光火花，其中内蒙古博物馆的图像缺了顶上的骏马雕塑。这是造反派认为骏马雕塑宣传了地方民族分离情绪，因而被砸坏取掉了。风头过去，博物馆后来才恢复了骏马雕塑。这套火花，因为有这种变故，成了火花收藏界的珍品。四川省作家、楹联家何永忠特撰写一副对联纪念此事。对联写的是：十年劫火，花落花开花溅泪；两度沧桑，马来马去马奔腾。

火花可以说是火柴厂进行市场营销的宣传画。厂家为了使生产出的火柴在市场竞争中取胜，对火花的设计煞费苦心。有的火花出自名家大师之手，如齐白石等大画家的作品就被印在了火花上。为了体现火柴厂的特色，厂家往往将反映地方名胜古迹、自然风光、风土人情的摄影和美术作品印在火柴盒上。欣赏张士儒先生各个专题火花、烟标收藏展，就如阅读一部小百科全书，观赏一幅写实的民俗风情历史长画卷，使人赏心悦目，增长知识，陶冶情操，培养爱祖国、爱人民的情怀。

利用藏品，弘扬红色文化正能量

张士儒出身贫寒农家，生长在革命老区，少年时代曾当过家乡儿童团团长。他对新中国无比热爱，对中国共产党有着深厚的感情。1953年，他加入了共青团；1955年，党支部通过了他加入中国共产党组织的申请，可因为一些变故，没有及时办理手续。他为了加入党组织，连续争取20年，最终在1966年成为一名共产党员。入党以后，他就以党员标准严格要求自己，兢兢业业工作到退休。

虽然退休了，但张士儒思想上始终保持着继续为党工作的状态，他想到了用藏品来弘扬革命红色文化、发挥社会正能量的主意来。

我们参观过张士儒以“长征”“邓小平”“中华人民共和国成立65周年”为主题的3个火花、邮票、门票展。以长征展来说，围绕一张长征路线图，用火花、邮票展示了长征沿途的名胜古迹、风土人情，展示了宣传长征的纪念邮票、火花和沿途的革命纪念馆门票、解说词。展览对群众进行了直观的党的革命历史教育，效果很好。秦皇岛博物馆曾请张士儒办了纪念建党90周年火花、邮票专题展和纪念辛亥革命100周年门票展，受到了高度赞誉。北京、太原等地也邀请张士儒去办展览。

张士儒最为得意的是，他汇编了两本《爱国主义基地对联选》和一本《盛世赞英模——颂扬“双百”人物对联选》。这3本书的编辑别出心裁，将火花、门票作为书中的插图，使书具有了图文并茂的效果，极具收藏价值。《盛世赞英模——颂扬“双百”人物对联选》收录了全国500多位作者为“双百”人物撰写的2000余副对联，并分别就英雄人物事迹作了简介，配了相应的火花、门票等357枚（种）。对联被称为诗中之诗，采用对联这种形式，高度概括了英雄模范人物的事迹。该书出版后，受到社会各界的好评，有人称赞张士儒是红色文化的杰出传播者。乌兰察布诗词协会主席赵文亮赋诗一首，加以褒扬。现将赵文亮的诗抄录如下：“读张士儒先生主编《盛世赞英模——颂扬“双百”人物对联选》：丹联逾老逾钟情，更为群贤血汗凝。博采珠玑霄汉烁，高歌榜样国华箐。时风谬乱需英杰，德育弘扬树典型。薪火传承功恁大，以人为鉴以书明。”

张士儒已经80多岁了，但他依然腰板挺直，眼不花，耳不聋，走路如风，收藏爱好使他的人生绽放出绚丽色彩；为社会做出贡献的使命，使他受到世人的尊重，他是一位可敬的文化老人，也是一名言行一致的共产党员，曾多次被评为优秀共产党员和先进工作者。

一颗明亮的乡村科技之星

科学技术像巨大的犁铧，耕翻板结的土地，使大地焕发生机，呈现丰收的景象；科学技术像神奇的魔术师，使落后的乡村跟随着时代前进的脚步发生巨大的变化，使农民生活如芝麻开花节节攀高。察右前旗平地泉镇南村的变化就充分印证了科学技术在农村中的巨大推动作用。30年前，南村农业生产种植结构以两麦一薯一油为主，亩产值连200元都难达到。如今，南村凭借科学技术的威力，大上设施农业，以种植蔬菜为主，大田蔬菜亩产值超千元，种植洋葱有的年份亩产值可达5000多元。几十座温室常年生产。一座半亩面积的温室，种植蔬菜平常收入15000多元。南村发生着旧貌换新颜的显著变化，成为远近闻名的富裕村、市里社会主义新农村建设的试点和市委书记的农村联系点。

南村的农业科技的进步与一个农民技术员紧密相连，她叫张效玲，现任南村行政村党支部副书记，市人大代表，平地泉镇蔬菜协会会长，南村蔬菜种植专业合作社的社长，鑫灵种业公司经理。她在南村搞农技试验与推广25年，先后引进试验粮食、蔬菜新品种128个，推广重大新种植技术40多项，她撒播的科技星火燃成燎原大火，带动起全镇及周边乡镇1万多亩蔬菜生产，使村民通过科学种菜、科学种田走上致富路。也使南村成为旗里、市里和外地科研院所的新品种、新技术的试验推广点。

张效玲于1970年初中毕业回村务农，担任铁姑娘战斗队队长；1974年，担任大队副主任一职，开始搞农业科技试验和推广。南村离乌盟农科所不远，张效玲热爱钻研农业科技，她经常到农科所向科技人员请教学习，引进农作物新品种、新技术。乌盟农科所实行开门办所，在全盟各地建立了八九个试验基地，南村就是其中一个试验基地，张效玲成为农科所培养的一名农民技术员。张效玲在水地小麦、胡麻高产攻关技术推广工作中，做出突出的成绩，早在20世纪70年代就已经是全盟知名的农民技术员。

农村实行包产到户生产责任制后，张效玲继续担任行政村领导工作，她把自家责任田当作试验田来搞。她最先在镇里试验地膜覆盖玉米、甜菜、马铃薯栽培，获得成功，全旗流动现场会曾来南村参观。南村土地条件较好，有4000亩水浇地，离集宁只有10公里，为了提高农田种植效益，张效玲尝试蔬菜种植。她先后引进了胡萝卜、甘蓝、长白菜、洋葱等蔬菜新品种，试验取得成功，南村种植结构开始向蔬菜生产转移。蔬菜种植虽然利润高，但风险大，生产成本高，种植技术难度大，一般农户做不了蔬菜生产。张效玲从北京、天津、山东等地引进蔬菜公司搞订单生产，公司委托张效玲与农民签订蔬菜生产订单，确定最低收购保护价，公司垫支种子及部分化肥农药物资，由张效玲负责技术指导，协助客商回收订单蔬菜和垫支的种子农资款，客商每收1斤菜付给张效玲1分钱的技术服务费。通过张效玲这个技术服务中介环节，使南村蔬菜生产与外地大市场实现了对接，逐渐实现了产业化生产。张效玲先后引进外地8家公司来前旗搞蔬菜订单，如今山东广发食品有限公司、北京兴发菜市场、北京京隆配货公司已经将平地泉镇作为稳定的蔬菜供应基地。2011年春季，张效玲代表平地泉镇蔬菜协会组织与外地蔬菜公司签订了5份蔬菜订单，与北京市京隆生鲜蔬菜配发公司签订了温室大棚菜订单，通过该公司将生产的蔬菜直接送到超市市场；与青岛广泉食品公司签订了洋葱生产销售订单；与唐山鼎新公司签订了甘蓝订单。通过订单蔬菜，实现了蔬菜产销对接，建立了菜田直通大城市超市的直销通道，确保了平地泉镇及周边村镇菜农的种菜收入，使该镇蔬菜生产稳定向前发展。

带领分散的农户种植蔬菜新品种，实现规模化种植、专业化生产、市场化开发，不光是一种农技推广行为，更是一项社会化组织工作，也是帮助农民树立市场经营理念的过程。为此，张效玲付出了艰辛的努力，吃了很多苦头。1999年，镇政府和盟种子公司从北京引进了一家蔬菜公司，委托张效玲负责与村民签订了50亩反季节长白菜订单，说好每斤收购价1角5分钱，这个价比村民往年价格高出5分钱，公司还垫支了种子和农药。但在蔬菜订单合同中写明，秋后村民毁约不按订单卖，每亩赔款300元。有的农户很高兴地通过张效玲与客户签订了订单合同。谁知，秋天南方省市发生了自然灾害，菜价涨了，有人来南村抬高价格抢购白菜。虽然发订单的公司主动提高了白菜收购价，但有的农户还是见利忘义，把订单菜卖给了别人。50亩订单菜有17亩没按合同执行，结果赔给了客商5000多元，后来张效玲硬是从那些违约户手中追回客商垫付的种子农药费，减少了客商的损失。客商为张效玲的诚信所感动，第二年又签订了200亩的白菜订单。结果这一年菜价下跌，市场上白菜价格每斤只有1角，还很不好卖。而通过张效玲签订的订单却以每斤1角5分的价格全部卖出。张效玲通过3年白菜订单生产，在平地泉镇及周边村建立起稳定的秋白菜生产基地，与天津等地市场沟通了供销渠道，使秋白菜成为察右前旗一个主打蔬菜品种。

张效玲推广蔬菜科学种植、市场化经营开发有3种组织形式。一是她于2003年创办了鑫灵种业有限责任公司，经营种子、农药、化肥等农用物资，与外地客商、科研院所建立供销渠道，推广最新优良品种、化肥、农药，开展蔬菜订单生产，开展蔬菜经销贩运。二是通过“平地泉镇蔬菜生产协会”，团结菜农，提供蔬菜供求信息和科技培训推广服务。平地泉镇蔬菜协会成立于2005年，在成立大会上代表无记名投票选举张效玲为会长。这是全市第一批成立的农民蔬菜专业协会组织。2009年，张效玲联合30户农民成立了“南村蔬菜种植专业合作社”，这是一个紧密合作性的组织。合作社成员统一定购农业生产资料，共同制订种植计划，共同制订蔬菜销售价格，联合争取蔬菜订单生产，家庭分散生产，抱团闯市场。张效玲每推广一个新品种、试验一种新农药、新化肥，首先要在自家地和亲戚家的地里试验，取得了成功才推广，所以她搞了20多年的科技推广也没有发生大的失误，在村民中建立起很高的威信。许多村民都请教她安排蔬菜种植计划，蔬菜生产中遇到问题也请她指导，通过她的联系出售产品。村民张天柱感激地对张效玲说："在你的帮助指导下，我家靠种菜供出3个大学生，我要让孩子们都记住你的帮助。"

张效玲热情好客，喜欢与科技人员交朋友，她家成了下乡科技人员的落脚点，常常高朋满座。为了提高自己的科技水平和市场经营能力，她也常常走出去上门求教学习。2006年，她自费去西安参加全国女经纪人培训班，并取得劳动部颁发的中级经纪人职称证书；2008年，自费参加了在山东召开的全国蔬菜博览会；2010年，参加了农业部农村实用人才带头人培训会。张效玲的政治水平、组织能力、农业科技业务水平非同一般，在科技培训会和党课上开讲滔滔不绝，令在座的人们十分佩服。她先后获得了20多项荣誉，曾被评为市十大女杰，市双文明建设带头人，全国三八红旗手。

生态农业的实践者

有人说他聪明能干，进城打工搞装修，没几年就自立门户，挣下了一笔安家钱。有人说他瞎折腾，放下城里火热的事业，执意回村养鸡养兔养羊，甘愿当一个受苦受累的农村汉。

这个人叫张建兵，是乌兰察布市卓资县复兴乡人。他在老家二道沟自然村办了一个生态养鸡场，采用农家传统饲养方式，散养鸡、兔和羊，所生产的鸡、蛋、兔是天然的绿色产品，富含多种矿物质元素，具有很高的营养价值，口感极佳，远近闻名，是自己食用或送亲朋好友的健康食材，城里有人开车专程上门来购买。

我搭朋友车下乡采风的路上，朋友给我讲了张建兵创业的故事。张建兵屡败屡战，不改初衷，硬是搞出了一番名堂。我听完很是感动。朋友为了满足我的好奇心，顺道把我带到二道沟张建兵生态养鸡场参观。

张建兵是一个老实巴交的农民，47岁，高高的个头，敦实的体格，一脸憨厚的笑容。让我好奇的是，这个庄稼汉粗糙的手里竟然拿着一本新出版的流行小说，显然这是一个不仅能吃苦耐劳，而且喜欢读书的现代职业农民。张建兵领我们参观了他的养鸡场。网围栏把约200亩林草地圈了起来，鸡群在里面自由地追逐觅食，主人早晚加喂两顿自己种植的各种杂粮。一排鸡舍，不时传来下蛋母鸡咯咯的叫声。这种自然生态养殖的鸡，吃的是昆虫青草，喝的是山泉水，不使用化学添加制品。鸡场里空气清新，闻不到臭味。优越的生产环境才能生产出优质的农产品。朋友告诉我，工厂化饲养出来的鸡，不到一小时就炖熟了，而炖散养的鸡起码得两个小时以上，散养鸡肉质紧密，味道当然也不一样了。用散养鸡蛋炒出的菜，色泽金黄，味道鲜美。朋友有一次在家请客，一盘炒鸡蛋，被吃了个精光，而大鱼大肉菜却剩下不少。客人们说，奇怪了，你家的炒鸡蛋为啥这么好吃？我说，这道菜是用散养鸡下的蛋炒出来的。于是，这些客人也成了购买散养鸡的客户了。

张建兵说，散养鸡不难养，就是农家传统的养殖方法。散养鸡与笼养鸡的鸡肉和鸡蛋有着明显不同的品质和味道，有经验的客户很容易甄别出来。散养鸡品质高，谁都承认，但难在销售上。散养鸡产蛋率只有笼养鸡的一半，加上狐狸和獾来偷食，养殖成本高，因此散养鸡和蛋的价格也高，一般要比笼养鸡高出二三倍。于是有的商家就鱼目混珠，把笼养鸡蛋按散养鸡蛋来卖，扰乱市场。虽然有固定客户上门来买，但客户少且不稳定。散养鸡有了稳定的较大的生产规模，才能占领市场。为此，张建兵联系了本乡5家养殖大户，成立了振耀农牧业农民专业合作社，鼓励本乡农民参加，共同打造复兴乡散养鸡产业，带领村民依托散养鸡产业脱贫致富，县乡政府也很支持他们。张建兵注册了“复兴二道沟”鸡蛋商标，定制了专用邮寄纸箱，在纸箱上印制上二维码，用手机一扫，就可看到他们养殖场的情况。但是，由于委托的一家快递公司野蛮装卸，邮寄过程中发生了鸡蛋破损的现象，影响了网上销售。目前，张建兵在呼和浩特市建了两个直销店，还与县里的9位农民种养殖大户联合成立了“万农新合作社联合社”，每户入股资金5万元，在县城开了“桌子尚品”直销店，网上网下直销他们自己生产的无公害农产品，本来已经打开了市场渠道，谁知商标被人抢注，经营陷入了困境。

张建兵的生态养殖场，2018年时，年销售生态鸡5000多只，出售鸡蛋约30吨，固定资产有100多万元。他已经找到了直销和网上电商渠道，只要继续完善经营，就会形成比较完整的散养鸡产业链，能够带领复兴乡村民一起脱贫致富。

我问他，你放弃了城里的装修事业，回到山沟里养鸡，为了啥？有过后悔吗？张建兵说，我是农家子弟，吃农家饭长大的，对农村、农业有着天然的感情。我在城里吃着工厂笼养出来的鸡肉和鸡蛋，总觉得不是味道。这不是我个人的感觉，城里人也有这种体会。每次回村时，城里的朋友总是托我高价买农民散养的鸡和蛋，这让我看到了生态养殖业的商机。如今，村里人多数进城了，农村荒芜了，我心里有所不忍，于是就回到村里做散养鸡养殖，生产出传统农家味的鸡肉、鸡蛋农产品，来满足城乡人民的不同层次的需求。但是这条路真是太难走了，不像做装修，有着稳定的收入。可我就是喜欢农村，喜欢做农业养殖，我认为有需求就有市场，做生态养殖，应该是可以赚到钱的。

哦，我明白了，为了找回过去农产品的味道而回乡创业，这就是新时代一个农民的志向和情怀。

孙儿嘉嘉

孙儿嘉嘉降生已经14个多月了。他像从天国飞来的小天使，给我们家带来了无穷的喜悦和欢乐。他是我们这个家族大树根脉上滋生出的新芽，一天天茁壮成长，在他身上，寄托着传宗接代、振兴家族荣光的希望。于是，他就成了我们家的中心，几个大人都围绕着他转。他的笑引发全家人一起笑，他的哭闹揪扯着全家人的心。

嘉嘉的小手小脚像刚出水的藕，白白嫩嫩。他高额头亮脑门，深邃的眼窝里忽闪着两只又黑又亮的大眼睛，在长长的睫毛下扑闪。鲜红的小嘴唇不停地说着大人们听不明白，但可意会的话语。他憨态可掬的样子就像一只大熊猫，可爱极了。

嘉嘉活泼好动，有着强烈的好奇心，陪他一起玩可真是一件累人的事。他要不断变换玩具来玩，老的玩法很快就厌烦了，需要不断教他新的玩法。谁和他玩得高兴，他就和谁亲近。嘉嘉是一个理智的孩子，勇敢而不莽撞。他特别有主见，不会轻易接受别人的摆布。大人得有足够的技巧和耐心才能说服他改变主意。他知道是没有危险性的玩具，就会抢着玩，碰上感到有危险的玩具，就指示大人先示范，看懂了才上手。他爱拉抽屉，关抽屉时用小手平面推，正因为这样，从来没有发生夹手指的事。当他遇到跌跤碰头的事，一般只哭几声就没事了。家里来了生人，他不笑也不说话，在一旁目不转睛地瞅，解除戒备后，他才会与来人亲近。有一次，他的姥姥、妈妈向一个小贩购买气球，经过砍价，4元成交。可小贩拿到5元钱后却不愿付1元差价，双方发生口角。他在一旁一声不吭，这时他爸爸正好过来了，他感到有了依靠，就对他爸爸比画着哇哇大叫着告状，把小贩都逗笑了，说这个娃娃真精。

嘉嘉的缺点是脾气大，一旦哭闹起来，就用力往后仰头，不管不顾。看着他蛮不讲理的劲，我真想往他屁股上挥几巴掌，但又不忍下手。自他出生以来，一直是姥姥姥爷看护，我不常来内蒙古老家，我也没权下手。我问他姥爷，你打过他吗？他姥爷一脸不屑，说，那么小的孩子，你下得了手吗？是呀，怎么能问这样的话，我很惭愧。他的爸爸更是惜子无底线，儿子哭闹起来，他不问青红皂白，只是一味埋怨别人惹恼了他的宝贝。儿媳妇倒是理智，对我说，宠孩子惯孩子可不行。我赶忙附和，对头。玉不琢，不成器。人不学，不知义。老话说：惯子如杀子。

有一个小男孩叫嘟嘟，是嘉嘉的玩伴。我有意问嘟嘟奶奶，你们管教嘟嘟，打过他吗？嘟嘟奶奶说，他妈妈、爷爷就是惯他，只有我打他，但是他还是和我最亲。儿媳妇说，我们家对嘉嘉的管教，也应该有一个唱黑脸的人。我鼓励她说，咱们家只有你能胜任这个角色。下午，全家人外出吃饭坐车返回，在车上，嘉嘉又开始发飙。他的妈妈终于发威了，在他屁股上巴掌拍的山响。几个大人都一声不吭。停车后，他的姥爷借故发了脾气，他的爸爸黑着脸。嘉嘉屁股上包着尿不湿，打不疼他，但教育效果不错。他的妈妈抱着他最后下车，我“不怀好意”地去抱他，说妈妈打，爷爷抱。可他却搂着妈妈的脖子不撒手。妈妈打了他，他却更不想离开妈妈。人呀，必须从小就养成有所敬畏的意识，有所畏，才能有所为。

中国传统教育孩子以严为主。《三字经》开宗明义：人之初，性本善，性相近，习相远。苟不教，性乃迁，教之道，贵以专。……养不教，父之过，教不严，师之惰……我认为教育孩子，表扬和批评同样重要。没有规矩，不成方圆。批评是教育孩子成长的必要手段，而打骂是批评的极端行为。批评就像风雨，不经风雨的树苗长大了也是弱不禁风，立不住根。批评就像为树苗修枝剪叶，规正生长方向，只有这样树苗才能长成参天大树。

从嘉嘉现在的表现来看，他智商出众，好好培养，定会青出于蓝而胜于蓝。

北京今年实行划片入学的方针，儿子所住小区没有好的学校，因此，为嘉嘉将来入学能选择一个好一点的学校，儿子谋划着换住房。学校对孩子的教育成长固然重要，古时候就有“昔孟母，择邻处”的故事。但我个人认为，在幼儿园和小学阶段，只要家里培养孩子养成良好的学习习惯，家长适当给予必要的辅导，孩子学习是不会因学校教学差而落下成绩的。德国就没有幼儿教育一说，5岁前不主张认字读课本。今年高考有一个考生只有10岁，而且没有读过重点学校，结果高考成绩超一本分数线68分，这就是现成的例子。我个人自学体验，只要下两年苦功夫，就可以掌握一门学问，持之以恒，就会有所成绩。父母只要在嘉嘉小的时候，不让他痴迷网络游戏，大一点时，能够专心致志地读书，嘉嘉定会自然而然地走上成材道路。

成长中的嘉嘉

时隔不到40天，我又到了北京，与儿子一家外出旅游过春节。再次见到嘉嘉孙儿，发现短短一个多月，他的身体更加壮实了，骑着玩具车满屋跑，熟练地转弯倒车，俨然成了一个小驾驶员。话也说得更流利了，姥姥、姥爷都会叫了，有了数数的意识，上楼梯时一二三地数着楼梯台阶，还不时蹦出一百一千，给人惊喜。他还学会了上厕所。嘉嘉智力超群，十分敏感，飞机起飞时他感觉出与往常不同，吓得抱紧爸爸喊怕。

但有些变化也让人难以忍受。有朋友送来一盒丹麦铁盒装的糕点。嘉嘉很喜欢，双手霸住谁都不给，我们几个大人假意执意要。嘉嘉说糕点硬、辣来哄我们，小家伙已经懂得骗人了。到了杭州，我们在饭店点了一桌菜，嘉嘉不让大人动筷，原来他在家里养成了吃饱后才让其他人吃的习惯。我们好话歹话说尽，嘉嘉就是不听，谁要动筷他就哭闹。我们几个大人假意要走，他潇洒地摆着手说，去吧，你们都走吧。气得我忍无可忍，真想动手打他。小孩有了物权意识，是一大进步，是好事。《三字经》说，“融四岁，能让梨”。嘉嘉现在还不到两周岁，礼貌谦让是后期培养的事，但是嘉嘉连身边最亲的人都不让吃饭，这也太过分了吧！早晨吃早点时，街上下蒙蒙细雨，我们打着伞去饭店。饭店挤满了吃早点的人，自然要把雨伞收起，可嘉嘉就是不让，打着滚地哭闹。自私、任性、霸道是独生子女的共性，因此，独生子女（包括大龄父母生的第一个孩子）教育是一个特别重要的难题。家里大人往往对孩子放纵娇惯，很少批评，然而不严格管教，孩子很难健康成长。就如一株小树，不加修剪枝丫，任其疯长，难以长成参天大树。儿媳妇艳艳问我，不守纪律的孩子学习会好吗？我说这种孩子学习好的不多，但走到社会上反而能力很强。艳艳说那不行，必须学习好才能考上好大学，才会有一个好前途，得狠下心来管教他。受到儿媳妇的鼓励，我带头开始批评嘉嘉，可这小子不买账，先是乱插话打岔，后来又用眼角瞅我，表示不满，逗得大家哈哈大笑。教育还是起了效果的，他的妈妈抱他回房间睡觉时，他配合大人脱衣服、洗脸，表现很乖，以至于儿媳妇遇到嘉嘉不听话的时候就说，晚上要开会教育嘉嘉。嘉嘉很聪明，懂得好歹，可塑性极强。

嘉嘉爱跑步，在上海机场大厅里，我们一不留神，他便撒欢跑开了，吓得姥姥、爸爸、妈妈一起在后面紧追。他在公园里看到一只松鼠爬树，说松鼠厉害。我们嘉嘉竟然会用形容词了。嘉嘉的身体和智力都超过同龄小孩，真让我们高兴。但与此同时，也提醒我们要因材施教，有针对性地加强教育培养嘉嘉。

3岁的嘉嘉

2016年4月14日，是孙儿嘉嘉3周岁生日。嘉嘉长大了，打防疫针时顺便做了体检，他身高103厘米，体重17.4公斤，身高体重均属于中等偏上水平。嘉嘉健壮活泼，睁开眼就闹，很少午休，晚上关了灯才会闭上眼睛睡觉。他骑上儿童三轮车，按着响铃，在道上跑，在公园里灵巧地转着弯，让姥爷姥姥追赶不上，但他懂得刹车，驾驶技术娴熟。嘉嘉运动能力出众，喜欢跑步。

今天我和他姥爷带他到游乐场玩。场里的玩耍设施有20多项，我们坐在场边不管他，任他自由自在地疯玩。他上天入地，在各种玩具上都要一展身手，难能可贵的是他不怕生，哪里热闹就往哪跑，与小朋友一见如故，很快就交了几个好朋友，他带领几个小伙伴一块玩。嘉嘉善于模仿，他把我从电脑桌前赶开，说要工作，他把各种玩具往电脑上过，模仿超市的收银员，说是刷卡。嘉嘉养成了好习惯，从不骂人打人，还特别有主见。有一个小朋友想抢他的小车玩，小孩家长也帮腔，可他就不依，把住车门不让坐。我们在场外远远看着发笑。

嘉嘉情商高，爱说话，与小伙伴在一起，他往往是中心。他还喜欢跟家长大人们交流，手舞足蹈地说个不休。

嘉嘉的智商更是突出，玩也会玩出个花样来。他常常把电动小汽车、小火车等玩具拴连、组合在一起，发挥着想象力玩。他骑上滑板车就像鱼儿在水里游一样，灵巧地在各个房间转来转去。车骑得不耐烦了，就推着跑。他得意地对我说，爷爷，这是我的发明。他骑在玩具小马上，又向我展示了5种不同的造型，真讨人喜欢。我给他讲解儿童画报，稍有不对，他就会指出来。先前他爸给他讲过一遍，他就记住了。嘉嘉口头语有两句，一是，这是怎么回事呀？二是，为什么呢？他喜欢打破砂锅问到底，有时问得你答不上来，只能笑。嘉嘉的语言也很丰富，喜欢用“最”来表达。他对数字，已经有了多少的和前后顺序的概念，懂得了三多二少，上台阶时会数着层数。

嘉嘉有时很霸道，在家里他要说了算，家长不依从，就哭闹。有一次，他没拿滑板，就想与院里的小朋友嘟嘟一起玩，人家不愿意，他就拦路阻挡，我好不容易才劝解开，但这只限于熟人圈。有一次，他与一个不认识的小朋友一起玩他的小汽车，姥姥在远处喊他过去，我拉他走，他说小朋友还没玩好，让他玩一会儿再走吧。这体现了他体贴善良的一面。

嘉嘉比我和他爸爸小时候更聪明，真是后浪推前浪，一代更比一代强。

嘉嘉上学了

嘉嘉已经3岁4个多月，开始上幼儿园了。院里与嘉嘉一起玩耍的小伙伴对上幼儿园很抵触，唯独嘉嘉迫不及待。上了三五天幼儿园，小童伴哭着闹着赖在家里旷课了。嘉嘉也不情愿去，也耍赖皮，但只要车开到幼儿园大门前，嘉嘉就开始正经起来，挥手与你道别规规矩矩地走向教室。从家里的小霸王到幼儿园里的学生，这是他人生的第一个身份转变，嘉嘉成功转型了。

中秋节前，我到了北京，与嘉嘉的姥爷、姥姥一起去幼儿园接嘉嘉。嘉嘉排着队从教学楼出来，看见了我，站在队里向我笑一笑挥挥手。走近我们时，他手里拿着一个幼儿园里发的月饼，对我们说，中秋节了，真快乐。我们一行走到大门口，嘉嘉摆着手微笑着向门卫打招呼，很有礼貌。

在幼儿园里，我要接过他背上的书包，嘉嘉不让。走出幼儿园一段距离，我才从他身上取下书包，悄悄拉开书包看了看，里面放着纸巾和内衣裤，没有一本书，但书包是学生的象征呀，嘉嘉在幼儿园里就要背着书包，保持着学生的形象。

嘉嘉的一个同伴告诉给我们，嘉嘉今天在课堂上哭了。他的姥姥问哭的原因，原来是幼儿园安排孩子们做月饼，嘉嘉没有做好小月饼。在车上嘉嘉姥姥问："你没有做好月饼，被老师批评了？"嘉嘉说："老师没有批评我，说我做得很好，就是没有别人做得好。"我们嘉嘉多么会说话，同一性质的问题，说出的话分量就是不一样，大有外交家的口才了。

我看到嘉嘉手里小心翼翼地拿着小月饼，说："嘉嘉，你把月饼给爷爷吃了吧。"嘉嘉说："那不行，要和大家一起分享。"豆大的一块月饼，要分成6份，我可没有那种本事，只好望"饼"兴叹了。

我是一个粗枝大叶的人，来时没有给嘉嘉买玩具。儿子已经想到这一点，特意买了一件恐龙玩具，充当我带给嘉嘉的玩具。嘉嘉对恐龙玩具很感兴趣，玩得兴致勃勃。我在一旁看着很高兴，可随后就被嘉嘉一系列提问弄得苦恼不堪了。嘉嘉问恐龙为什么4条腿走路呀？它为什么长着大尾巴呀？大象为什么尾巴小呀？恐龙走起来声音为什么这么怪呀？玩具外包装盒上画了几种恐龙，其中有天上飞的翼龙。我告诉他，这是翼龙，能在天上飞。他又问，为啥霸王龙不能飞呀？一连串的为什么，逼得我无话可说。胡编吧，又被嘉嘉揭穿。嘉嘉问我，恐龙吃什么，我说吃草和树叶，嘉嘉说，不对，翼龙吃虫子。还是嘉嘉聪明，飞在天上的鸟吃虫子，翼龙当然应该吃虫子。我们嘉嘉的知识已经开始系统化了，他有了自己的判断标准。他爸爸掏出恐龙玩具时，我不在场。他爸爸说，这是爷爷给你买的玩具。嘉嘉说，你哄我，你是从网上买的。这家伙已经能看穿大人的鬼把戏。如今的嘉嘉最常说的是两句话：这是为什么呀？这是怎么回事呀？他打破砂锅问到底，问得你头疼不已。

嘉嘉还喜欢说，我小的时候怎么样，怎么样……一份阅历沧桑的样子。我觉得很好笑，问他，你现在还是一个孩子吧？嘉嘉一本正经地回答，我已经是大孩了，院里的孩子才是小孩。

嘉嘉特别谨慎，十分理智，从不莽撞。7月，他回到内蒙古，到草原玩，遇见了蘑菇圈。他很兴奋，蹲下来仔细看蘑菇，他在画报上见过蘑菇。我让他摘蘑菇。他就是不动手。我先动手摘了一个蘑菇，他才动手。他拿着蘑菇，高兴地喊叫，我摘到蘑菇了。

嘉嘉活泼爱动，喜欢跑步，身体强壮，在幼儿班里属于高个子。但嘉嘉不会打架，遇上小孩打他，他不会动手还击。他爸爸对此很揪心，如果一直这样将来嘉嘉走上社会，那不是要吃亏吗？我说将来的社会，微笑比拳头更管用，嘉嘉情商高，很容易交到朋友，很容易融入社会，这样的孩子往往更有出息。

嘉嘉真棒

国庆节期间，我去北京小住了七八天，感觉嘉嘉这半年来进步真大，个子长高了，更强壮了，更帅了，智商、情商均衡提高，有了男孩子那种顽皮、强悍的气质。

嘉嘉已经不再按部就班地玩骑车了，车在跑动时，他不时把车提起来，恨不得要飞起来。而且他把车立起来当作坦克、盾牌，向我进攻，玩打仗游戏。嘉嘉已经开始学跆拳道了。我去跆拳道馆看了一节嘉嘉上课。有8个小孩在上课，大一点的十三四岁，小一点的八九岁，而嘉嘉只有四岁半。首先是在垫子上跑25圈，嘉嘉一步不落跟着跑，随后是学动作，手练着嘴里喊着，嘉嘉声音洪亮，动作一丝不苟。随后练压腿劈叉，嘉嘉忍受不住疼，哭出了声，但他坚持训练，站起来后，对教练彬彬有礼，大声应答，没有小孩子气。但是，这个教练教学方法有点问题，他把打学员作为一种基本的教学方法，学生动作不当，随手就是一棒。那根棒是用塑料皮包裹起来的，打上去声音响亮，可未必有多疼，但有损学生的尊严。儿子不想让嘉嘉学了，嘉嘉本人倒没有流露出厌学情绪。我也很矛盾，跆拳道是一项很好的运动，但是不是要跟着这位老师学呢？棒打的方法是不是跆拳道的一种教学方法？这种教学方法会不会给孩子的心灵留下阴影呢？

儿子给嘉嘉买了不少乐高玩具，嘉嘉拿出一盒要拼小汽车，我一看细碎的积木块就头大了，便躲开看电脑上的新闻去了。嘉嘉一个人安安静静边看图纸边拼积木，不大一会儿后就把拼好的小汽车拿给我看。我看后大为惊异，他的动手能力比我见过的同龄小孩强多了，而且他能够看懂图纸。嘉嘉拿起笔描图，线条流畅，有模有样。他让我辅导儿童画册，上面讲的是恐龙故事，我随口说霸王龙如何如何，嘉嘉马上纠正我的错误，他能辨别出几十种恐龙，比我知道的多得多。儿子每星期去儿童图书馆借阅10本儿童图书，嘉嘉一年要读300多本书，这是多么大的阅读量呀

在培养和教育后代的问题上，我与儿子相比，付出差远了，很是惭愧。嘉嘉有爸爸妈妈的尽心教育，有姥爷姥姥无微不至的关怀照应，将来一定比他上代人强，这是情理之中的事。

聪明大气的嘉嘉

9月中旬，我与儿子一家从北京到忻州参加外甥女珍珍的婚礼，这是孙儿嘉嘉第一次回祖居故里。我们是晚上10点多上的火车，坐的是软卧车厢。包厢里有一位中年妇女旅客，嘉嘉一进包厢就兴奋不已，爬到上铺不停地说笑，不时与对面阿姨交谈，叫阿姨叫得可亲了，奈何那位旅客不愿搭理嘉嘉，甚至还抢白嘉嘉。嘉嘉也不恼，就像一个大人似的说：怎么能这样呢?我暗自失笑。那位妇女也被嘉嘉说得不好意思了，勉强露出一丝笑容。我们嘉嘉有着大人般的风度。

到了忻州，见到众亲友，嘉嘉满脸笑容，口齿伶俐，没有一丝陌生感，很快与大家亲热得不得了。嘉嘉从小就参加各种学习班学习，没有那种胆小害怕的感觉。只是到亲戚家串门，嘉嘉给人带来一点难堪。他进了布置漂亮的人家，玩得如鱼得水，可一旦进了简陋的家，就说埋汰，一刻也不想待，小家伙“嫌贫爱富”。嘉嘉这种态度从好的方面说是，从小就对美丑好坏有着直观判断力，是一种早慧现象；但是从另一方面来讲，今后要对他的品德教育刻意重视，防微杜渐，可不能养成嫌贫爱富的毛病。

新人第二天回门，按习俗要拦新女婿进门，要红包才放行。嘉嘉也学叔叔们样，拦在了单元门入口，而且排在了最前面。新姑父下车走近，我们嘉嘉张开双

臂拦住，霸气地喊道：不给红包不许进门！把新女婿和周围的人逗笑了，新姑父乖乖地给了他两个红包。嘉嘉两手高举着红包，得意扬扬地让开了路。事后，我开玩笑试图向他要一个红包，他一本正经地说，那不行，那是给我的红包。

晚上在二弟家聚会就餐，嘉嘉成了大家关注的中心，小家伙说话时妙语连珠，应对自如。他对新姑父尤为热情，想必红包还发挥着作用呢。二弟喝了不少酒，抱起嘉嘉，让嘉嘉亲一口。嘉嘉真的亲了，只是亲后迅速扭过头抹嘴，他闻不惯酒精味。嘉嘉从来没有主动亲过我，他能看场合行事了。大妹要送儿子一瓶汾酒，儿子推辞说，不喝酒，不带了。嘉嘉接过话头说，姥爷喝酒，拿回去给姥爷喝。嘉嘉姥爷如果知道嘉嘉主动为他带酒，不知要高兴成个啥样。有亲友送我一件台蘑酱，嘉嘉赶紧接过来，提到他和妈妈住的屋。小家伙精明得很。亲友们感叹地说，这孩子就是聪明，智门家族后继有人了。

嘉嘉长大了

嘉嘉已经5岁半了，身高122厘米，身体健壮，长大了，也懂事了，更为欣喜的是，他养成了好学上进的优良习惯，增加了不少本事，智商、情商都高。俗话说，三岁看大，七岁看老，我为孙儿的表现深感欣慰，坚信长江后浪推前浪，一代更比一代强，他会比爸爸、爷爷更有出息。

嘉嘉在学习时注意力特别集中，在课堂上有强烈的表现欲，我保存着他的一张照片，是班里老师拍的，老师提了一个问题，周围小朋友有的不敢举手，有的犹犹豫豫半举着手，唯有嘉嘉挺着胸脯，一手按在胸脯上，一手高高举起，眼睛圆瞪着，这种积极的态度真令人喜爱。嘉嘉在朗诵时，常常伴有大幅度的手势来加强语气，这不是老师教的。老师说，嘉嘉最爱回答老师的提问，老师不叫他回答，他就不高兴。从老师发的小视频看，嘉嘉显然已经是小伙伴里的领头人，他事事带头，好管“闲事”，有一定的组织能力。最为值得嘉许的是，嘉嘉参加了北京电视台少儿节目组录制的节目，原计划安排的是中外小朋友对话，可外国小朋友没有来，这就打乱了导演的策划，当主持人关凌问小朋友，谁会背绕口令时，一下冷了场，没有小朋友站出来，没有人点名，事前也没有排练，嘉嘉主动向主持人申请背诵，临场发挥背了一首绕口令，他声音嘹亮，很有节奏感，赢得主持人的表扬和台下观众热烈鼓掌，该节目已在北京电视台播出。熟悉嘉嘉的人都说，嘉嘉天生是见大场面的人，场面越大越兴奋，表现越好，不怯场。有一次，导演选小演员，儿子领嘉嘉去见导演，嘉嘉不光回答了导演的问题，而且向导演提出了几个问题请教，把导演都逗笑了。

嘉嘉爱学习，学习能力也强，精力充沛，中午不睡午觉，从小就不睡懒觉，儿子为他先后报过七八种兴趣班，无论是哪个，他都学得津津有味，练跆拳道，腿要劈叉，嘉嘉疼得哭了，但边哭边练不下场。初学街舞，老师几个动作教下来，我在边上都记不住，嘉嘉竟然完整地演练下来。嘉嘉拼小颗粒模块，可以自己对照图纸完成图形。根据我的经验，小学生在四年级时才学会识别图纸。我见过儿子教嘉嘉写自己的名字，嘉嘉用有力的笔迹第一次方方正正地写出了自己的名字，我很惊奇，便让儿子拍照保存了下来。一个月过后，我再到北京，见嘉嘉独自在桌子上随心所欲地画着自己想画的东西。

嘉嘉小小年纪，已经有了是非观念，并且有时会观点鲜明地表达出来。有一次，儿子说话呛我，孙子在一旁大声阻止，说，爸爸，你错了，爷爷做得对。这让儿媳妇惊奇不已，说嘉嘉不向着爸爸说话。他小的时候，从来不陷入大人问话陷阱，就不回答亲爸爸还是妈妈的问题。嘉嘉有着强烈的荣誉感，他回卓资山时，看到我得的一个奖杯爱不释手，我就赠给了他。这次见面，孙子自豪地向我展示他得的奖章、奖牌、奖杯，嘉嘉已经有了自己的荣誉纪念物品。

我写过一篇文章，题目是：优秀是一种习惯，从小养成的良好习惯终身受益。在教育嘉嘉，儿子和儿媳妇付出了很多，他们先后为嘉嘉报过英语、演讲、美术、围棋、跆拳道、街舞等兴趣学习班，儿子每天辅导嘉嘉学习两个小时以上。嘉嘉每星期要翻阅10本幼儿图书，把一家图书馆幼儿读物看完再换一家图书馆借阅。这种辅导力度让我佩服，也让我汗颜，因为我对儿子培养基本上是放任自流，孙子的优秀也是儿子辛勤付出的回报。

禾禾乐和

禾禾这孩子天生和善，喜眉笑眼，讨人喜欢。他从小就不认生，谁抱他都行，对一些生疏的人他虽然不情愿让抱，但好像不好意思拒绝别人的好意一样，直到过了一周岁，才有了自己选择拒绝的主张。他不任性哭闹，很乖。

禾禾天生是学理科的料，好奇心强，专注。他百岁岁时，我抱他在屋里转，他对挂在墙上的座钟特感兴趣，两眼专注地盯着钟摆看，好像在研究钟摆为什么会摆动，怎么会发出声响。4个月的时候，他就用油笔画满一张纸，创作了人生第一篇作品。一周岁前后，他就会用遥控器来玩电子玩具。可以预料到，禾禾将来念书一定会出色的，是一个成材的料。他会自己寻找乐趣，拿着一面小镜子，照一下，躲在一边偷笑，自己与自己玩躲猫猫。

禾禾喜欢动物，每次回到奶奶家，总要追着母鸡转，学母鸡咯咯咕咕地叫。他会专注地观察老猫的一举一动，但就是不敢靠近它。禾禾对小狗二龙是又喜又怕，二龙一接近他，就吓得哭叫，可又喜欢看大人逗二龙玩。他特别喜欢鱼缸里的金鱼，围着鱼缸用棍子打，用网捞，有一次，他一下闪进了鱼缸，吓人一跳。

禾禾长得俊，瓜子脸，大脑门，大眼睛，高鼻梁，小红嘴，笑起来两个小酒窝，相貌形态像他姥爷的地方多。两耳都长有拴马桩，左边长着一个，右边长着3个，有人说那是福相，主长命富贵。我说那是多余，割掉算了。他爸爸晓宇说，等他大了，由他自己做主吧。

禾禾和我很有缘，我抱他时他连妈妈、奶奶都不找，可能是我让他关注新鲜事物的缘故吧。他有男子汉气概，好像有点不耐烦大人们的亲吻。

禾禾一周岁抓周时，在琳琅满目的物品中一伸手就把一枚公章抓到了手，引起亲友们一阵欢呼，说禾禾将来志在当官。当今社会，国民把做官视为天下第一等好事，古人固然说过，万般皆下品，唯有读书高，但读书并非就当官一条路，其中最重要的含义是求学问，有所作为。公章并不意味着就是官位，那是一种权威的象征，更是一种责任，因此，将来禾禾当一个领导固然是亲友们的期盼，可我认为，将来禾禾成为一个学有专长的专业技术人才，成为某一个领域的权威也是一种人生选择。

禾禾第一次看见厨房里锅灶里燃烧着灶火，就大声喊，着火了！把家里人都逗笑了。

他的妈妈佩佩手机玩得很熟练，常常把禾禾相片加工制作发到微信里，有时也发禾禾的短视频。禾禾已是亲友群中的小明星了，本事逐日在长，每隔一段就会给亲友们带来新的惊喜。

善良慈祥的老人

人生岁月河流一去不返。人在路上，最值得欣慰的是有人与你同行。

朋友与你一路栉风沐雨、同甘共苦。你不小心跌倒了，朋友拉你一把；你苦闷了，朋友为你解忧愁，大家相扶相持，结伴前行。我小学毕业考初中时，因家庭成分问题，被拒之校门外，是同学好友王文龙陪伴我走出那段黑暗的路程。我俩一起玩耍，一起学习，一起劳动挣钱；我们一起拔草养兔，一起挖土坯卖钱，一起在社会上找零散活儿干；我们一起爬礼堂窗户，跳进去看电影和文艺演出（那个时期，演出不卖票，青少年只能想法子混进去看），算得上是形影不离。他的家也是我的生活港湾。他的弟弟就像我的弟弟一样，我们相处亲密。他的妈妈是我最为敬佩的贤良慈母。

那个年代讲究成分，家长都顾及自家孩子与家庭成分出身不好的孩子在一起，有可能带来不测。而文龙的妈妈生性善良，胸怀宽广。她对我给予更多的同情和关爱，鼓励自家儿子与我交往。

文龙兄弟8人，还有一个妹妹，是当年卓资山镇第一个大家庭。只有文龙爸爸在食品公司上班挣钱养家，生活的艰难可想而知。但是文龙父母治家有方，父严母慈，家里虽然孩子多，热闹却不混乱，兄弟间极少吵架打架。文龙的爸爸惩罚犯错的孩子，也很少打骂，只会罚饿他一顿。一大家子人都端着饭碗稀里哗啦吃面条，只有一个弟弟站在地上默默流泪，那种教育效果立竿见影。中华人民共和国成立初期，小城文明程度低，父母骂孩子往往口不择言，骂自家孩子是“枪崩货”的话都能出口。而文龙的母亲却从来粗话不出口，在邻居大妈中显得有品位。文龙的母亲非常勤快，孩子们的衣服和布鞋都是她自己做的，孩子们穿的衣服都很整洁。她还有一手好厨艺。我们邻居小伙伴们常常一放下饭碗就往文龙家跑，往往赶上文龙家开饭，那种饭菜的香味一到院里就能闻到，小伙伴们回去对自己母亲说，文龙妈会做饭。母亲不服，说那是他家人多饭香。后来家长们都承认了一个事实，文龙妈就是会做饭。

文龙的母亲谨言慎语，邻里之间，大妈们家长里短的闲谈都不参与，与世无争。但是，生活有时会让好人陷入无奈之中。那个时候，成人一个月的口粮标准是28斤，小孩按岁数多少减量。文龙的兄弟生龙活虎，粮食定量不够吃，而文龙的父母又是自立自强的人，不愿轻易向别人求助。文龙的父亲就想了一个办法，把购粮本上已买70斤，用刀片把7字上的钩刮掉，变成1字，这样每月就能多买60斤供应粮。干的次数多了，就被人家发现了，结果文龙的父亲被抓到公安局了。就在这时，文龙住家政府要拆迁，建土产门市部，文龙家的住房是自家私产房。文龙那时已经在铁路上班，他二弟文忠也在旗下营上班。政府人员到了文龙家，气势汹汹地催逼搬家，文龙的母亲瑟瑟发抖说不出话来，正好赶上我去他家，就与拆迁官员争执。主要争议有两点，一是小南房要算拆迁房，二是正房后面套的南房是用炉渣灰拌水泥做成的房顶，要多算钱。正房后面套的南房是前一年我当老师傅与文龙的弟弟们一起盖起来的。我们提的主要理由是小南房一直住人，当然要按正式住房算，炉渣水泥顶当然要按瓦房折价。20世纪70年代，我在十字街头参加群众大辩论，练出好口才和胆量，在我们力争之下，政府满足了王家的要求。政府提供的搬迁房在新民街，新南房是我当泥工师傅盖起来的，文广、文魁给我当下手。房檩从人家后墙上掏一个口子放进去，这样就节约一堵墙。文龙的母亲不好意思向人家求情，而我不管不顾，直接就把墙掏开把檩放了进去，因为我与前边一家人两兄弟是好朋友。文龙的父亲很有能力，借助一次关押人放风劳动的机会，文龙事先藏身公共厕所，我走近文龙爸附近递眼色，文龙爸会意，以上厕所的名义见了文龙，文龙爸指示文龙找高万副县长和政工部部长姜九州帮忙说话，于是文龙见到了高万副县长。高副县长说，改粮本不对，但主要是孩子多不够吃，情有可原，可粮食是自家用钱买回的，不属于贪污和盗窃，没有犯法。在开明领导的过问下，文龙的爸爸被放了出来，多买的粮食指标，以后每月扣一些，花一年半时间才扣完。就因为这两件事，文龙的妈妈一直说我帮过他家大忙。

2017年10月27日，我去文龙家做客，第二天，我特意去看望了老人家。老人家已经86岁了，身体健康，体态轻盈，脸上没有明显的皱纹和老年斑，脸庞就像婴儿一样光滑圆润，我大为惊异。她一眼就认出了我，记忆力很好。她对我十分热情，临走时，她打开放茶叶的柜子，一定要送我茶叶。

我从文龙母亲的身上悟出了健康长寿的秘密，那就是心地善良，有信仰，生活中讲究清洁。小时候文龙一家人不吃大口井里的水，而是多走几里地用压水井里的水。文龙和他的弟弟从小就从很远的地方抬水、担水吃。

母亲善良，持家有方，家族定会兴旺。如今，文龙的弟弟妹妹都是事业有成，生活安康，他们都孝顺母亲，孙辈们长得漂亮，聪明活泼，一代更比一代强。

衷心祝愿善良慈祥的老人家健康长寿，幸福地欢度晚年。

文学杂谈

当代乡村叙事学术研讨会上的收获

我写了一篇题为《把握时代脉搏重建乡村叙事》的文章，向重庆大学举办的“当代乡村叙事与中国乡村的现实和未来学术研讨会”论坛投稿，受到会议主持人郭春林和刘海军老师的青睐，有幸接到了参会邀请函，参加了两天会议，收获满满。

会议日程精心安排，分为四个单元七项议题，分别是：第一单元，从集体化到共同体：反思当代乡村叙事；第二单元，知青作家与农裔作家的乡村叙事；第三单元，转型与重建：近三十年的乡村叙事；第四单元，现实与实践：探索新的可能。每个议题安排四五个人发言，一位老师主持，一位老师点评。老师点评后有富余时间，参会人员可以自由提问辩论。最后一天安排了两个小时的圆桌会议，参会人员各自做总结发言。会议内容涵盖了乡村叙事写作的方方面面，时间安排紧凑，会场气氛紧张热烈。会议举行得十分成功。

来自中国艺术研究院的鲁太光和浙江大学姚晓雷的发言，深刻揭露了乡村文学中存在的问题，批判力度大，给我留下了深刻的印象。鲁太光的论文题目是：《无能的写作——论贾平凹的长篇小说〈山本〉》。鲁太光说：“《山本》讲述的故事不可谓不大，意图不可谓不宏，价值不可谓不正。但作者虽然指出了‘英雄意识’的危害和‘封建意识’祸祟，但却意图用佛老思想对冲封建意识，因而在目的与手段之间出现了巨大的不相称。”“这种价值的无能给作品带来的伤害是根本性的，也是多方面的。就是情感的无能，即在情感上，作者不能给人物以出路，也无法给读者以出路。”“《山本》所展示给我们的，不仅是价值观的无能、情感的无能，而且还有形式的无能——对于文学艺术而言，这是更为本质的无能。”姚晓雷的批判更为尖锐。他说：“大多数新时期文学创作中所刻意营造的精神景观，也并非基于对现代文明精神精华部分的进一步阐扬和发挥，而在里边供奉的不过是些纸糊神像。换句话说，这些作品所经营的看似信仰或崇高的东西，其实是经不起现代理性剖析的，充其量是以信仰姿态向读者兜售一种伪价值、伪归宿、伪意义。”

研讨会上，多人围绕农村土改和集体化发表了意见，不同意见大有交锋的架势。我个人认为，写作应该是无禁区的，百花齐放百家争鸣才是文艺的春天。但是我们不要忘了文艺要为人民服务，要为社会主义服务的二为方针，这是写进宪法的原则。社会主义革命和建设是一个实践的过程，也是一个试错纠正继续前进的过程，农村土地采取家庭经营好，还是集体模式好，是可以讨论探索的问题。但绝不应该背离社会主义的前进方向，放弃社会主义的理想。

参加这次会议的多是全国各大院校中文系的老师，他们几乎都有博士学位，年长者本人就带着博士。高校是文学重镇，对我国文学事业的繁荣发展起着极大的作用，多数与会人员的发言确实不同凡响，很有见识，让我这个门外汉大开眼界，收获多多。据说高校中常举行类似的学术会议，但据与会人员反映，这次会议与以往不同的是，不光邀请了乡土文学研究者，而且还邀请了乡村建设的实践者、“三农”问题研究者，不同背景的人在一起交流讨论乡村的问题，带来的思想碰撞，给与会人员一种耳目一新的感觉，开拓了大家的思路。

四川农村基层科技干部袁勇的发言题目是《生态社区建设——城乡救赎的草根实践》。重庆社科院退休干部朱艺的发言题目是《成为亿分之一：一个亲耕生态小农的乡村生存行动研究案例》。这两个人各自试验创造了一种农家生产生活新模式，是开宗立派的人物。他俩都有演说家的口才，制作的PPT比大学教授还专业，图文并茂，极有说服力，他们就像牧师布道一样向听众灌输他们的经验和价值观。

袁勇是四川省劳动模范，我早就听说过他。他创办了生态社区，首创“专家+农民+社村能人+农技人员”的模式，以产业方式把农民组织起来，为农民的生产生活提供服务。他认为农民专业合作社存在很多问题。他兼着两个行政村的党支部书记，从他展示的图片来看，他所在的社区搞得是不错的。但我有疑问，没有强有力的组织模式，真能改变农民的生产和生活吗？其推广价值又有多大呢？袁勇一身劳动工装，风尘仆仆，他是中途参加会议的，他发完言，听完老师点评就退席了，连饭都没有吃，就坐车返回了，其人做派，大有古贤墨子的风范，献身敬业精神令人钦佩。

朱艺创办了“合初人”组织，已经成立有15年，并在重庆市民政局注册。她在一个小山村与农民和志愿者创办一种生态小农生态模式，做传统生态农业，其理念是，并不刻意追求经济效益，而是提倡一种天人合一、以中国传统文化为核心的儒家耕读生产生活模式。我作为一名专业农业科研人员，说老实话，我并不赞成朱艺的主张，但我十分尊重她。朱艺搞的这一套，是对传统文化的一种继承，真心希望她能够取得一定的成功。如今社会多元化，是应该鼓励人们探索各种有意义的生活模式。以色列的基布兹集体农庄是按照社会主义的理念原则建立的，已经存在了七八十年，其农产品在市场上畅销，其成员生活幸福。日本山岸会是20世纪50年代创建的一种生活一体化、经营一体化的独特生活模式。其宗旨是，“强调人和自然的和协和统一、用自己的双手创造物质财富、消灭私有、铲除私欲、实现各尽所能、各取所需，使人类共同走向繁荣”。山岸会员过的是一种共产主义式的生活。这种模式在德国、美国等7个国家推广，山岸会成员在全世界约有10万多人。外国已经有了成功的模式，我们为什么不鼓励朱艺的探索呢？毕竟，我国有儒家世界大同的传统文化理想，有耕读传家的优良传统，又有几十年社会主义集体化的实践探索，多希望朱艺老师带头为我们创造出一套能与社会主义理念合拍的新的生产生活模式。

会议还邀请了柳青的女儿刘可风。刘可风创作的《柳青传》，广受社会的好评。柳青是我国乡土文学的标志性人物。文学是一种继承创新的事业，能与柳青传人相聚相会，感到特别亲切。

我在会上介绍了我的长篇小说《麦颂》，该书思想价值、艺术价值有多高，我不敢吹。但我敢说，这本书讲述的故事，叙事的角度，塑造的人物形象是独一无二的，纯属原创。《麦颂》是对人民公社及包产到户后农村的发展实事求是的书写，是对人民公社和包产到户改革的成败得失的批判总结。在会下交流中，北京外国语大学的唐利群老师特别不理解我怎么会在书中既赞扬了大寨战天斗地的奋斗精神，称大寨人是共和国的英雄，又说正是学大寨运动的官僚主义、形式主义是造成了人民公社解体的一个重要原因。我多想请各位老师看我写的《麦颂》，给予批评。

最后，我还要说一说重庆大学的郭春林和刘海军老师，他俩是会议的实际承办组织者，会议能够取得圆满成功，他俩功不可没。我与这两位老师是第一次见面，他俩给我的第一印象就是文弱的谦谦君子，待人热情礼貌，工作安排得细致周到。在会议中听他们发言，才知他俩不光口才好，而且条理清晰，逻辑性很强，说话态度和蔼，语气和缓，用词有时委婉，但观点鲜明，有独到的见解，绝不是和稀泥的老好人，而是在文弱的外表下面，有着优秀知识分子铁骨铮铮的品质和担当。刘海军在点评中对发言人的某种观点不赞同，就用大家都能接受的方式提了出来，引得大家会心一笑。郭春林在会议开幕致辞和散会时的总结发言，更让人难以忘怀，他说的并不多，但说的话起到了画龙点睛的作用，成功地引导会议顺利进行。他针对有人说乡土文化的消失提出反问，中国将来是不是不需要农业、农村和农民？如果需要，那么乡土文学在当代文坛中始终会占有一席之地。作家创作乡土文学作品，不能只靠人文情怀，还要有使命和担当。他无意弥合不同观点的表达，鼓励开展争鸣，他说只有这样才有利于乡土文学研究学术的进步。这次会议跨界邀请了圈外人参加，显示了重庆大学人的胸怀和视野。学术会议要有好的学术带头人，这次会议圆满成功，郭春林和刘海军起到了积极的作用。我向他俩致敬致谢。会议服务人员多是郭老师、刘老师的学生，强将底下无弱兵，在此，我一并向参会同学周到的服务致谢。

精品是这样锻造出来的

我在一个单位看到了一期由乌兰察布市艺术研究所创办的《艺术创作》杂志，该刊主要选登的是戏剧、诗歌作品，很有特色。于是，我将所写的一篇小品处女作托人转递给编辑部。作品送出不到半个月时间，我就接到通知去参加市文化局艺术研究所开作品研讨会。

6月13日下午，我与察右前旗农民业余作者张占义一起到了乌兰察布市艺术研究所。这个研讨会别具一格，分别单独约作者来会场，由作者念稿，5位专家当场评议指导。这5位专家都是乌兰察布市文艺戏剧界的权威人士，分别是：王裕熙，中国戏剧家协会会员；杨志清，乌兰察布市歌剧团原团长、著名导演；李兰坡，戏剧作家；段老师，集宁区文联原主席；曹老师，乌兰察布市新锐戏剧作家。

先讨论张占义的小戏《春满乡间》，该剧讲述的是在农村实行合作医疗，农民狗狗不相信交20元合作医疗费就能看病报销，他把老婆给的入合作医疗的钱，去赌钱输掉了，还瞒着老婆。狗狗得了阑尾炎疼痛难忍，老婆打电话把合作医疗医院的大夫请来看病，狗狗怕花钱不想看病，可又疼痛难忍，还怕没入合作医疗的事露馅，左右为难。老婆骂狗狗省钱不要命，又怨大夫私吞入保费，说话不算数。由此引发一连串的误会。该剧主题鲜明，弘扬新农村建设主旋律，贴近农村现实生活，语言风趣幽默，故事情节完整，是一出好剧本。各位老师先后发言，既给予剧本基本肯定，又提出不少修改意见。各位老师的发言，既针对剧本本身存在的问题，又阐述戏剧创作理论原则，辅导作者如何创作。在各位老师不同角度的发言中，在大家反复讨论中，作者修改剧本的蓝图逐渐清晰起来。我听了大受教益，后来轮到讨论我写的剧本时，这种感受更为具体、强烈。

能受各位老师的指教是我的荣幸，我想请各位老师吃顿便饭，师志强所长说，会议已经安排好伙食，所里请我们作者一块吃饭。会议进行3天后，各旗县送来的剧本都已讨论完毕。饭桌上我赞扬这种审阅剧本的形式好，既可使剧本日臻完善，又是对戏剧创作人员的一次培训。师所长说，早在王裕熙老师当剧研室主任时就创立了这个传统，已经有二三十年了，全市创作的戏剧作品几乎都是通过这种程序，包括当年武利平创作演出的剧目，有的作品要组织专家多次讨论。杨志清老师更是到过各个旗县的乌兰牧旗指导拍戏。最使我感动的是王裕熙老师主动邀请我们到他家做客，送我和张占义每人5本书，鼓励我们在戏剧创作方面做出成绩。

参加完作品研讨会回家的路上，我感悟到：难怪乌兰察布市会不断出戏剧精品节目，比如《摘花椒》，1985年获得全国地方戏剧、小品比赛二等奖；《劝夫》《风雨山城路》《光棍汉与外来妹》先后获得了内蒙古自治区政府“五个一工程”奖；《光棍汉与外来妹》更是进京演出大获成功；《风雨情》获1998年文化部小品比赛三等奖；《秀姑劝夫》和《光棍娶妻》当年也轰动一时……戏剧精品是在主创人员潜心努力、各方人士批评指导下精心锻造出来的。难怪乌兰察布市会出现武利平、王凤云这样的明星大家，这是因为乌兰察布有群众性文艺创作的土壤，有老一辈艺术家传帮带的优良传统，有艺术研究所（前身是剧研室）政府机构高效率的工作。

文化的传承

两年一度的青歌赛正如火如荼地进行，给全国观众带来了一场视觉盛宴，歌曲爱好者大呼过瘾。然而，青歌赛上风头最劲、最受观众青睐的却是余秋雨的综合素质点评，哪个歌星都不如余秋雨耀眼。本来余秋雨连当几届评委后已经宣布不再当青歌赛评委，可中央电视台却再三邀请他，因为之前的团体赛表明，余秋雨若不出场，将会显著影响青歌赛的收视率。

余秋雨现象反映了亿万观众对余秋雨博大精深的文化知识的敬佩，体现了观众对文化知识的渴求。

余秋雨点评的文化题目多数是我国小学到高中阶段学过的知识，是一些文史、地理常识，涉及国外的题目也是文化艺术领域里的事，偏题怪题并不多，遗憾的是多数歌手回答不上来。这反映了一部分青年人文化素质不高、视野不够开阔的现状。

有人对此抱有一种不以为然的态度，认为作为一个歌手唱好就行啦，文化知识多寡无所谓。然而，文化是乳汁，是一个人成长过程中不可缺少的营养；文化是土壤，一个人没有深厚的文化积累，就像一棵树扎根在贫瘠的沙石上一样不可能长大成材。

新文明脱胎于旧文明。只有继承人类优秀的文化遗产，才有可能创新，才会创造出更灿烂的现代文明。在青歌赛上设置综合素质点评环节，是一个引导青年人构建较为全面的知识结构、健全人格、追求真善美的导向标，不光受到青年人的欢迎，也引起社会各阶层人士的普遍关注，这是一个难得的亲近、学习、继承传统文化的机遇。

文化的魅力

20多年前，我连续几年到云南做南繁育种，一待就是几个月，对那里的名胜古迹多有探访。这次友人相邀到云南一游，我再三推脱，奈何家人不由分说买上机票，不走也得走。

故地重游，感慨良多。虽然名胜景观大体还是旧模样，但看了4场文艺演出，使我对云南有了新的认识。文化的魅力锐不可当，它可以挖掘提升景观美的品质，激发人们的情感共鸣，进而征服你的心灵。

首先，我在昆明看了一场著名舞蹈家杨丽萍编导的歌舞《云南映象》。云南是一个多民族的地区，全国有56个民族，云南就有52个民族。少数民族能歌善舞，他们用歌舞的形式传承了民族文化，反映了人民对生活的热爱和对理想的追求。《云南映像》是一场反映云南少数民族心灵史的舞蹈。全剧正剧4场，另有序幕和尾声。序幕和第一场为《太阳》，以民族鼓舞为主，场面宏大，气势磅礴，鼓声震天，音响激越，灯光璀璨辉煌，给人一种强烈的艺术震撼。第二场为《土地》，以抒情为主，民族演员轻歌曼舞，歌颂了人民对土地的热爱、依赖和尊崇。第三场为《家园》，这里有各种动物舞蹈造型，汇聚了各种自然声音，把观众引入神奇美妙如诗如画的大自然，令人无比陶醉。第四场《朝圣》，反映的是藏族朝圣的故事，最为精彩。绚丽的灯光、鲜丽的服装和出神入化的舞蹈，艺术地神化了藏民追求幸福和理想的过程，把观众带进天堂仙界，让你感觉到，描写神圣崇高的意境，文学的笔头是笨拙的，诗人的灵感是有限的，绘画的手法是单调的，只有舞蹈才是人神沟通的渠道，如此才能达到天人合一的完美境界。尾声《雀之灵》，是大家熟悉的孔雀舞，鲜活灵动，神韵悠长，就不多说了。

在丽江看了张艺谋编导的大型原生态实景巨作《印象丽江》又是另一番感受。该剧场建立在玉龙雪山下，海拔3100米，以雪山为背景，以蓝天为帷幕，是世界上最高的大型实景露天剧场，能够容纳几千人。正面演出高台分为7层栈道，高台栈道可以喷出烟雾。剧场西边进出口随着剧情的需要，可以流出瀑布。栈道墙壁上有供演员出入的洞口，300个男演员和100个女演员出场，演员全是当地少数民族。演出不拘一格，地上广场，高台栈道，观众席上都是演戏舞台。演出场面恢宏，剧情火爆刺激，竟有马队飞驰奔向层层高台，直至剧场高端边沿。男演员表演粗犷豪迈，女演员细腻抒情，把高原少数民族的内心世界淋漓尽致地表现出来，使人感动，生出由衷的敬意。

如果说《云南映像》是一块熠熠生辉的宝石，那么《印象丽江》就是高耸入云的擎天石柱，一雅一俗把云南博大深邃的民族文化提炼、升华了，成为云南旅游的两张亮丽的名片，引导人们重新认识云南，热爱云南，忘不掉云南。七彩云南是美丽的，而文化是美丽云南的灵魂。文化使优美的云南旅游景观放射出摄人魂魄的魅力，难怪云南的旅游业越来越火。赶快去云南旅游吧，它会给你美的享受，心灵的陶醉。

文化如水，滋润万物

在现代社会，特别是在网络时代，一张报纸就是一个地区政治、经济、文化等各个方面的集中反映，是时代的晴雨表，是人民群众关注社会、参与社会的一个重要途径，因此，读报也成为一个有文化、有觉悟的公民的一种习惯。

《乌兰察布日报》已经走过60周年，它见证了乌兰察布市走过的风风雨雨，培养了一代又一代读者，深刻影响了一代又一代人的成长。

自我识字读报以来，就喜欢《乌兰察布日报·大青山》文艺栏目，发表的文章我几乎篇篇都读，是文学哺育了我的成长，培养了我对文学的爱好，健全了我的人格。后来，我自己开始在《大青山》栏目发表文章，这里是我文学事业的起步点，是我在文学领域耕耘的一块沃土，能在《大青山》这个文学百花园里扎下根，展现风采，吐露芬芳，是我人生最得意的事情。

文学培养人的爱心，使之养成爱家乡、爱祖国、爱人民、爱生活、爱工作、爱家人的高尚情怀。一个人没有爱心，生活是灰暗的，人生是失败的。文学就是精神食粮，文学就是轻风细雨，伴你健康茁壮成长。

讴歌真善美，鞭挞假丑恶是文学的历史使命。《大青山》园地里诗歌多，有的诗歌就像月夜下树林里的夜莺在歌唱，宛转悠扬，给人一种愉悦的心灵享受；有的诗歌又像雄壮的进行曲，鼓舞人们勇往直前的斗志。《大青山》园地里有杂文、有时评，篇篇都像尖刀匕首一样锐利，刺破社会上的丑恶脓包，净化社会环境。《大青山》园地里的散文是最艳丽的花朵，争奇斗艳，美不胜收，赞美家乡，抒发着爱情、亲情、友情，浓浓的情怀，满满的感动。《大青山》上的小说充满了家乡的味道，述说着家乡的故事，潜移默化地影响着家乡的人，牵动着在外游子的心。

《大青山》这块园地里的鲜花常开不败。从这里走出了一批在全国有影响力的文人，有柳萌、赵健雄、查干、满都麦、宋生贵、王玉水、马明奎、任致中等大家。索让、潘树武、乌云、张晓晨等历届编辑是辛勤的园丁，他们为建设这块园地付出了劳动汗水，做出了不可磨灭的贡献。

文化如水滋润万物。《大青山》栏目就是一眼永不枯竭的清泉，流出的甘甜泉水滋润着全市300万人的心田，哺育了一代又一代有素质的文化新人。《大青山》花园里盛开的鲜花，美化了全市的社会环境，净化了人们的心灵，成为全市人民的一方精神乐园。

天涯何处无芳草

近日与一位文学青年聊天，这位青年感叹日子过得平庸，生活琐碎，找不到能写的东西，缺乏创作激情。其实天涯何处无芳草，就看你如何发现如何找，关键在于你的立场、心态和眼光。

鲁迅通过描写农村流民阿Q的日常生活，揭示了国民麻木、愚昧的精神状态，哀其不幸，怒其不争，鲁迅也没写阿Q做过什么惊天动地的事情，就塑造出阿Q这个不朽的文学形象。如今，银幕上的宫廷剧，故事情节比《红楼梦》紧张激烈好多倍，可哪一部剧作在思想、艺术上敢与《红楼梦》比肩？有句话说得好，一滴水可以映射出太阳的光辉，文学作品往往就是以小见大。

作者写作就是一个求真向善追求美的过程。你站得高看得远，就能从平凡的生活中挖掘出不平凡的东西，就能从熟视无睹的事物中揭示出美的价值。你胸怀宽广，热爱生活，追求未来，就会在社会、工作中发现问题，如果同时能够不懈地探求真相、溯本求源、寻求解决问题之道，就会在工作中取得成绩，事业上有所收获，在写作上就会激发灵感，找到写也写不完的题材。打个比方，打麻将是常见到的娱乐活动，有人把麻将当作一种智力游戏，有人当作休闲娱乐，有人当作一种社会交际，有人当作无聊度日的一种活动，有人当作获取财富的一种手段。打麻将的人有着不同的心态，麻友之间不断产生着矛盾纠葛，不断演绎出五彩斑斓的故事。我市剧作家就以打麻将为题材，创作出优秀剧本《秀姑劝夫》，获得了自治区文艺大奖。笑星武利平也常演打麻将的戏。通过打麻将也能创作出优秀文艺作品，就别说其他领域没东西可写了。

我们正处于中国历史上最波澜壮阔的时代。如今科学技术进步一日千里，城市建设日新月异，思想解放如江河奔涌，观念交锋如电闪雷鸣，我们正经历着千古巨变。面对火热的生活，伟大的时代，感觉找不到可写的东西，是作者陷于个人生活的小圈子里难以自拔的缘故。

毛主席在延安文艺座谈会上的讲话提出，文学工作者要贴近实际、贴近生活、贴近群众。文学青年要想在文学上有所作为，就一定要投身到火热的生活中去，贴近人民群众，体验他们的喜怒哀乐，只有这样才能创作出人民喜闻乐见的优秀作品。

李白不是庐山人，但他一登上庐山，就创作出千古名作《望庐山瀑布》。而生活在庐山脚下的文人有多少，却没有创作出这样的诗。据说风行全国的歌曲《我和草原有个约定》的词作者杨艳蕾，以前从来没有到过草原，她第一次来到呼伦贝尔草原就创作了这么优秀的作品。这就是不同凡响的文学艺术眼光和才华的表现。

一个作者要想写出不同于别人的作品，就要培养敏锐独特的艺术眼光，才能发现社会上的真善美，写出不拘一格的作品来。

读点小说好

日前，我与一位有几分文才的人交谈读书的事，这位“秀才”说他不读小说，只读传记。我对他的观点大不以为然。固然，萝卜青菜，各有所爱，每个人有着不同的阅读口味，这很正常。但我还是对此耿耿于怀，忍不住就小说这种文体说几句。

小说这种文体在我国出现较晚，是在唐朝传奇的基础上发展起来的，在元明清时期成为雅俗共赏拥有最大读者群的第一大文体，识几个字的中国人都知道《三国演义》《水浒传》《西游记》《红楼梦》，这四大名著都是小说。小说之所以能成为拥有最大读者群的文体，是因为它最贴近人民，最贴近生活，表达能力最强，内容最丰富，可以容纳涵盖其他文体，为读者所喜闻乐见。就拿《红楼梦》来说，有人说它是政治小说，有人说它是历史小说，不同的人群有着不同的看法，莫衷一是。这是因为《红楼梦》包罗万象，既有政治、经济、历史、文化等大的社会内容，也有诗词、对联、医药、服饰等各方面专业知识，是那个时代的百科全书。除了小说和史传，其他文体就不能用百科全书来形容。

以历史的眼光来分析看待关羽这个人，他对蜀国过大于功，是他的骄傲自大、刚愎自用破坏了刘备、诸葛亮联吴抗曹的战略决策，丧失了荆州，使蜀国走上了下坡路。华容道上私放曹操的行为，更是罪不可赦的做法。可就是这么个人，却被国人顶礼膜拜，塑造为神，成为武圣人、武财神。造成这种结果的原因在于人们推崇关羽身上的忠勇仁义的品德。曹操对关羽有恩，关羽放曹操那是有义。中国人是一个讲人性、讲人情的民族，有时人性、人情大于原则。从人性、人情出发，国人不光原谅了关羽，还赞美、神化他。了解中国文化基因、民族特性的最好方法就是读小说。因此，有人说，小说是一个民族的心灵史。好的小说，作者的立场观点往往不直观地表达，而是通过故事情节潜移默化地影响读者。小说的影响力是其他文体不可比拟的。

国外读者对小说更是情有独钟，以至于当年梁启超游学欧洲、美国后，得出一个这样的结论：各国富强，那是因为重视小说。因此，他说："欲新一国之民，不可不先新一国之小说。"如今，影视大有取代小说地位的趋势，但影视作品往往是由小说改编的。

现在，不少人喜读地摊文学、励志作品、传记作品，对严肃作品、经典作品不感兴趣。这种浅阅读的状态就像吃快餐，忘记品尝精美大餐一样。关注社会，关注人生，还是读小说有益得多。当然，小说没有过去那样的吸引力，也在于目前小说创作本身存在的问题。有人说，现在发表的文学作品中90%是抄袭仿制。我市一位资深编辑曾对我说，他在今年内审阅过的小说稿百分之90%是情感加性感的作品。小说脱离了时代、社会，脱离了生活，脱离了理想追求，怎么能吸引读者？时代呼唤作家创作出一批像赵树理的《小二黑结婚》、浩然的《艳阳天》、路遥的《平凡的世界》那样史诗般的好小说来。

读一篇精美散文，就像欣赏一幅美妙的画，让人赏心悦目；就像听一首优美的曲，让你神游九天。读一首好诗，就像观看一段高水平的舞蹈，放飞你的心灵；就像品尝一杯美酒，令你身心陶醉。那么读一部好小说，就像观看一场精彩大戏，让你入迷，让你动情，让你懂得人世间的善恶美丑。

影视书评

草原游牧文明的挽歌

内蒙古草原文学重点作品创作工程第四辑——满都麦生态小说集《骏马·苍狼·故乡》（上下册），2015年10月由作家出版社出版发行。该书精选了满都麦先生自1981年来创作的14篇中短篇生态小说。我拜读之后，感慨万端，可以说，这是一部反映内蒙古美丽富饶草原的近代灾难史，是揭示蒙古族的心灵秘史，是草原游牧文明的一曲挽歌，是致力于唤醒人类的生态意识、挽留地球美丽家园的深情呼唤。

其中，中篇小说《三重祈祷》讲述的是中华民国初年，希利图草原上一名蒙古族牧民姑娘一生的故事。小说是以姑娘第一人称写的，书中没写出女主人公的名字。她母亲病重时，请嘛麦喇嘛驱魔叫魂，结果自己被嘛麦诱奸了，后来两人发展成情人关系。美丽草原上来了一股流窜的土匪，无恶不作，抢走了牧民的财产，枪杀了牛羊，还把这位姑娘轮奸了。后来，这股土匪被草原民间武装队伍“圣军”打跑了，姑娘在寻找失散的牛羊时，遇见了打土匪受伤的绿林好汉阿拜。她把阿拜弄到了自家蒙古包，为他养伤，后来她嫁给了阿拜。曾经占有姑娘的嘛麦，为了洗清自己的罪过，磕等身头去青海塔尔寺朝拜，途中被地方政府视为来自漠北搞蒙古独立的密探而关押起来。嘛麦朝拜不成，半途返回来时，他所在的大庙已被军阀烧毁，无奈他以女主人公舅舅的名义，与女主人公一家一起生活。女主人公有了儿子乌力吉斯荣。但是她也弄不清儿子是丈夫还是情人的。儿子7岁时，丈夫阿拜突然死了，有被嘛麦下毒致死的嫌疑。儿子长成一名壮汉，被走草地的商人雇佣赶马走了，从此没有了影踪。小说采用倒叙、插叙等多种手法，回顾了女主人公的一生。小说最后以魔幻手法结尾，年迈的女主人公在河边产生了幻觉：阿拜和嘛麦在河滩上摔跤决斗，两人向她追问儿子究竟是谁的。女主人公极为痛苦，只能祈祷求饶。这时倾盆大雨使得小河暴涨，河水将3人一起淹没成河边的3块巨石。又一个春天，儿子作为一名解放军军官挥师回到了故土剿匪，在河边看到3块巨石立在草原上，觉得既熟悉又亲切。

《骏马·苍狼·故乡》写了一位蒙古族纳木吉拉老人喂养了两只狼崽子。老人的儿子和儿媳是在骑摩托车去打草的途中遇暴雨被山洪冲走了，老人对摩托车深恶痛绝，认为骑马就不会发生这种事情。两个孙子是老人抚养大的。念书留在城里当了官的大孙子，接老人去城里居住，老人不习惯城里的生活，执意回到故乡。经商的小孙子和邻居们，都不理解老人养活狼的意图。小孙子想把爷爷养大的狼卖给南方来的客商，遭到老人的责骂。小孙子不仅背着爷爷把家里的马群卖了，而且把家里所承包的草原也卖了，使老人万分失望，临终之际，他委托邻居万金，按照蒙古族古老的习俗，将自己天葬，即用自己养大的两只狼，将自己的尸体吃掉。3年后，大孙子回乡祭奠祖先的敖包，发现家乡草原已经面目全非了，草原被密密麻麻的网围栏覆盖，炸山开矿破坏了山川草原的风水面貌，美丽的故乡家园已经满目疮痍。一场沙尘暴袭来，狂啸怒吼，在漆黑一团的风浪中，夹杂着断断续续的马嘶声和狼嚎声，其中还有不断呻吟的鹿鸣声。

《远古的图腾》说的是草原实行草畜承包到户以来的事。因草牧场日趋衰败，使得老人的儿子查干朝鲁不安心传统放牧，开始折腾做买卖，便学会了往羊毛里掺土，卖注水牛羊肉等手法赚钱，很快就富了起来。老人对儿子坑蒙拐骗的做法深恶痛绝，认为他违反了蒙古人传统美德，可儿子根本就不理会。查干朝鲁买卖做大了，又雇用了一个漂亮的女大学生娜娜做助理，两人很快发展成情人关系。后来查干朝鲁做生意被骗破了产，媳妇也离婚弃他而去。走投无路的查干朝鲁回到老家，准备在老榆树下上吊自尽。这时一辆出租车开过来，查干朝鲁只好爬上大榆树隐蔽起来。从出租车上下来的竟然是他的爸爸扎登巴老人。老人被查出得了前列腺癌，他不愿做手术，从城里医院偷跑出来，来祭拜祖先崇拜的图腾——老榆树。扎登巴老人把祭品放在大榆树旁边的卧牛石上，进行顶礼膜拜，随后用手抚摸卧牛石，卧牛石上竟出现了奇迹，如同电视机屏幕，不断变化出一幕幕美丽草原和历史人文景观，这真是一块神石。这时娜娜从区外大学进修归来，她没有嫌弃破产的查干朝鲁，而是拿出查干朝鲁曾经给她的100万元，鼓励查干朝鲁东山再起。查干朝鲁把神奇的卧牛石的秘密告诉娜娜。在娜娜的运作下，将卧牛石卖出近百亿巨款。有了钱的查干朝鲁改邪归正，决心投资治理退化了的草原，还原草原固有的绿色生态。

我选择这三部中篇小说做解读，是因为这三部小说从时空跨度上，描绘了从20世纪20年代到现今草原历史的变迁。近百年来，美丽富饶的草原遭到了军阀、土匪、官府、王爷府、寺院、商人等势力的践踏破坏，草原牧民受到了残酷压榨和剥削。同时，草原自然生态以及人文生态，也屡遭掠夺性的野蛮破坏，使得崇尚自然、安分守己、与世无争的牧民生活在水深火热中。以《三重祈祷》中的女主人公为例，她辛苦生产下的牛羊、乳制品被军阀、土匪抢走，被官府、王爷府征走，被寺院索走，被走草地的商人低价买走，自己所剩无几，穷困潦倒。而且女主人公还得忍受游走在草原上的流氓、土匪等各色人的侮辱。小说真实反映了中华民国时期草原人民的悲惨生活。

《骏马·苍狼·故乡》和《远古的图腾》写的是中华人民共和国成立以后的事，反映了在草原上游牧文明与农耕文明和工业文明的冲突。小说讴歌了大草原美丽富饶的风光，那时草原上的牧人与野生的黄羊、盘羊、岩羊、青羊、鹅喉羚羊、狍子、鹿等各种动物和谐相处，相依相恋，共生共荣，甚至把某些动物作为神祇来敬仰。历史悠久的游牧生产是符合高原生态环保、适应草原自然环境的一种高明的生产方式，而农耕生产和工业生产方式却破坏了高原脆弱的生态系统，使得草原沙漠化、植被流失而产生了沙尘暴。作者对现行的草畜承包生产体制也不以为然，认为将广袤的草原用网围栏隔成一个个小方格，是一种违背自然生态规律的生产方式，使草原得不到轮牧复苏，远不如游牧方式科学合理。农耕和工业生产对草原造成了破坏，使牧民居住的生态环境恶化，加上生产方式的改变，造成了牧民思想意识的裂变，为了金钱而背叛了民族的尊严。

《骏马·苍狼·故乡》里面的小孙子和《远古的图腾》里面的主人公查干朝鲁都丢弃了蒙古族传统美德，抛弃了养育自己的草原，干起了坑蒙拐骗的奸商勾当。

满都麦的小说揭示了蒙古族人民的心灵密码。《三重祈祷》写了女主人公与丈夫和喇嘛情夫三者之间的故事。丈夫阿拜出身于成吉思汗黄金家族，血管里流淌着祖先英勇尚武的精神，信仰长生天。嘛麦是个信仰佛祖的教徒。两人为了在蒙古包中央供奉佛龛还是招福香斗，产生了尖锐的矛盾。在教育儿子乌力吉斯荣上更是各有各的主张。蒙古族普遍信仰佛教只有200多年的历史。清朝在草原上大力推行喇嘛教信仰，规定如牧民家有两个男丁，其中一人必须出家当喇嘛。这种制度造成了蒙古族人口长期锐减，宗教的精神鸦片又消解了蒙古民族的血性。虽然蒙古族普遍信仰了佛教，但他们的心灵深处依然保留着传统信仰意识，二者之间常常会产生矛盾，这成了近代蒙古民族的一个精神困惑。有评论者已经意识到《三重祈祷》里的女主人公为什么能够忍受那么多的苦难，依然能够顽强乐观地生存下来，因为女主人公认为既然白度母满足了一万多人的情欲而成了佛，只要自己以善良博爱对待人间的不公，忍受常人难以忍受的苦难，不断祷告，以德报怨，自己即使成不了佛，灵魂也能修炼到高层次境界。这种思想意识成了她的精神支柱。这种精神境界在其他民族女性中极为罕见。因此，女主人公这个鲜明的文学形象，可以说在我国文学史中是独一无二的，可惜，满都麦就没给她起个名，大师的做法就是与常人不同。

满都麦的作品常以骏马、苍狼和盘羊为写作对象。《人与狼》是满都麦创作的小说中最具魅力的佳作。人与狼都是草原生态链的重要环节，狼的存在维系着草原生态平衡，自古牧民认为没有狼，草原就会衰败。古代蒙古人曾把狼当作民族的图腾来崇拜。蒙古民族曾经从狼身上学到很多生存的智慧，比如勇猛机智、团队作战、奋发进取、生生不息的精神等。蒙古人死了，为了践行天人合一的生态理念，实行天葬，尸体也要让狼来吃掉，这也是千古草原上见不到坟包的原因。

这是我读过的文学作品中，以狼为主人公写作得最有特色的小说。这部小说比畅销书《狼图腾》还早问世2年。据说《狼图腾》是中国当代文学作品在国外最畅销的书，尤其是电影《狼图腾》的上映，更是轰动一时。为此，内蒙古有些作家、评论家发表文章，抨击《狼图腾》的作者把狼说成是蒙古人的图腾是错误的，是对蒙古族的污蔑。《狼图腾》的作者姜戎曾是从北京来内蒙古下乡的知识青年，他本人不是蒙古族，因此，在辩论中他一般采取沉默的态度应对。后来他读到满都麦的作品，特意请满都麦到他家做客，引为知己朋友。满都麦写狼的作品很多，写得也好，但他的作品没有像《狼图腾》那样产生轰动效应。我认为其中的重要原因是，满都麦一直用母语创作，受众面有限；其次是中篇小说不如长篇小说容量大，影响力也小。满都麦不写长篇小说真有点遗憾。

满都麦的作品展现了游牧文化原生态，其艺术手法却很超前，他借鉴拉美魔幻现实主义，写出的作品亦真亦幻，虚实结合，将草原历史传奇与魔幻艺术表现有机地结合在一起，形成了自己独特的写作风格。比如，早在1987年，他创作了短篇小说《老苍头》。主人公老苍头神叨莫测，但他维护山川草原生态的所作所为，又很容易被人们接受和理解。当年，他把小说译成汉文投稿于3家杂志，均为泥牛入海。时隔20年，即2007年，内蒙古自治区成立60周年大庆时，《光明日报》文艺栏目以首篇发表，产生了很大的影响。

满都麦成长于草原游牧大本营，身上流淌着草原显赫家族的血脉。因为他是学者型作家，对游牧文明之来龙去脉了如指掌，对草原无比热爱。在20世纪80年代初，满都麦前瞻性地意识到草原生态将面临危机，因此，他致力于草原生态文学创作，用游牧生态文明之理念，极力地唤醒人类的生态意识。在他的笔下塑造了一系列原创性的天人合一、生态文明的草原人形象，其作品具有近代草原史诗性的价值，因而有多个专家学者将他的作品作为科研项目在研究。其中，内蒙古师范大学的马晓华、姚雅瑞等学者分别把满都麦与俄罗斯的普鲁士文和阿斯塔夫耶夫等著名生态作家进行比较研究；湖州师范大学的马明奎教授一直在跟踪研究满都麦；内蒙古大学的博士生导师苏尤格是研究蒙古文学的学者，他们在各自科研论著中称作家满都麦“开启了草原生态文学之先河”，满都麦是“草原生态文学之父”。满都麦在内蒙古乃至中国文学史上留有独特的印记。游牧文化已经无可挽回地衰落了，满都麦的作品可以说是草原游牧文明的绝唱，但作品中所表现的崇尚自然、顺应自然、敬畏自然、天人合一的生态意识和伦理道德并不会消失，必将惠及现代社会生态文明建设，惠及全人类的文明。

民族文学创作中的意象

马明奎教授寄来了他的新书《多民族文学意象的叙事性研究》，我硬着头皮翻阅了一下，觉得这本书涉及哲学、美学、文学、心理学、民族学、社会学等多个领域，作者融会贯通了古今中外先哲的思想精华，包罗万象，博大精深。作为一个文学爱好者，不写点东西觉得有负马教授的厚爱。

意象是本书的逻辑起点，也是苏珊·朗格、艾兹拉·庞德和卡尔·古斯塔夫·荣格都热衷的概念。什么是意象呢？百度给出如下定义：

（一）心理意象，即从心理意义上的意象，国内心理界一般把它译为“表象”，是指在知觉的基础上形成的呈现于脑际的各种感性形象。心理意象是文学创作赖以展开的基础，这个意象是有价值的，但它不是文学形象，更不是文学的至境形象。

（二）内心形象，即人类为实现某种目的而构想的、超前的意向性设计图像，在文学创作中则表现为艺术构思所形成的心中之象或内心形象。

（三）泛化形象，是对文学作品中出现的一切艺术形象或语象的统称，基本上相当于“艺术形象”或“文学形象”这个概念，简称“形象”。

（四）观念意象及高级形态的审美意象，是指以表达哲理观念为目的，以象征性或荒诞性为其基本特征的，在某些理性观念和抽象思维的制导下创造的具有求解性、多义性等特点达到人类审美理想境界的“表意之象”。

文学意象具有哲理性、象征性、荒诞性、求解性4个基本特征。

《多民族文学意象的叙事性研究》给出的意象概念显然不同于此，马明奎追溯到《周易》，他的意象的概念综合了朗格、庞德和荣格3种意象的义含，更接近荣格的原型。本书第一章意象描述分为4节：“意象是本体审美的成果和方式”“意象作为生命冲动及其意识形式”“意象的绵延特质和直觉能力”“意象符码的表述运动”。可见本书以西方意象理论为参照，结合中国古典文论，对意象给予新的诠释。马明奎指出，“《周易》的卦象是意象最早的典范”，“中国文化审美的言说方式并不因循西方的线性逻辑，而是一种联系着场域和情境的本体性境界，其核心是意象的事件化”，并指涉神性，“什么是神性？神性就是意象的本体性，一些体现或反映着人的生命意志和宇宙义域的原型意象。这些意象以上古人类的心智水平和思维方式，解释宇宙现象，干预自然进程，把握人的存在，凝结了一种超越科学理性和逻辑能力的心灵智慧，显示着超凡雄迈的气度和坚定不屈的精神，从而将人的存在提升到宇宙和本体的境界。”他说：“中国文化的神性就是一种场域：道家的道体可在尿溺，佛家的佛性在众生，儒家的天意在民心”，可见，神性存在，意象就会存在。“一部《红楼梦》就是演播这块石头幻形入世、红尘历练、体真悟本、引登彼岸的生命实相。”这块石头就是意象，也就是凝结着本体义域和生命体验的原型。

《意象叙事》的第二章是意象理论阐释文学题材的范例。本书选取了蒙古族作家满都麦、朝鲜族诗人南永前的图腾诗、侗族作家张泽忠的小说和彝族作家阿库乌雾的现代诗为样本，由于我对满都麦的小说比较熟悉，所以对本章节比较容易理解。

满都麦在内蒙古作家群中，有着鲜明的写作风格，卓尔独立，他的作品展现了游牧文化原生态，开创了草原生态文学的先河，因而被誉为“草原生态文学之父”。

作为一名农村题材的写作者，我很欣赏满都麦对茫茫草原的生动描述，那是蒙古族劳动人民的心灵展示。作品中有草原、蒙古包、蓝天、骏马、盘羊、狼、火撑子、祭火、长生天等写作元素，在他的笔下，好像万物都有灵。《远古的图腾》中，卧牛石能神奇显示草原历史景观。《人与狼》中的狼有人性、有思想、有故事。《老苍头》中的老苍头神神道道，不知来历、不知岁数，以维护山川草原生态为己任，显示了独特的神异价值。满都麦的作品亦真亦幻，虚实结合，充满象征性、荒诞性，与拉美作家魔幻艺术表现相近，但我还是对其文学表现手法感到困惑。读了马明奎教授的论述，我才进一步领会了满都麦的创作思路。马明奎是这样说的：“我们认证满都麦小说中长生天意象是一个空间性喻指，火锃子，毡包的穹窿，两山之间的跨度，天空乃至宇宙蕴含的母性、智慧老人、爱欲冲动的生命意志等，无不凝结了蒙古民族苦难与祈祷、圣爱与牺牲的神性意向，由在世的善回向彼岸的真，一种天地人神一体的宇宙生态理念。此一进向中，满都麦强调的最高价值是善，是苦难和罪恶的承担，它是由峡谷、湖边、敖包和草原向着毡包、岩洞、母腹——一个大子宫次递回归从而使题材层级化这样一个意向结构来完成的。这是一个赋灵的过程，也是一个创生的过程，更是一个将神话衍入故事、背负苦难向着最高神性长生天——面圣成真的过程。”通过马明奎的解析，我才理解了满都麦在《三重祈祷》中女主人公不同凡响的人生境界。马明奎是这样论述的：满都麦的长生天信仰可以概括为万物有灵，亦即世间万物同行并存，彼此敬畏，相互依赖，从而维系这个大千世界。就《三重祈祷》的女主人公来说，她是一个普通的蒙古族老人，但她的心灵和生命容纳了大千世界的神圣与邪恶、悲剧与灾难，始终不渝地护持着大地和生灵，始终不渝地热爱着芸芸众生。为此，她承担着无以言诉的罪孽和苦难。长生天是她恒久信奉的最高神祇亦即最高意象，甚至可以说，长生天就是她生命坚守的终极和绝对。她的形象里蕴藉着蒙古民族大祖母的原型。马明奎认为，满都麦既不奉持上帝信仰，也不体悟天人合一，而是将自然生态中蕴藉的本体意象作为最高神性，坚定不移地将人类理性引渡到与现代科技和工业文明相反的方向。马明奎说：“读满都麦的小说，我们常常不是被情节或人物，也不是被结构或叙事，而是被小说所呈现的那种空间性、场域感、文化心理及其意向层次所吸引，他导引着我们，渐渐把注意力投注到那些独特意象或场景上来，诸如火锃子、毡包的穹窿、湖边、峡谷、敖包、夜的草原等，它们呈示着蒙古地域及民族特色的生活方式，那种意象的空间穿越性和神意弥散性尤其引起我们的注意。”

《狗吠·马嘶·人泣》中有一段话：“一位白发苍颜的老翁，蹲在桦林边上、敖包脚下，目不转睛地凝望这座翁衮敖包，望成了一尊石像。”马明奎认为，这是人与本体关系的一个经典表述。白发苍颜是时间和历史；蹲在桦林边上、敖包脚下是一个民族生存着和坚守着的土地和世界；在时空交织的某个点上，“目不转睛地凝望这座翁衮敖包，望成了一尊石像”正是人与世界、人与存在凝神结想、神意相通的永恒化和历史化。而这幅三笔两笔勾勒的画正是一个原型意象的衍展，也就是一个神话。荣格说：“神话不仅代表而且确实是原始民族的心理生活，原始民族失去了它的神话遗产，就会像一个失去灵魂的人那样立刻粉碎灭亡。一个民族的神话就是这个民族的活的宗教，失掉神话，无论在哪里，即使在文明社会中，也总是一场道德灾难。”嘎慕喇老人看守和凝视的正是这样一个神话，一个图腾，一个有敖包和桦林、有过往和历史、有悲剧和爱情的本体性存在。

马明奎的意象理论还指涉人物形象的解读。他分析满都麦笔下的父亲原型、母亲原型及阿尼玛原型的奥义在于：他们不仅携带了蒙古民族苦难历史的记忆，积淀了太多的道义承担和神性价值，而且他们就是现代精神和历史理性的人性事实，他们与大地伦理、荒野哲学、狼图腾精神等生态主义人类理想和世界观是等值的。他说，在满都麦笔下，再没有什么现代精神和人类理性，老额吉、老阿爸及葛玛和琪琪格身上就是这样。马明奎揭示的满都麦人物叙事的深层景象是：不论性别、年龄、时代和身份，都以原型的份额决定其文化价值和审美品格。原型成为其凝结传统精义和人格精神的生命内部机制，一种决定成败优劣、标志根本价值取向的文化基因，从而成为形象塑造的依据和前提。这与现实主义强调生活、现代主义强调感觉、自然主义强调自然的观点和思想有较大不同。他把人物构成的生命基元指引到人类心理深层，引领到悠久历史传统和地域民族文化的广大义域，提示我们不仅要关注题材，尤其要关注题材和世界所蕴含的文化心理景象。

读了马明奎的论述，我们更进一步理解了满都麦生态创作所具有的深刻性和前瞻性。

爱情的绝唱

周边亲友看《山楂树之恋》哭肿了眼睛，让我这个一向不怎么看电视剧的人动了心。我用了3天时间看完了这部35集的电视剧，看到第28集时，随着剧情的起伏，我的眼泪就像决堤的江水夺眶而出。坦率地说，这是我看过的最为动人心弦的电视剧。它让你领略了真善美的爱情是如何感天动地；它让你懂得了，能把大男人感动地眼泪哗哗地流，才叫经典作品。

《山楂树之恋》讲述的是一个出身军人家庭的高干子弟爱上了父亲有历史问题的弱女子。虽然这是一个俗套的故事，但是这部电视剧演绎出新意，挖掘出真善美的内涵，故事的编排极富想象力，情节刻画得入情入理，塑造了个性鲜明的人物形象。主演充满激情，很有张力，就连配角的表演都无可挑剔。这部电视剧没走样地还原了那个时代，看它就像欣赏一场大型交响乐团演出，让观众沉迷其中，如醉如痴，难以自拔。

女主人公静秋的父亲去世，母亲多病，妹妹小学读书，哥哥下了乡，家庭陷于赤贫，她只好从高中辍学。承蒙校领导的照顾，她留在学校打扫卫生。工作之余她还捡废品打零工补贴家用。有一次静秋到市郊捡废品，从小河里捡到一口压在泥沙里的破铁锅。地质队队员孙建民正在河边散步，他曾见过静秋在中学校际乒乓球比赛中晕过去后又爬起来顽强拼搏夺得冠军的场面，对容貌清秀有拼劲的静秋有好感，就出手帮她挖起铁锅，但静秋谢绝了建民用自行车帮她拖铁锅的好意。静秋在拉铁锅回家的路上，遇见了3个小混混来抢铁锅，这时暗中跟随静秋的建民出手打跑了小混混，帮静秋将铁锅拉到废品收购站卖了9角多钱。静秋要分给建民5角钱，建民当然不要，两人就这样认识了。学校开门办学，要组织高中学生到山村参加农业劳动，帮助村民写村史，静秋作为勤杂工跟随同学下乡，做后勤。静秋被安排在队长家住，谁知建民所在的地质队就在附近探矿，建民还被队长认作干儿子，排行老三。如此一来二去，这对年轻人在山里的山楂树下确立了恋爱关系。男女方家长都反对他俩走近，再加上双方都有狂热的追求者，使他们的恋爱可谓一波三折，历经考验。静秋有了一份正式工作，两人总算苦尽甜来，谁知这时建民患了白血病，两人产生了一段生离死别的感情纠葛。以上是这部电视剧的大体剧情。

这部电视剧最感人的就是赞扬了爱情的纯真。爱就是为了对方好，为了爱可以献出自己的一切。静秋在工厂打临工时遇到了工头性骚扰。为了保护静秋，建民打伤了工头，被关在了看守所。丹青是建民的朋友，他在父母遭难下乡时找了一位农村姑娘，可他回城后，为了自己的前途抛弃了已经怀孕的姑娘，使这位姑娘陷于十分悲惨的境地。这位农村姑娘正是静秋的表姐。为此，丹青与建民闹翻了。丹青与管理建民案件的干警是朋友，虽然伤者已经出院，但因为丹青的关系，建民迟迟出不来。静秋为了救建民求丹青。丹青对静秋说，既然你们说为了爱可以抛弃自己的前程，那么你只要报名下农村我就出手救建民。静秋毅然把报名下乡体检表送给丹青过目，使丹青受到了震撼。静秋得知建民得了白血病，赶到病房照顾建民，甚至愿意为建民献出贞操，并有一同赴死的念头。建民为了静秋将来的前途，没有对静秋犯禁。同时为了让静秋忘了自己，开始新的生活，骗她说自己与他人结了婚，断绝了与静秋的联系，可实际上他躲在暗处默默关注着静秋。两人陷于单思苦恋中。静秋弄清事情真相，追寻建民不得，大病一场，不吃不喝。建民得知静秋现状，心如刀绞，他托弟弟找到静秋，将得病以来所写的日记送给静秋，让静秋看过日记再来见他。静秋见到建民时，建民已经陷于弥留之际，静秋答应了建民要好好活着，静秋流着泪走了。建民与静秋的爱情感天动地，震撼人心。我建议正在热恋和已经走进婚姻围城的青年人都去看看这部电视剧，它会教育你如何去爱。

美好的爱情属于善良、正直、自尊、自强、有理想的人。建民和静秋就是两个这样的人。建民暗地里打了工头，公安人员却把爱慕静秋的一个同学抓了进去。这个同学胆小懦弱，竟然糊里糊涂地承担了下来。这让建民良心不安，在爱情、事业、良心发生冲突时，建民毅然选择了良心，他向公安部门自首，换出了无辜者。在工作中，建民尽职尽责，多有发明贡献，就是在他患白血病时，还带病回矿山写出是某种放射性物质引发了地质队多名队员得了白血病的报告，受到专家学者的重视，前来矿山召开研讨会。他对朋友、同学、老乡都给予热情帮助，大家都愿意与他相处。静秋多才多艺，性格上既自尊又自卑，她在建民的鼓励下，焕发了青春，走上了成才之路。静秋感谢建民使自己的心灵获得了释放，走向新生活。建民说，其实是你感染我向好的一面走去。这就是爱情的可贵之处，它让相爱的人相互欣赏、相互引导、相互激励，共同向美好的方向发展。

电视剧《山楂树之恋》是爱情的绝唱，值得观看欣赏。

一曲英雄赞歌

读罢肖亦农著的《毛乌素绿色传奇》一书，心情久久不能平静。我为鄂尔多斯人民战天斗地的治沙壮举所感动。我敬佩鄂尔多斯人民的聪明智慧，他们苦干加巧干，特别是近年用做大工业的思维意识来治沙，点石成金，化腐朽为神奇，取得跨越式的巨大成就，从而使我对毛乌素这片神奇的土地产生了深切的向往之情。肖亦农了不起，他用生花之笔塑造了一批建设社会主义的英雄模范，唱响了一曲新时代英雄赞歌，弘扬了时代主旋律，感动了千千万万的读者。

早在知青下乡时我就知道了毛乌素，那是一个狂风刮起来连住房都能被埋没的苦地方。但是苦难也成就英雄，毛乌素又是一个出劳动模范的地方，先有宝日勒岱领导的乌审召牧民在毛乌素治沙的壮举，当年乌审召被誉为牧区大寨。再有治沙农妇殷玉珍谱写的绿色传奇，她成为诺贝尔和平奖的提名者，走上联合国讲台。再后来鄂尔多斯经济腾飞，世界为之瞩目，那里成了内蒙古最富裕的地方。

《毛乌素绿色传奇》一书就记录了鄂尔多斯人民的奋斗历程，揭开了他们取得成功的密码。

20世纪70年代，肖亦农从大城市下乡到屯垦在库布其沙漠边缘的生产建设兵团，开荒种地。当年兵团战士以一不怕苦二不怕死的革命勇气向沙漠开战，人进沙退，可沙漠化又卷土重来，几经折腾，还是大自然厉害，热血兵团战士还是悲壮地被沙子打败了，兵团被迫解散，肖亦农也流落到毛乌素公路上当了一名道班工人。肖亦农在书中绘声绘色地描写了亲身经历沙尘暴的狂虐。

有一次，他坐拉货大卡车到县城，风沙把汽车外壳的油漆皮都揭了起来，后来风沙越来越大，汽车眼看要被大风掀翻，他们几个坐车人赶紧下车，趴在路旁排水沟里，把头藏在公路涵洞里，沙尘暴过后，多半个身子被埋在沙子里，险乎被活埋。沙尘暴真是恐怖。肖亦农去老乡家买鸡蛋，推门进家，发现小媳妇把衣服洗了，无衣可换，光身裸体在家，面对生人，拿起面板遮羞，毛乌素的农民真是苦寒到家了。这就是20世纪70年代毛乌素地区的悲惨状况。进入新世纪，鄂尔多斯荒漠化面积已经达到48%，号称“地球之癌”的砒砂岩地区的面积也已达48%，这两个“48%”告诉我们，鄂尔多斯很快将成为不适合人类生存的地方了。

《毛乌素绿色传奇》一书，治沙是从大科学家钱学森与牧民宝日勒岱写起的。钱学森和宝日勒岱多次在参加党中央会议和全国人大会议期间见面，他们围绕沙漠治理深入交谈。钱学森是用系统化观念来看待沙漠的，他首创了知识密集型沙产业理论，提出利用物理、化学、生物等领域的科技成果，通过植物的光合作用，固化转化太阳能来发展沙化地区知识密集型的农业型产业，指出“沙漠增绿，农牧民增收，企业增收”良性循环新型产业的奋斗方向。他预估，沙漠将会有1000亿的产值。宝日勒岱是治沙实践者，她带领乌审召人民在毛乌素沙漠植树种草，总结出网格定沙、穿鞋戴帽等治沙经验。

该书第二章，采用倒叙的写作方式追溯毛乌素的治沙成就。2008年，鄂尔多斯市林业局丁局长在一次会议上宣布，毛乌素沙漠森林覆盖率已达30%，植被覆盖率达到75%，到2010年，毛乌素沙漠将消失。这一变化可谓石破天惊。要知道过去在沙漠里种活一株树都不容易呀。作者带我们一路从毛乌素走来，他走到一个地方，就尽情描绘和赞美这个地方草丰林茂、人民安居乐业的美好景象，然后勾起作者对这个地方的回忆，比如，他陪同日本友人在毛乌素上农村厕所，日本友人出来就呕吐，肖亦农为毛乌素卫生条件落后而羞愧难言。有作者当年去乌审召采访，半路被流沙把车陷住，从而对乌审召治沙成绩有所怀疑，过门没入的遗憾。新时期他一路追踪，来看大明沙丘，却屡屡落空，毛乌素已经难以看到大明沙了，只留下治沙过程中可歌可泣的故事。这种过去与现在强烈反差的描写，活灵活现地把毛乌素沙漠的巨大变化写了出来，感染了读者。

毛乌素沙漠属乌审旗。乌审旗乃至鄂尔多斯市富起来，首先得益于地下发现了能源矿产，并大规模实施开发。进入21世纪，鄂尔多斯高原发现了石油、煤、天然气，存量是世纪级的，有人把乌审旗称为中国的科威特。矿产资源的开发引来神华、中煤、中石油等大型企业进驻，而这些企业建厂土地成本很低，推平沙丘就可建厂。工业开发给地方政府带来巨大的利税收入，政府有财力投资沙漠治理了。工业虽然可以反哺生态、农业，但它对生态环境的破坏也是众所周知的。肖亦农自称是一个绿色环保主义者，他对工业开发给毛乌素带来的负面影响一直忧心忡忡。肖亦农是一个高明的作家，他在书中处处设悬念，带领读者不断走过“山重水复疑无路，柳暗花明又一村”的境界。随着他的深入采访，展现在大家面前的是，乌审旗旗委和政府制定并严格遵守的生态立旗的方针，生态优先，绿色发展，取得了1%工业用地换取99%的生态治理的效果，工厂产生的污水经过处理，建成了养鱼的水库，最大程度减少了污染排放，形成了良性循环，多数工厂将厂区绿化成了花园。政府有钱了，为农牧民建立了移民小区，农牧民过上了城里人一样的生活，牧民每家退耕还林草补助款项就足够维持小康生活。退牧出来的草原恢复了生机。新科技大量应用于治沙中，这是毛乌素沙漠能够很快得到根治的重要原因。

该书第三章写了毛乌素地区的人文历史。毛乌素是河套人化石的发现地。7万年前的河套人就生活在这片土地上，他们是中华大地上最古老的居民。毛乌素的文化历史源远流长。北魏时期的大夏国都城就设在这里，白城子遗址至今还在。中华民国时期，草原英雄席尼喇嘛领导的独贵龙运动，主要活动在这个地方。这里还是《蒙古源流》作者、著名史学家萨冈彻辰和蒙古族著名诗人贺希格巴图的家乡，更是成吉思汗陵安置之地。如今，乌审旗群众性的文体活动如火如荼，正在打造“中国苏力德文化之乡”“中国蒙古族敖包文化之乡”“中国鄂尔多斯歌舞之乡”“中国马头琴文化之乡”四大文化品牌。乌审旗从当年一个不毛之地，华丽转身为全国西部百强县，位居第33位。2009年，联合国人居署将乌审旗定为中国人居环境示范城镇。

该书第四章，是治沙群英谱，介绍了宝日勒岱、殷玉珍、乌云斯庆、徐秀芳等人的治沙事迹，可歌可泣，感人至深。

第五章题目是《骏马似箭掠过草原，高亢的嘶鸣留在路上》。专题写了殷玉珍等几个治沙大户华丽转身，依托林草地，开辟新事业，过上美好幸福生活的故事。提到治沙新产业，有的开展葡萄产业化种植；有的种植沙柳，用沙柳来发电；更有从风积沙中提炼化工原料，用来生产玻璃。沙漠产业方兴未艾。

肖亦农在鄂尔多斯生活了40多年，一直关注这里的治沙事业，写了许多治沙题材的文学作品。他有着足够的生活积累。他跑遍了鄂尔多斯的每个角落，梳理了这个地方上下几千年的历史，采访了千百名治沙农牧民、党政领导干部和科技人员。特别是他挖掘出著名作家郭小川曾在毛乌素采访了4个多月，撰写了长篇通讯《牧区大寨——乌审召》发表在《人民日报》头条，又写了长篇报告文学《英雄牧人篇》发表在《内蒙古日报》上，郭小川对宣传和弘扬乌审召治沙事迹做出了重大贡献，而乌审召纪念馆却把这段史实疏忽掉了。肖亦农怀着对毛乌素炽热的感情，经过数年呕心沥血，写出了《毛乌素绿色传奇》这部不同凡响的作品。1982年，该书获得了内蒙古自治区精神文明建设“五个一工程”优秀作品奖；2015年；获得了鲁迅文学奖，这是内蒙古作家首次获得鲁迅文学奖。《毛乌素绿色传奇》在自治区文学史上具有里程碑式的意义。

芳华因时代变迁而失色

冯小刚导演的电影《芳华》上映后，在社会上引起了很大的争议，各种赞扬和批评的声音不绝于耳，激起我强烈的观影欲望，但家乡小城看不到大片，这次去北京开会，一散会我就赶到电影院一睹为快。影片给我的第一感觉：这是一部现实主义的好电影，是“冯氏”电影中的佳作，将在中国电影史上留下印记。

这部电影反映的是出身于不同阶层的青年人，随着时代风云急剧变化造成的不同的命运归宿。剧中人物的命运发展合情合理，历史场景真实可信，故事细节经得起推敲，是一部难得一见的现实主义杰作。

故事起点是20世纪70年代。在那个年代，社会平等的观念得到了很大程度的体现，除了黑五类子女要接受再教育的考验，一般工农子弟与干部子女的身份差异不太明显，因此，能够进入部队文工团的军人可以来自社会的各个阶层，既有农村木匠家庭出身的刘峰，又有监狱里劳改分子的子女何小萍。何小萍虽然因母亲改嫁，家庭成分有了改变（影片中对此已有交代，文工团里的人对此都是清楚的），但大家在很大程度上还是把她当作可教育好的子女来看待。进入文工团更多的还是部队的官二代，这也符合历史的真实。虽然在那个时代，个人的家庭出身造成的身份差异在表面上体现了平等，但实际上人们思想意识深处的阶层观念还是顽固地存在着，表现在城市兵看不起农村兵，干部和工农子弟更是严重歧视家庭出身不好的子女。因此，来自底层的刘峰和何小萍在文工团里遭到歧视和排挤是很正常的。我看到有一个曾在部队文工团待过的退伍兵写的一篇反驳文章，说那时文工团充满昂扬正气，团结和谐，官兵一致，不存在电影中欺负战友的现象。我承认这是大体的事实，但由此否认文工团战友之间不存在矛盾那真是太可笑、太不实事求是了，因为只要有人群，就会有矛盾，就会存在排挤的现象。在当时那个环境下，农村兵要想出人头地，就得比别人付出更多，由此，学习雷锋多做好事，就成了刘峰很自我奋斗的选择，刘峰由此也成为部队的模范标兵。单位里的人对身边的模范既羡慕，但有时又加以嘲讽，那也是一种常见的社会现象。但整个社会对刘峰这种学雷锋的模范是肯定的、提倡的，刘峰入了党，成为副连级干部，受到领导的重用，与文工团战友处得很和谐，这在电影中体现得很充分。后来，时代变了，学雷锋已经不吃香了，文工团里的团员已经悄悄欣赏港台音乐、服装，干部子弟已经开始不安分地活跃了起来。就在这时，刘峰却不合时宜地向林丁丁求婚，可林丁丁的思想已经随着时代的变化开始转变了，虽然她对刘峰有好感，没有拒绝刘峰的拥抱，但思想深处看不起刘峰这样的人，后来她找了一个香港商人出国走了，这是一个符合人物性格的安排。假如时光倒退十几年，林丁丁找刘峰那就是人物命运的合理选择。刘峰曾经亲过她，她也是接受的。林丁丁如果当时嫁给刘峰，也是一件很荣光的事。中华人民共和国成立初期，女洋学生追着嫁给进城当官的土八路，谁曾嘲笑过？可惜时代开始变了，林丁丁心灵深处的家庭出身优越性就冒了出来，她看不起农村兵了。她的价值观念也变了，雷锋已经不是心目中的英雄，老板大款才是追求的对象。出现了男女关系的风波时，她为了自己，就不惜对自己曾经有过好感的战友落井下石。

何小萍家庭出身不好，又属于单独入伍，本人又爱出汗，身上有味，受战友们欺负，是影片中一个受欺可悲的角色。但纵观影片，这种战友之间的欺负没有超出合理的、可以容忍的范围。片中有两个情节可以说明问题，何小萍偷穿战友的军装照相，事后还不承认，应该说这是何小萍的不对，同寝室战友们对此上纲上线的批评不为过，有人主张向领导汇报，那结果就严重了，但战友们还是采取了原谅的态度。后来影片说明了何小萍不是为了虚荣照军装照，而是为把穿军装的照片寄给在劳改农场的父亲，一下子升华了何小萍的精神境界，也感动了观众。

有人说，片中的政委是一个反派角色，整个人手段阴险。我倒不这样看。政委的所作所为符合他当时的身份，符合部队的行为规范，符合做人的良心。当文工团得到了一个念大学的指标，政委首先想到的是刘峰，而不是官二代，这就难能可贵。当时军队处理这种男女关系的事，肇事者被开除党籍军籍，甚至被判刑都有可能。刘峰能保留副连长身份被下放连队，可以说是一种最轻的处分，这应该与政委对刘峰的保护分不开。何小萍装病不参加对基层部队的慰问演出，这是性质很严重的错误，文工团凭此项错误就可以将何小萍开除。可政委的做法是不动声色，动员何小萍出台表演，而后又将何小萍下放卫生队，这既是对何小萍所犯错误的惩罚，也是对何小萍的一种挽救和保护，何错之有？

影片的败笔是那场战斗。对越反击战是一场特殊的战争，在现在这个国际环境下，不提敌对国的名字，不安排对方军人出场，是一种高明的选择。但是，将我方将士塑造成在战场上像一群无头苍蝇似的乱窜挨打，而且刘峰表现也不太出色、出彩，这种安排就很不合理。而对何小萍成为战场上的英雄却塑造的合情合理，何小萍积极抢救伤员，在房屋被炮弹炸塌的瞬间，扑到伤员的身上进行保护是出于善良尽职的本能。这时何小萍已经淡薄了上进心，却无意中成了战斗英雄。她护理的小战友正是刘峰领导的小兵，因此，她已经意识到刘峰凶多吉少，当荣誉与失望一起来到的时候，她精神失常了，这是观众可以理解和接受的事。

刘峰这个人物塑造的真实可信，他的善良、学雷锋是真诚的，没有丝毫做作。文工团已经解散了，可当他看到萧穗子寝室地板上一块地板塌陷了，就不由自主地想去修理，这种做法没有丝毫功利目的。他有意隐瞒何小萍亲身父亲在劳改的情况，只是出于善良的本能，并不是为了讨好何小萍。当战友嫌弃何小萍身上的味重，不愿一起跳舞时，刘峰不顾自己的腰伤与何小萍结成舞伴，也是出于善良的本能，没有丝毫个人功利的目的。但此举却打动了何小萍的心。

可是刘峰和何小萍这两个善良的好人、两个战斗英雄的晚景却很凄凉。刘峰流落街头打工谋生，被迫向城管领导送烟、被欺负挨打，激起观众的义愤和同情，为什么好人没好报，英雄被遗忘到社会角落里呢？具体原因是刘峰老婆逼刘峰辞职打工，而刘峰又没有挣到钱，所以落得这样一个下场。在市场经济的大潮中，官二代陈灿做房地产发了财，林丁丁嫁给了外国老板，成了老板娘，萧穗子念书深造去了，官二代当官的、发财的都有了好去处，而像刘峰这样没有社会资源的底层人士只能回归到社会底层，英雄在新的市场商品大潮面前，芳华不在，只好谢幕，这就是这部电影的深刻思想价值所在。

感谢冯导改编了原著的结尾，让刘峰和何小萍这对好人、这对模范英雄走到了一起，相互抱团取暖，给了观众一丝心理安慰，不至于让人们过于失落。

价值观错位，笑不起来

春节期间，电影大片好戏连台，但我还是首选郭德纲导演的《祖宗十九代》观看。因为我是郭德纲的粉丝，欣赏他的才艺，敬佩他的事业雄心。

《祖宗十九代》是郭德纲导演的电影处女作，属于奇幻剧，由德云社一班人出演，国内30多位当红明星友情出场，有张国立、王宝强、吴京、林志玲、范冰冰等，演员阵容可谓豪华。这也反映了郭德纲在演艺圈的号召力。主演岳云鹏“贱萌”风格表演得淋漓尽致，导演对剧情细节也把握的较好，没出什么大毛病，影片中笑点不少，但就是让人笑得不痛快。

为什么呢？就在于影片主题思想上价值观的错位。

该剧剧情是：一个失意的青年作家小贝（岳云鹏饰），由于自己身体土肥圆，长得有点丑，在现实中屡屡碰壁，自己写的书只能以别人的名字出版。在新书发布会上，长相俊美的冒名者大出风头，他却无比失落。在那个情绪低落的夜晚，小贝经历了穿越20世纪初，拯救陷入帮派麻烦的祖先；到清朝，参加科举考试的先祖共事；到明朝，与祖先共同御敌；到晋朝，和祖先一起救世济人；到上古，与女娲和夸父探讨生命的本源和意义的奇幻旅程。一路追寻自己家族中丑的基因来源，见证了祖辈的各种人性、爱情故事。结尾，小贝终于争取来自己的新书发布会，可是发布会上的靓女却是两位嘉宾的粉丝，她们追随嘉宾而去，让小贝这位主角无比尴尬。当然，其中有一位最漂亮的美女（林志玲扮演）留下来了，给小贝留下一点温暖和希望。可在小贝相伴美女走路谈天途中，空中的鸟粪落在小贝的衣服上，小贝以为是手里的雪糕融化掉下来的，就用手蘸着去舔，结果，美女也离身而去。

该影片刻意在美丑上大做文章，拿丑来做笑料。人长得丑其行为就丑陋吗？人丑就该倒霉吗？该剧迎合了部分时髦女性的审美追求，嘲笑了传统人生价值观念。该剧不为大众所接受，在市场上失败是必然的。

虽然爱美之心人人皆有，人们把真善美列为人生价值所在，但美位居第三，没有真和善，徒有美的外表，美就没有价值。这样的女人历来不受人们的欢迎。

中国有一句流传已久的俗话——男才女貌。传统价值观认为，男人有才没才，才是最主要的，只是在喧嚣的当代，有一部分人的社会价值观严重扭曲，如今社会上是有些时髦青年把“美”放在“才”的前面，他们认为，长得美的人就该吃香，长得丑的人活该倒霉。

接着我又看了《捉妖记2》，该影片也是奇幻喜剧，但在荒诞不经的剧情中贯穿了亲情和温情，这才是能够打动观众心底的东西。而《祖宗十九代》为了迎合部分时髦青年，不惜糟践社会价值观，竟然拿人的身体缺陷来取笑做文章，这是不礼貌、不文明的行为。网上说，《捉妖记2》3天票房已过10亿，而《祖宗十九代》连5000万都没有突破，这就说明了问题。

直逼人性良知的拷问

《悲伤逆流成河》是一部看了让人心痛，直逼人性良知拷问的现实主义好电影。

这是一部青春校园生活片，反映校园里存在的霸凌现象。女主人公易遥（任敏饰）与齐铭（赵英博饰）是一个胡同里长大的好友和同学，然而他俩家庭出身却有着天壤之别。齐铭有一个幸福的家庭，他是家里的掌上明珠。易遥妈妈是离异的单身女人，靠给男人按摩来勉强维持着生活。影片一开始，易遥向妈妈要钱买新校服，遭到妈妈的咒骂和拒绝。易遥在学校里没有新校服穿，受到了同学们的轻视，而作为班长的齐铭却处处维护着易遥。有着不良行为的唐小米转学来到易遥所在的班上，不巧的是易遥曾无意中看见过唐小米不光彩的行为。唐小米追求齐铭，把易遥视为情敌，处处与易遥作对。雪上加霜的是，易遥使用按摩男用过的毛巾得了尖锐湿疣性病，痛不欲生，想自杀，被齐铭救下。另一班的同学顾森西具有叛逆性格，他爱上了易遥，在学校里公开保护易遥。易遥得了性病，却不敢对母亲说，只好偷了母亲的钱去小诊所治病，却又被唐小米窥察到。班里的同学集体要去科技馆参观，唐小米作弄易遥，班里雇的包车撂下易遥开走了，易遥只好坐其他班的包车到科技馆。易遥回到自己班里的包车上，发现自己用来治病偷母亲的钱被唐小米招待同学们花光了，她忍无可忍，与唐小米打了起来。易遥得了性病的消息被唐小米传播开，易遥遭到校园同学们的唾弃，不断遭到同学们的作弄。齐铭爱上顾森西的姐姐顾森湘，引起了唐小米的嫉妒。易遥撞见唐小米与社会上不三不四的人纠缠，两人争吵起来，易遥不买唐小米的账。唐小米想出了恶毒的主意，她以易遥的名义约顾森湘到一偏僻高楼相见，暗地里却安排流氓欺辱顾森湘。就要出国深造的顾森湘被流氓逼迫掉下高楼死了。易遥成了嫌疑人，成了校园里的众矢之的。易遥走向海里准备自杀，她面对聚拢在海边的同学，对欺凌过自己的同学一一进行控诉，是你们对我的欺凌使我走向死亡，你们的手上沾着我身上的血。顾森西和齐铭冲开人群的阻拦，跳进海里去相救，捞上来的却是易遥冰冷的尸体。电影的后半部剧情沉重得让人窒息，这是对人性良知的拷问，许多观众为之流下了眼泪。

让我意想不到的是，这部电影是根据郭敬明十年前一篇小说改编的，改编人是落落和郭敬明。坦白讲，我看过郭敬明的电影《小时代》，印象并不好，那是反映脱离现实社会的小众生活，可没想到郭敬明旗下公司竟然拍出这样一部现实主义力作，充满了社会批判力度。情节拿捏得恰到好处，比如，剧里易遥母亲对易遥不是骂就是打，尤其是易遥回家撞见母亲为男人按摩的不堪场面，遭到母亲的打骂，观众更痛恨易遥遇到了这样的母亲。易遥临死前，翻家里的衣柜，找出一个信封，上面写着易遥的学费，里面是零钱，其中醒目的一张就是母亲与按摩男讨价得来的。易遥母亲忍辱负重，不让女儿在一定时间回家，其实是想保护女儿不要受到不良影响。她含辛茹苦地赚钱、攒钱的一个重要目的就是供养女儿上学，使女儿能有一个不同于自己的人生道路，这就是穷人对女儿的深爱，虽然形式上有点残酷。我在基层生活多年，太了解易遥母亲这样的人了。这种爱让我难受极了。

耐人寻味的是，这部《悲伤逆流成河》的思想性、艺术性都很高的影片却叫好不叫座，剧场观众稀稀拉拉，与他以前的电影票房形成强烈的反差。唉，该怎么说呢，就像不少观众观海，只欣赏海里的浪沫，不愿体验大海的深沉。这真是悲剧的现实。

我看春晚小品《占位子》

开心麻花团队演出的小品节目《占位子》，让我开心地笑了一阵子。笑星沈腾、马丽等几个演员演技不凡，他们演绎几个学生家长为自家孩子在班里争座位的事，取得了出彩的喜剧效果。这个小品无情地讽刺了学生家长扭曲的教育观，抨击了教育领域里存在的丑恶现象，让观众在笑声中引发对我国教育现状的思考，可以起到促进教育改革的作用，这真是一部思想性、艺术性俱佳的好作品。

小品中，5位家长为了给自家子女在班里争座位，不择手段，丑态百出，是有点不文明、不雅观。但剧情是从现实生活中提炼出来的，艺术形式上虽然有点夸张变形，但故事编排得合情合理，观众可以理解他们作为学生家长的苦衷，人们可以接受这个小品。因为剧中这几个家长就像是生活在我们周围的人，甚至有我们自己的影子。如今，学校老师和学生家长都围绕着升学分数指挥棒来转，由此产生的一些现象堪称荒唐。请看，中学名校周边盖起了家长陪读楼，有不少家长不顾自己的工作事业，离家租房，陪孩子从初中读到高中，有的家长甚至从孩子上幼儿园起就开始了陪读。大城市里的孩子从两三岁起，就要参加各种培训班，父母星期六日比上班都忙，他们要陪着孩子去上课。我小时候在县城上学，都是自己走着到学校，现在小学放学，校门口挤满了接孩子的家长，而且家长一直要接到孩子上了初中才算完。家长为了给孩子选一个重点学校，不惜以十几倍的高价购买学区房。一切为了孩子，为了孩子不惜一切代价，这是很多家长的至上选择。

我十分赞成文艺作品要弘扬正能量，凝聚人心，鼓舞士气，净化社会，但反对浅薄的、庸俗的做法，每一个文艺作品中都要突出正面人物、英雄人物，反对认为只有这样才算是健康的作品。文学、文艺有多种表现形式，讽刺只是一种艺术手段，鞭挞假丑恶，同样会起到振聋发聩的社会引导作用。卓别林扮演的流浪汉，形象并不高大，但剧中通过这个流浪汉的表演，却起到了揭露讽刺资本主义社会的巨大作用。鲁迅塑造的阿Q，身上并没有劳动人民勤劳、朴实的品质，阿Q也没有与统治阶级反抗斗争的行为，但鲁迅通过阿Q这个形象，揭露了人性中潜在的丑陋心理特征，促进了人们的觉醒。依我看，在历代作家塑造的文学形象中，阿Q比李逵、武松更具有社会意义。赵本山塑造的农民形象，幽默风趣，感动我们几十年，起到了很好的寓教于乐的作用。

舞台上的小品能否站住脚，关键在于剧情是否能引起观众的共鸣，演员的表演能否得到观众的会心一笑，主题思想能否对社会产生积极的作用。在作品中尽情讴歌社会上的美好事物，与无情揭穿社会上丑陋现象的脓包，同样都是有益于社会的。从这个角度出发，我认为《占位子》是一部优秀的作品。

真诚是光辉的篇章

认识常耀宗有十多个年头了。我在《乌兰察布日报》上常常见到常耀宗发表的文章，神交已久。直到2006年，我到土贵乌拉定居后才与常耀宗有了接触，我们经常在一起交流读书心得，探讨文学方面的一些事情，更多的是他作为《察右前旗报》的总编，与我谈论约稿和投稿的事。常耀宗以他真诚、朴实、认真、勤奋的品格，不俗的文学修养和生花妙笔赢得了我的尊重和信赖，我们已成为要好的文友。我自以为已经很了解常耀宗了，可读了他刚出版的散文集《心域无疆》后，还是大吃一惊，常耀宗的文学功底厚实得很哩，这部文集闪耀着作者的思想火花和文学光彩。

《心域无疆》分为6个章节，我最喜欢《杂思碎语》一章。该章节共有46篇文章，每篇100字左右，就在短小精悍的小文中，常耀宗借物抒怀，表达了他对人生、理想、爱情、友情、事业等各方面的看法，其中不乏真知灼见。比如，他在《自己》一文中写道："要相信自己，相信自己的力量。当你登上山顶的时候，你就会知道，没有比人更高的山峰，没有比脚更长的道路。不要总是祈求别人的祝福，人在旅途中必须学会为自己伴奏，高歌向前。"在《生活》一文中写道："生活是什么？如果生活是挑战，就迎接它；如果生活是赠予，就接受它；如果生活是风险，就承担它；如果生活是悲伤，就战胜它……"这些语句很精辟，既有诗一般的意境，又有格言一般的哲理性，难怪常耀宗这类文章会入选《中外哲理名言》《中华精英盛世感言录》等多部选集中，他的短文既是优美散文诗又是警世格言。

《艺苑拾英》篇章中收录了作者31篇文学评论。其中对本市19位作家的文集、作品进行了点评，尤为我所看重。文学评论是一个很难涉及的行当，它需要作者具有深厚的文学修养、较高的理论素养和敏锐的判断力，视野必须开阔，为文要切中弊端，言之有物。真可谓打铁需要自身硬，批评别人自己首先得有真本事。常耀宗的点评虽然溢美之词过多，一针见血式的批评较少，但起码做到了言之成理，有的放矢，也算难得。他的评论对作者是一种鼓励，对读者起了引荐作用。毕竟对全市近20位作家的作品进行了评论，点评范围之广，他是全市第一人。因此，他被称为乌兰察布市文学批评界的一匹黑马，他的文学评论已为全市文学界所看重。

《情感世界》和《感悟人生》是耐人寻味的两个篇章，字里行间暴露了作者内心不少秘密，是进一步深入了解常耀宗这个人的一条通道。我没想到外表老实甚至有点木讷的常耀宗，内心世界是那样的丰富多彩，感情是那样的细腻，青年时代对姑娘的“杀伤力”是那样的大。青年时代，他曾通过文章交流，书信来往，吸引了区外一位念中专的美貌才女，那位才女竟然上门来找他，不顾他家贫如洗，不嫌他没有一个稳定的工作。而我们这位常大才子却有柳下惠坐怀不乱的功力，自感当时自己的境遇配不上人家，礼送才女还家，事后自己又感伤不已，至今难以忘怀。常耀宗写道：如果真爱对方，一定会为她着想。我理解常耀宗的做法，爱情从来不是不讲条件的，爱情的本质是奉献而不是索取，爱对方首先要为对方考虑，以两人当时的条件结合是不现实的，所以常耀宗忍痛割爱。这显示出常耀宗高尚的人品，一个对自己、对他人负责任的人，才是一个值得信赖的人。在《月映恋情》《生活清贫苦也乐》等文章中，常耀宗叙述了他与爱人的恋爱历程和夫妻生活的甜蜜。常耀宗写道：“与妻相识，缘于门当户对，我家贫穷，她家贫困。”但他的妻子说，穷没什么，只要我们奋斗就行。常耀宗经历颇为坎坷，早年在工厂下岗，后被旗宣工委聘用为临时工，虽然是单位的重用骨干，工作做得最多，可工资仅有500元，靠这点收入养家糊口，其窘困状态可以想到。常耀宗那种贫贱志不移，以苦为乐，对新闻事业的执着追求，对文学的挚爱，顽强拼搏的奋斗精神，通过这两个篇章充分体现了出来，给人以教益。

《闲说世象》是言论结集，作者对各种社会生活现象发表了自己的看法，文章多为各种报刊所采用，发挥了很好的新闻评论效果。但从文学角度来衡量，这些作品流于浅显，缺乏批评力度，不能上升为杂文作品。常耀宗是一个善良厚道的人，他的言论文章要想成为匕首、标枪之类式的杂文，还须付出更多的努力。

常耀宗首先是一个新闻工作者，是一个出色的编辑。文学只是他的业余爱好，是他精神领域里的“自留地”。他在这块自留地里，辛勤耕耘，收获了丰硕的果实，集结成书，与朋友们一起分享丰收的喜悦，为社会大众提供精神食粮，是一件可喜可贺的事。文为心声，常耀宗的作品真诚地表达了对社会的热爱、对理想的追求和对爱情、友情的珍爱。他在文中写道：“在生活传记里，虚假是有限的插页，真诚是光辉的篇章。”他的真诚让人感动。

一路风景一路歌

文友常耀宗送来他的新作《窗外有树窗内绿》。我拜读后会心一笑，这部散文集简直就是常耀宗的精神自传，一篇篇精美散文像常耀宗的成长史，一路坎坷，一路奋进，一路风景，一路高歌。

常耀宗的人生起点在山村。他的父亲是一个乡干部，随着父亲工作的调动，常耀宗的童年和少年是在几个山村里度过的。常耀宗的笔下流淌着浓浓的乡愁，开卷的19篇文章述说了他童年、少年时的记忆，情真意切。《故乡的土窑》讲述了奶奶与孙子在乡村生活的故事，莜面糊糊煮山药蛋拌炒面。把用过的香烟纸盒攒起来，过年时用来糊窗缝，美化住家……陈年旧事却写出了脉脉温情。《故乡的温情与美丽》写出了大土城故乡的美、乡亲的亲和作者童年的纯真。《村事略述》再现了乡村生活种种有趣的情景，令人宛然一笑。

《语思》一辑，19篇文章是怀念之作，洋溢着浓浓的亲情、友情。《父亲，伴我走过》《做人如父》和《母爱无疆》几篇文章，抒发了作者对父母的感恩之情，体现出儿子对父母的一片孝心。《妻子的花鞋垫》写出了妻子勤劳持家的贤惠、两口子相敬如宾的感情。《一朵流云》《桃花依旧笑春风》两篇文章，书写了作者两段青春朦胧之恋，写得特别有味道，回味无穷。常耀宗在学生时代，就显示出文学才华，他以文会友，结识了不少青年朋友。有一位外校叫素红的女性同学与他文字交往密切，常耀宗发表的第一篇散文，就是在她的润色下发表的。素红还特意在朋友的相伴下去常耀宗家拜访。可是，由于他俩各自命运轨迹未能交集同行，她就像一朵流云消失在常耀宗的生活中，给常耀宗留下了难忘的惆怅。还有一位芳名中有“桃”的女性，与常耀宗文字交往得更深，这位女性朋友曾赠给常耀宗一套路遥写的《平凡的世界》，激励他自强奋进。当时由于常耀宗自身处境的艰难，他不敢向这位女性主动表白，错过了人生花季。但这位女性给常耀宗留下了难以磨灭的美好印象——桃之美，香如故。《相识在黄旗海》等7篇文章，讲述了常耀宗与文友的交往。这7篇是人物特写，突显出常耀宗作为记者，写报告文学的实力和潜力。

《风物》一辑是游记。其中6篇记述了乌兰察布市内风土人情，6篇是区外游记。总体印象是市内游记写得有真情实感，写出了地方特色，市外游记只是泛泛而谈，少有新意。写游记并不是景点文字介绍的翻版，只有用自己独特的观察视角，写出别具特色的感悟，才能算是好游记。《黄旗海的忧与盼》写出了黄旗海的前世今生，有忧患意识。《乌兰察布的前世今生》写出了作者的故乡情怀。

《心烛》选录了作者19篇文章，看来常耀宗对“19”这个数字情有独钟。这些文章是作者的心灵独白，揭示了作者文学追梦的过程。《文学，孤独的旅行》《读书与写作》《我以文学追梦》可以视为作者对从事文学道路的理念与追求。

这部文集中，最有文学况味的是《窗外有树窗内绿》一文。该文以作者所住楼房一株大杨树为题，以树写景，以心入景，情景交融，借景抒情，满篇妙语警句。如：“窗外的大树，虽然常有风雨天的威胁，却迎来活泼的生机。究其因，我想它不外乎逆来顺受，经历久了，磨炼多了，压力变成了动力，吃苦变成了享受，逐长成参天之势，撑起一片绿色的天。其实，人生又何尝不是如此？”“绿，向上的力。窗外的大树，是一种向上的心情。”这些话语，耐人寻味，给人心灵启迪。

常耀宗就像是一颗白杨树，他为人朴实低调，不事张扬，甚至有些木讷。但他内心有一种蓬勃向上的力量，他勤奋学习，做事尽职尽责，为人忠厚善良，笔耕不辍，靠自己的努力，成为察右前旗报社社长、旗政协常委。他在文学创作上多有建树，佳作不断，有的散文还获了国家级奖。他已是内蒙古作家协会会员，将逐渐成长为乌兰察布市文学园地里的一株大树。常耀宗是70后，很年轻，他很努力，我相信他会创作出更多更好的文学作品。